異常犯

強請屋《ゆすりや》稼業

南 英男

祥伝社文庫

目次

プロローグ

　客室は血の海だった。

　血臭《けつしゆう》が濃い。床にポスターカラーのような血糊《ちのり》が溜《た》まり、壁に赤黒い血痕《けつこん》が散っている。異様な惨状だった。

　若いホテルマンは足を竦《すく》ませた。目を逸《そ》らしたくなる。

　全身が小刻みに震えはじめた。歯の根も合わなくなった。頭の芯《しん》だけが熱い。

　ホテルマンは、マスターキーを足許《あしもと》に落としたことに気がつかなかった。

　それほど気が動転していた。喉《のど》の渇《かわ》きも強い。

　港区赤坂《みなとくあかさか》六丁目にあるシティホテルだ。九階の九〇三号室である。ツイン・ベッドルームだった。

　一九九四年十二月八日の正午前だ。

　すでにチェックアウトの時刻は過ぎていた。だが、前夜からの宿泊客はフロントに下りてこない。

室内の電話機の受話器も取らなかった。上司のマネージャーが不審に思い、若い部下にマスターキーを渡したのである。

ホテルマンは深呼吸した。

いくらか動悸《どうき》が鎮《しず》まった。恐る恐る足を踏み出す。ベッドまで四、五メートルはある。足の運びがぎこちない。まるでマリオネットのようだった。

ホテルマンは立ち止まった。
二十四、五歳の女性客が、右側のベッドに仰向《あおむ》けに寝そべっていた。微動だにしない。一糸《いっし》もまとっていなかった。肌が蒼白《あおじろ》かった。
女の左胸には、サバイバルナイフが深々と埋《う》まっている。

右の乳房は裾野《すその》から抉《えぐ》られ、肋骨《ろっこつ》の下に垂れ下がっていた。皮一枚で繋《つな》がっている状態だ。血みどろの塊《かたまり》は、赤い風船を連想させた。

ホテルマンは口の中で呻《うめ》き、反射的に後ずさった。

背筋に冷たいものが貼《は》りついていた。できれば逃げ出したかった。しかし、踵《きびす》を返すことはできなかった。職業意識のせいだった。

ホテルマンはベッドに近寄った。目を凝《こ》らす。

宿泊客の下腹部も血に染まっていた。恥毛が短く刈り詰められている。丈《たけ》は不揃《ふぞろ》いだった。刈り取られた飾り毛は、フラットシーツやブランケットに点々と散っている。性器や内腿《うちもも》も血塗《まみ》れだった。刃物で性器を傷つけられたことは明らかだ。血糊は、とうに凝固《ぎょうこ》している。

両足首の下のフラットシーツは、夥《おびただ》しい量の血を吸っていた。どうやらナイフでアキレス腱《けん》を切られたようだ。抵抗した様子はうかがえない。睡眠薬か麻酔薬で眠らされてから、犯人に襲われたと思われる。

どちらにしても、だいぶ前に殺されたらしい。連れの男性の姿は見当たらなかった。

ホテルマンは吐き気を堪《こら》えて、客の死顔をこわごわ見た。

同時に、声をあげそうになった。死者は、売り出し中のテレビレポーターの有森友紀《ありもりゆき》だった。個性的な美人で、人気を集めていた。

二十四歳の美人テレビレポーターは、片方の小陰唇を鋭利な刃物で削《そ》ぎ取られてしまったようだ。

ホテルマンは、また吐きそうになった。

口に手を当て、奥歯を噛《か》みしめる。目に涙が溜《た》まった。ホテルマンは、部屋のテレビが点《つ》けっ放しであることにようやく気づいた。

画面には、料理番組が映っている。お笑いタレントが危なげな手つきで、フライパンを操《あやつ》っていた。

かなりの音量だった。殺人者が犯行時の物音をテレビの音声で掻《か》き消そうとしたにちがいない。

ホテルマンはベッドから離れ、テレビのスイッチを切った。

ハンカチを使う余裕はなかった。スイッチには、彼の指紋がべったりと付着した。

ホテルマンは膝頭《ひざがしら》を震わせながら、ナイトテーブルに歩み寄った。わななく手で受話器を摑《つか》み上げ、フロントにいる上司に客室での異変を伝える。その声はひどく上擦《うわず》っていた。

赤坂署の刑事課強行犯《きょうこうはん》係と鑑識係が九〇三号室に駆《か》けつけたのは、十数分後だった。数分遅れて、警視庁機動捜査隊のメンバーも到着した。いわゆる初動捜査だ。現場の状況から察し、大半の捜査員が変質者による猟奇殺人と判断した。まず鑑識作業が開始された。

九〇三号室には、男物のキャメルカラーのウールコートが遺《のこ》されていた。ソファの背凭《せもた》れに引っ掛けてあった。コートの内ポケットには、黒革の名刺入れが納められていた。右ポケットの底には、部屋のカードキーがあった。

ウールコートの持ち主は、友紀と交際中の石上彰《いしがみあきら》と判明した。二十九歳の石上は、大手広告代理店のCFディレクターだった。前夜、石上がチェックインしたことも確認された。

また、ベッドには石上の頭髪や体毛が落ちていた。灰皿には、数本のキャビンの吸殻《すいがら》があった。友紀は煙草《たばこ》を喫《す》わない。

被害者の遺体は赤坂署で本格的な検視を受けてから、大塚《おおつか》の東京都監察医務院に運ばれて司法解剖《かいぼう》された。事件現場では、予備検視しか行われない。

死因は、胸部の刺し傷によるショック性失血だった。死亡推定時刻は前夜の十一時から午前零《れい》時の間とされた。

友紀の膣内《ちつない》からは、石上彰と同じ血液型の精液が検出された。B型だった。

煙草のフィルターに付着した唾液《だえき》もB型と一致した。DNA鑑定で、体液と同じ人物のものであることが明らかになった。犯行現場には、石上の無数の指紋や掌紋《しょうもん》が遺《のこ》されていた。

捜査当局は陽《ひ》が傾くころ、友紀の恋人だった石上彰に任意同行を求めた。

石上は赤坂署で、犯行を強く否認した。ただ、前の晩に予約してあった九〇三号室に入ったことは素直《すなお》に認めた。だが、長くは室内に留《とど》まっていなかった。

入室して数十分後、友紀の代理の者と称する若い女から電話があった。有紀は都合が悪くなって、ホテルに行けないという伝言だった。最近、石上と友紀の仲はしっくりいっていなかった。CFディレクターは、そう供述した。

石上は友紀に腹を立て、フロントにキーを返さずにホテルを飛び出した。どこかで酒を呷《あお》るつもりだった。

ホテルの前で、行きずりの若い女に声をかけられた。小悪魔めいた印象を与えるコケティッシュな娘だった。

石上は誘われるままに、女の車の助手席に乗り込んだ。

車は暗緑色のユーノス・ロードスターだった。女は何も言わずに、車を江戸川《えどがわ》区内にあるモーテルに入れた。

石上は女と情事を娯《たの》しみ、浴室に入った。

その隙《すき》に、連れの女はなぜか彼のコートを持ち去った。キャビンの吸殻も消えていた。

石上はそう語り、友紀の死を深く悼《いた》んだ。

刑事たちは、さっそく石上の供述の裏付け捜査に取りかかった。

だが、石上が正体不明の女とモーテルに入ったことを裏付ける証言は得られなかった。

石上はモーテルを出てから、ひとりで飲み歩いたと取調官に語った。

しかし、彼のアリバイは立証されなかった。

刑事たちは代わる代わるに、石上に鋭い言葉を投げつけた。だが、石上は威《おど》しには屈《くっ》しなかった。あくまでも犯行を否認しつづけた。

厳しい事情聴取から解放されたのは深夜だった。石上は理不尽《りふじん》な扱いを受けたことに深い憤《いきどお》りを覚えながら、帰途についた。

夜空には、星一つ瞬《またた》いていなかった。

第一章　ホテル猟奇殺人

1

依頼人の顔が曇《くも》った。

調査報告書を手に取った瞬間だった。みるみる女性建築家の表情は、険《けわ》しくなっていく。頬《ほお》が小さく痙攣《けいれん》している。

見城 豪《けんじょうすぐる》は気が重くなった。いつものことだった。ロングピースに火を点ける。

美人テレビレポーターが惨殺《ざんさつ》された翌日の夜だった。八時を回って間《ま》がなかった。

見城は、依頼人の有坂佐世《ありさかさよ》のオフィスにいた。

下北沢《しもきたざわ》にある洒落《しゃれ》たビルの五階だった。二人はコーヒーテーブルを挟《はさ》んで向かい合っていた。有坂設計事務所のスタッフは、もう誰《だれ》もいなかった。

「やっぱり、あの男はわたしを裏切ってたのね」

佐世が忌々《いまいま》しげに呟《つぶや》いた。

見城は返事の代わりに、煙草《たばこ》を深く喫《す》いつけた。

三十三歳の佐世は、ほとんど化粧《けしょう》っ気がなかった。細面《ほそおもて》で、どこか意志の強そうな顔立ちだった。肌は、まだ充分に瑞々《みずみず》しい。

少し顔の手入れをすれば、いい女になるだろう。

見城は佐世の顔を見ながら、尖《とが》らせた口から煙の輪を吐き出した。煙の輪は天井近くまで立ち昇り、ゆっくりと崩れた。黄ばんだ煙が拡散《かくさん》する。

「救いようのない奴《やつ》ね」

佐世が呆《あき》れ顔で嘆《なげ》いた。

見城は黙したままだった。佐世の五つ年下の恋人の女性関係は乱れていた。依頼人のほかに、深い間柄の女が三人もいた。

見城は私立探偵だった。

三十五歳で、まだ独身だ。ごくたまに企業信用調査や身許《みもと》調査を手がけることもあったが、もっぱら浮気調査を請《う》け負っていた。

事務所を兼ねた自宅は、渋谷《しぶや》駅近くの桜丘町《さくらがおかちょう》にある。賃貸マンションの１ＬＤＫだ。

『東京リサーチ・サービス』などという大層な社名を使っていたが、社員はひとりも雇っていない。文字通りの一匹狼《いっぴきおおかみ》だった。

見城は元刑事だ。

五年前まで赤坂署防犯（現・生活安全）課にいた。在職中に女性関係で問題を起こし、職場に居づらくなってしまった。それが依願退職の最大理由だった。見城は大手調査会社に再就職し、そこで二年ほど働き、三年前に独立した。

「本橋《もとはし》に女の影を感じてはいたんだけど、三人もいただなんて、ひどすぎるわ。わたし、絶対に赦《ゆる》せないっ」

佐世が調査報告書を卓上に投げ出した。杏子《あんず》形の両眼には、怒りの色がにじんでいる。

「写真は、この中にあります」

見城は煙草の火を消し、二十数葉《よう》のプリントの入った角封筒を佐世の前に押し出した。

浮気の証拠写真だ。

「見たくないわ。適当に処分しちゃって」

「わかりました」

「こんな仕打ちをされたんだから、あいつを懲《こ》らしめてやらなくちゃ」

「気持ちはわかりますが、そういうことは大人げないと思います」

「このままじゃ、気持ちが治まらないのよ。いい気になってると、痛い目に遭《あ》うってことを思い知らせてやりたいのっ」

佐世が吐き捨てるように言った。

見城は一拍置いてから、控え目に問いかけた。

「本橋悟《さとる》氏に、それだけの価値があるでしょうか？」

「わたし、本橋に本気で惚《ほ》れてたのよ。年下だったけど、ある面では尊敬もしてたわ。だから、悔《くや》しいのっ」

「本橋氏とは、婚約されていたわけではありません」

「ええ、それはね。でも、あいつが望むなら、結婚してもいいと思ってたわ」

佐世が溜息《ためいき》をついた。

年下の男に裏切られたことで、ひどく自尊心を傷つけられた様子だ。挫《ざ》折《せつ》や屈辱感を知らない成功者たちは、一様《いちよう》にプライドが高い。佐世も、そうしたタイプの人間なのだろう。

「早く立ち直って、新しい恋をするんですね」

「わたし、恋愛下手だから、そう器用には生きられないのよ」

「気鋭の女性建築家が何を言ってるんです。あなたなら、男なんか選《よ》り取り見取りじゃありませんか」

見城は言った。一種のアフターサービスだった。佐世が、きっとした目になった。

「慰《なぐさ》めてくれてるのね。そういう気遣《きづか》いは、かえって残酷だわ」

「あなたを傷つけてしまったようだな」

「わたしはこの通り、ちょっと勝ち気だから、男の人たちには敬遠されがちなのよ。全然、モテないの」

「どっちにしても、本橋氏だけが男ではありませんよ。それはそうと、これをよろしく！」

見城は請求書を差し出した。諸経費を除くと、実質的な報酬《ほうしゅう》は三十数万円だった。

佐世が応接ソファから立ち上がり、ローズウッドの大きな机に歩《ほ》を進めた。引き出しから白い封筒を摑《つか》み出し、急ぎ足で戻ってくる。

見城は報酬を受け取り、その場で領収証を切った。

調査に要した日数は、ちょうど一週間だった。実収入は日建て五万円弱だ。佐世は飛び込み客だった。

調査費用をもっと吹っかけることもできなくはなかった。しかし、相場を無視すると、ろくなことにはならない。たちまち信用を失い、同業者に客を奪われるのが落ちだ。

企業信用調査を手がけている大手の経済調査会社は固定客を持っているが、多くの探偵社や調査会社は零細経営である。

その種の業者は〝一本釣り探偵社〟と呼ばれ、飛び込み客だけを相手にしている。それだけに、客の信用は大事だった。

都内には五百数十社の調査会社や探偵社があるが、その約六割が固定客には恵まれていない。見城も、そのひとりだった。依頼件数は多い月で五、六件、少ない月は一件ということもある。収入は不安定だったが、見城はそこそこの暮らしをしていた。

裏稼業で、抜け目なく稼いでいたからだ。男女の素行調査をこなしていると、時には思いがけないビッグ・スキャンダルが透《す》けてくる。

そのつど、見城は悪人どもから非情に金品を脅《おど》し取っていた。ありていに言えば、サイドワークは強請屋《ゆすりや》だった。ただ、見城は小悪党ではなかった。一般市民を脅迫するような真似《まね》はしない。あくどい連中だけを締め上げていた。

といっても、義賊《ぎぞく》を気取っているわけではなかった。奪った金品を貧しい人々に分け与えたことはない。見城は、財力や権力を持つ尊大な人間をいたぶることに生理的な快感を覚えているのである。

むろん、金のありがたみも感じていた。金はいくらあっても、決して邪魔にはならない。副収入の途《みち》は、ほかにもあった。女好きの見城は情事代行人も務めていた。夫や恋人に浮気された女性依頼人たちをベッドで慰め、一晩十万円の謝礼を貰《もら》っている。

そのサイドビジネスで、月に五十万円ほど稼いでいた。

甘いマスクの見城は、女たちに言い寄られるタイプだった。切れ長の目は涼《すず》やかで、鼻は高い。一見、歌舞伎《かぶき》役者のような容貌《ようぼう》だ。

だが、性格は男っぽい。

腕っぷしも強かった。実戦《フルコンタクト》空手三段、剣道二段だった。柔道の心得もあった。

百七十八センチの体は筋肉質で、鋼《はがね》のように引き締まっている。贅肉《ぜいにく》は一ミリも付いていない。体重は七十六キロだ。

「それでは、これで失礼します」

見城は写真の入った封筒を上着の内ポケットに突っ込み、腰を浮かせかけた。それを佐世が手で制した。

「待って！　これから何か予定がおありなの？」

「いいえ、特にありません」

「それなら、もう少し一緒にいてほしいの。ご迷惑かしら？」

「いいえ」

見城は笑みを返し、ソファに坐《すわ》り直した。

「癪《しやく》な話だけど、このままじゃ、本橋のことをふっ切れない気がするの」

「少し時間がかかるかもしれませんね」

「あなた、わたしに興味がない？」

佐世が唐突に言って、謎《なぞ》めいた笑みを拡《ひろ》げた。笑顔は、思いのほか艶《つや》っぽかった。

「どういう意味なんです？」

「女のわたしに、その先まで言わせる気なの？　意地悪ねえ」

「頭の回転があまり速《はや》いほうじゃないんでね」

見城は口許《くちもと》を緩《ゆる》めた。相手の誘いを見抜けなかったわけではない。自分を安売りしたくなかったのだ。

「わたし、本橋のことをふっ切るきっかけが何かほしいのよ。あなたに抱かれれば、きっと未練は断《た》ち切れると思うの。ね、どうかしら？」

佐世が打診してきた。黒々とした瞳《ひとみ》には、明らかに媚《こび》が宿っている。

「協力は惜しみませんよ」

「嬉《うれ》しいわ。この奥に仮眠室があるの。ここで徹夜に近い仕事をするとき、その部屋で仮眠をとってるのよ」

「そうなんですか。喜んで協力しましょう。ただし、一つだけ条件があります」

「何なの？」

「それなりの謝礼をいただきたいんです。色の道には、だいぶ授業料を払ってきたんでね」

見城は、くだけた口調で言った。

「相当なテクニシャンらしいわね。どきどきしてきたわ」

「一ラウンド十万円でどうです？　四回戦ボーイのファイトマネーよりは、ずっと高いが……」

「たっぷり悦《よろこ》ばせてくれるんだったら、高くはないわ。その自信はおありなの？」

「もちろんです」

「すごい自信じゃないの。でも、いきなりというのもムードがないわね。仮眠室で少しお酒を飲みません？」

佐世が椅子《いす》から立ち上がって、奥に向かった。

見城は、ふたたび煙草をくわえた。ヘビースモーカーだった。一日にロングピースを七、八十本は灰《はい》にしている。

佐世が奥の小部屋に吸い込まれた。見城は一服してから、おもむろに立ち上がった。

仮眠室は八畳ほどのスペースだった。

壁際にセミダブルのベッドがあり、フロアスタンドだけが灯《とも》っていた。シェードは、オレンジ色だった。ナイトテーブルの上には、ワインの罎《びん》と二つのグラスが載《の》っている。

「あいにくウイスキーもブランデーも切らしてしまったの」

「アルコールなら、なんでもいいですよ」

見城は言った。

室内は暖房装置を作動させたばかりで、いくらか肌寒かった。

それでも佐世は早くもスーツの上着を脱ぎ、ベッドに浅く腰かけていた。長袖《ながそで》のグレイのブラウスは絹だった。

見城はナイトテーブルに歩み寄り、二つのグラスに高級なドイツワインを注いだ。白ワインだった。この季節なら、常温でも充分にうまい。

二人はグラスを軽く触《ふ》れ合わせ、それぞれワインを口に含んだ。やや酸味が強かったが、喉越《のどご》しの切れはいい。

見城は残りのワインを口に溜め、佐世の横に腰かけた。ベッドマットが少し沈んだ。佐世の顔を自分の方に向けさせ、口移しでワインを飲ませはじめた。

ありきたりのキスでは芸がなさすぎる。いつも見城は、相手の意表を衝《つ》くことにしていた。

佐世が喉を鳴らして、白ワインを飲み込む。ほとんど同時に、彼女は生温かい舌を伸ばしてきた。

見城は唇を合わせたまま、佐世をベッドに引き倒した。

唇と舌をさまよわせながら、佐世の衣服とランジェリーを取り除く。

佐世は、やや痩《や》せ気味だった。乳房は小ぶりだったが、さすがに下半身はむっちりとしている。繁《しげ》みは濃い。

見城は自分も全裸になった。

まだ昂《たか》まりきっていない。彼の分身は、ごく平均的なサイズだった。だが、これまでに数多くの女たちに深い悦楽《えつらく》を与えてきた。

セックスは技巧である。パートナーの性感帯を探《さぐ》り出し、そこを丹念に愛撫《あいぶ》すれば、女性は必ず極《きわ》みに達するものだ。

見城は、そのことを体験で学び取っていた。したがって、巨根の持ち主に妙なコンプレックスを抱くようなことはなかった。

見城は添い寝をする恰好《かっこう》になった。佐世がせっかちに股間《こかん》に手を伸ばしてくる。

すぐにペニスを握られた。佐世が手を上下に動かしはじめた。一本調子の愛撫で、指遣いは稚《おさな》い。

見城は指と舌で、佐世の体をなぞりはじめた。

性感帯の探索だ。掌《てのひら》で、硬く痼《しこ》った二つの乳首を交互に撫《な》で回してみる。佐世は息を弾《はず》ませたが、喘《あえ》ぐほどではなかった。

隆起全体を揉《も》んでも、呻《うめ》き声は高まらない。乳房だけではなく、腋《わき》の下や脇腹《わきばら》の反応も鈍《にぶ》かった。

見城は熱心に佐世の官能を煽《あお》った。次第に佐世の息遣いが乱れはじめた。フィンガーテクニックを駆使する。佐世が淫《みだ》らな声を洩《も》らすようになった。

見城は佐世を仰向けにさせ、膝《ひざ》をMの形に立たせた。珊瑚色《さんごいろ》の亀裂が露《あらわ》になった。合わせ目は、笑み割れていた。

見城は桜貝色の突起を吸いつけ、二本の指を潜《くぐ》らせた。とば口は狭かった。中段にも隘《あい》路《ろ》があった。

見城は何か得したような気持ちになった。Gスポットを刺激する。

佐世が切なげな声を発しながら、狂ったように腰を打ち振った。その動きに合わせて、見城は指を躍《おど》らせた。

内奥の緊縮感が強まった。

佐世の眦《まなじり》から、光る粒が滑り落ちた。むろん、悲しみの涙ではない。

これで、堂々と謝礼を受け取れる。見城は密《ひそ》かに思った。

やがて、佐世は極みに駆け昇った。ほとんど同時に、裸身を硬直させた。憚《はばか》りのない声はジャズのスキャットめいていた。

見城は二本の指を引き抜き、短冊形《たんざくがた》に繁った和毛《にこげ》を五指で梳《す》いた。

快感のうねりが凪《な》ぐと、佐世はむっくりと上体を起こした。

「前戯でアクメに達するなんて、わたし、生まれて初めてよ。ありがとう」

「銭《ぜに》を貰《もら》うわけだから、それぐらいのサービスは当たり前でしょ?」

見城は謙遜《けんそん》した。

「あなた、女殺しね。素敵よ」

「それはどうも……」

「今度は、わたしがサービスしてあげる」

佐世が自分のグラスに手を伸ばし、残りのワインを口に含んだ。それから彼女は見城を仁王《におう》立ちにさせ、両手で男性器に刺激を加えてきた。

見城は猛《たけ》った。

佐世が正坐し、両腕で見城の逞《たくま》しい腰を抱く。見城は佐世の顎《あご》を少し上向かせ、反《そ》り返った男根《だんこん》を押し入れた。

佐世の唇の両端からワインが滴《したた》る。雫《しずく》は喉を濡《ぬ》らし、胸の谷間に滑り落ちていった。佐世が口をすぼめた。

口中には、まだ白ワインが残っていた。熱を孕《はら》んだ猛りに、ワインの冷たさが心地よかった。

佐世がワインを残したまま、舌を舞わせはじめた。

見城は新鮮な快感を覚えた。ワインは微妙に揺れ、かすかな圧迫を伝えてくる。

佐世はワインをすっかり食道に送り込むと、ねっとりと舌を巻きつけてきた。

変化に富んだ舌技だった。佐世の舌は、目まぐるしく動いた。

見城は欲望をそそられた。雄々《おお》しく反応した。体の底のあたりが引き攣《つ》れたような感じだ。

見城は、佐世の体を大きく折り畳《たた》んだ。分身を埋める。

突くたびに、佐世は弾みに弾んだ。まるで肉のクッションだった。

二人は交わったまま、幾度か体位を変えた。佐世はアクロバティックな体位《ラーゲ》が好みのようだった。しかし、どのスタイルも仕上げには向かない。

見城は、正常位でフィニッシュに取りかかった。

あえて技巧は使わなかった。がむしゃらに突いた。むろん、捻《ひね》りも加えた。

二人は、ほぼ同時に果てた。

見城はすぐには離れなかった。鋭い締めつけを感じながら、佐世と軽いくちづけを交わす。項《うなじ》や鎖骨にも舌を這《は》わせた。見城は後戯も怠《おこた》らない。情事代行人のプロ意識だった。

「わたしたち、セックスの相性《あいしょう》がいいんじゃない？」

「悪くはなさそうだね」

「だったら、またリクエストに応《こた》えてもらえる？」

佐世が恥じらいながら、見城の顔を覗《のぞ》き込んだ。

「体が空いてたら、いつでもリクエストに応えますよ」

「本当に？」

「ああ。ただし、十万円の出演料《ギャランティー》はいただくことになるけどね」

見城はもったいぶって答え、穏《おだ》やかに結合を解《と》いた。プロがプロでありつづけるには、決して安売りすべきではない。それが、彼の持論だった。

「近いうちに電話させてもらうわ」

佐世が言った。

見城は無言でうなずき、先に佐世の体を拭《ぬぐ》った。情事代行人のマナーだろう。

「今度は自宅に来てもらいたいわ。ここじゃ、思いっきり乱れられないから」

「かなり乱れてましたよ」

「いやだわ。しっかり見られてたのね」

佐世が小娘のようにはにかんだ。初々《ういうい》しかった。

見城はベッドを降り、床のトランクスを拾い上げた。佐世の眼差《まなざ》しは、萎《な》えたペニスに注《そそ》がれていた。とろんとした目つきだった。

まだ物足りないらしい。だが、料金分のもてなしはしたつもりだ。見城は鈍感な振りをして、衣服をまといつづけた。

2

自動車電話《カーフォン》が鳴った。

茶沢《ちゃざわ》通りに出て間《ま》もなくだった。世田谷《せたがや》の下北沢と三軒茶屋《さんげんぢゃや》を結ぶ道路だ。

女性建築家のオフィスを出てから、まだ五分しか経《た》っていない。

見城は片手運転をしながら、コンソールボックスに腕を伸ばした。

車はオフブラックのローバー827ＳＬｉだった。右ハンドルの四速オートマチックだ。

自分で買った車ではない。女子大生やＯＬを弄《もてあそ》んでいた変態気味の若い歯科医から、一年数カ月前に脅し取った英国車である。

走行距離は、まだ二万キロに達していない。エンジンは快調そのものだ。新車なら、四百万円以上はする車だった。

見城はカーフォンを耳に当てた。

特殊な盗聴防止装置付きだった。一般の自動車電話や携帯電話は、他人に傍受《ぼうじゅ》されやすい。この機種なら、会話を盗み聴きされる心配はなかった。

アメリカ製の最新のスクランブル装置付きだった。元刑事の悪党探偵は、盗聴には神経質になっていた。場合によっては、命取りになるからだ。

「桜丘町のマンションに何度も電話したんすよ」

松丸勇介《まつまるゆうすけ》が、いつもの軽い口調で言った。

「おう、松ちゃんか」

「いま、忙しいっすか？　実は、ちょっと相談があるんすよ」

「女嫌いの松ちゃんが結婚する気にでもなったのかな」

見城は、二十七歳の飲み友達をからかった。

「おれ、結婚する気なんかないっすよ。だけど、ゲイじゃないっすからね」

「わかってるよ。裏ビデオを観《み》すぎて、ちょっと女に幻滅してるだけだよな？」

「そうっすよ。なのに、おかしな疑いを持たれて、おれ、ほんとに迷惑してるんすから」

「そう怒るなって。ところで、何かトラブルでもあったのか？」

「おれのことじゃないんっすよ」

松丸は、盗聴防止コンサルタントという新職業で生計を立てていた。早い話が、盗聴器ハンターだ。

電圧テスターや広域受信機《マルチバンド・レシーバー》を使って、仕掛けられた各種の盗聴器を探知しているのである。現代は、街《まち》にさまざまな盗聴器が氾濫《はんらん》している。

松丸の商売は割に繁盛しているようだ。彼はほとんど毎日、掛け持ちで仕事をこなしていた。見城はこれまでに十回近く、仕事で松丸の手を借りている。そういう意味では助手のような存在だった。

「手短に事情を説明してくれないか」

見城は促《うなが》した。

「きのうの昼前にテレビレポーターの有森友紀の全裸死体が赤坂ロイヤルホテルで発見されたっすよね。知ってます？」

「ああ、知ってるよ。きのうの夕刊に派手に載《の》ってたからな」

「その事件のことで、おれの高校時代の二年先輩が警察に疑われてるんっすよ」

松丸が興奮気味に告げた。

「ほんとなのか？」

「もちろん、嘘《うそ》じゃないっすよ。その先輩と軽音楽部で、一年間つき合ったんす。先輩は、人殺しなんかできる男じゃありません」

「松ちゃんの先輩と有森友紀とは、どういう仲だったんだ？」

「二人は恋人同士だったんすよ。先輩が事件のあったホテルで友紀と会うことになってたのは、確からしいんす。でも、有森友紀の都合が悪くなったとかで、代理の者が断りの電話をしてきたって話でした」

「松ちゃん、ちょっと待ってくれ。確か有森友紀は、赤坂ロイヤルホテルで猟奇的な殺され方を……」

見城はローバーを路肩《ろかた》に寄せ、ハザードランプを灯《とも》した。

「石上さんは、先輩は誰かが仕組んだ罠《わな》に嵌《は》められたんすよ。そうに決まってます」

「罠だって？」

「そうっす。それなのに、警察は状況証拠から先輩を犯人扱いしたんだそうです」

「そうなのか」

「昨夜《ゆうべ》は夜更けまで赤坂署で事情聴取されて、きょうは朝から刑事たちに尾行されてるらしいんすよ。ひどい話っすよね」

「刑事は少しでも疑いのある者は洗ってみるもんなんだよ。潔白なら、そのうち疑いは晴れるだろう」

「石上さんに不利な材料ばっかり揃《そろ》ってんすよ。だから、殺人容疑は簡単には晴れないと思うな」

松丸が同情に満ちた声で言い、長嘆息した。

見城は自動車電話《カーフォン》の受話器を握り直し、静かに問いかけた。

「で、おれにどうしろと？」

「確か見城さんは、五年前まで赤坂署にいたんすよね」

「ああ」

「だったら、石上先輩の容疑を解《と》くよう働きかけてもらえるんじゃないかと思ったんすよ」

「そいつは無理だな。おれは現職のとき、職場で浮いてたんだよ。署内の連中には疎《うと》まれてたんだ」

「それでも少しは……」

「いや、逆効果になりそうだな。優秀な弁護士なら、いつでも紹介してやるよ」

「そうっすか」

松丸の声が沈んだ。

そのとき、見城はふと思い直した。何者かが美人テレビレポーターの恋人に濡衣《ぬれぎぬ》を着せたのだとしたら、真犯人を強請《ゆす》ることができそうだ。

売り出し中の有森友紀を一介のサラリーマンが殺害したとは考えにくい。真犯人がいるなら、それなりの社会的地位のある人物だろう。

となれば、まとまった金品を脅し取れるのではないか。財力や権力に恵まれた傲慢《ごうまん》な人間を嬲《なぶ》ることには、生理的な快感がある。下剋上《げこくじょう》の歓《よろこ》びを味わえる。

「見城さん、先輩の話だけでも聞いてやってくれないっすか。石上さん、ほんとにまいってる感じなんすよ」

松丸が訴えた。

「いま、石上とかいう先輩と一緒なのか？」

「そうっす。おれのワンボックスカーの中にいるんすよ」

「場所は？」

見城は畳みかけた。

「東京ドームの近くっす」

「いまも尾行されてるのかな？」

「覆面《メン》パトらしい車は見当たらないっすけど、どうもはっきりとは……」

「多分、まだマークされてるだろう」

「そうっすかね」

松丸の声には、怯《おび》えがにじんでいた。見城は早口で言った。

「松ちゃん、そのあたりを車でしばらく流してみな。わざと急にスピードをあげたり、逆に減速してみるんだ。そうすれば、追尾《ついび》されてるかどうかはすぐわかるよ」

「相談に乗ってもらえるんすね？」

「松ちゃんの頼みじゃ、断れない」

「やっぱり、見城さんだ」

松丸が声を弾ませた。

「しかし、あんまり当てにしないでくれ。元刑事がやれることは限られてるからな」

「それでも、心強いっすよ。それで、どこで落ち合います？」

「ひと足先にいつもの『沙羅《さら》』に行ってるよ」

見城は南青山《みなみあおやま》三丁目にある馴染《なじ》みの酒場を指定し、通話を切り上げた。

左手首のコルムを見る。あと数分で、九時半だった。

見城は、ふたたび車を走らせはじめた。

十分そこそこで、三軒茶屋に出た。玉川《たまがわ》通りを渋谷方面に向かう。南青山三丁目まで、それほど時間はかからなかった。

見城は『沙羅』の斜め前にローバーを駐《と》め、大股で店内に入った。

ラムゼイ・ルイス・トリオの軽快なジャズ・ロックが控え目に響いていた。後年、フュージョン・ミュージックに影響を与えた名曲である。ピアノの歯切れがいい。

LPレコードだった。この店にCDプレーヤーはなかった。

初老の経営者は頑固一徹だった。流行に踊らされるようなタイプではない。しかも、めったに店には顔を出さない変わり者だった。

店の雰囲気は落ち着いていた。

インテリアは、渋い色で統一されている。若い客には近寄りがたい店らしい。今夜も三、四十代の常連客が目立つ。

カウンターが半分近く埋まっているきりで、三つあるボックス席には誰もいなかった。

見城はカウンターの先客を眺めた。

剃髪頭《スキンヘッド》の悪徳刑事が端の方にいた。百面鬼《どうめき》竜一《りゅういち》だ。

三十九歳の百面鬼は、新宿署刑事課強行犯係《しんじゆくきようこうはん》の刑事である。職階は警部補だが、平刑事にすぎない。この先も、出世する見込みはないだろう。

百面鬼は寺の跡継《つ》ぎ息子でありながら、やくざ顔負けの極悪人だった。防犯（現・生活安全）課勤務のころは暴力団から平気で袖《そで》の下を貰い、押収品の麻薬や銃刀をこっそり西日本の犯罪組織に売り捌《さば》いていた。

刑事課に移ったのは二年前だが、ろくに仕事はしていない。いまも百面鬼は歌舞伎町《かぶきちよう》の風俗店オーナーに弱みを握っていると脅し、経営者に金と女を貢《みつ》がせている。そんな悪事を重ねていても、悪徳刑事は未《いま》だに職場を追われていない。

それは、百面鬼が本庁の警察官僚《キヤリア》や所轄《しよかつ》の署長の不正の証拠を握っているからだ。傍《ぼう》若無人《じやくぶじん》に振る舞えるのは、そのおかげだった。

鼻抓《つま》み者の百面鬼は、署内で完全に孤立している。本人は〝遊軍刑事〟と気取っているが、同僚たちは誰も彼とペアを組みたがらない。あくが強いせいか、友人らしい友人もいなかった。知り合った当時から、百面鬼はスキンヘッドだった。

しかし、そんな百面鬼も見城には気を許している。どちらも、はぐれ者だからか。もう八年以上の腐れ縁だ。二人とも射撃術に長《た》けていた。ともにオリンピック出場選手の候補に選ばれたのが、親しくなるきっかけだった。

もっとも二人揃《そろ》って予選で落ち、オリンピックに参加することはできなかった。

百面鬼が気配を感じたらしく、ひょいと振り返った。面相《めんそう》はいかつく、鋭い目に凄《すご》みがある。体躯《たいく》も逞《たくま》しかった。

「よう、見城ちゃん！」

「また、おれのバーボンを飲んでるのか」

「当たり《ビンゴ》！　このブッカーズ、ちょっと腐りかけてるみてえだったからさ」

「水じゃあるまいし、ウイスキーが腐るわけない」

見城は苦く笑って、百面鬼のかたわらに腰かけた。

「へえ、そうなのか。おれは、てっきりウイスキーも腐るものと思ってたよ」

「百《どう》さん、同じ手を前にも使ってるよ」

「そうだったっけ？」

百面鬼が厚い肩を揺すって、薄茶のサングラスをずり上げた。

スーツは紫を帯びた茄子紺《なすこん》だった。ダブルブレストだ。腕時計はオーディマ・ピゲだった。成金《なりきん》や暴力団員が好む高価な時計である。

「いらっしゃいませ」

顔馴染みのバーテンダーが会釈《えしやく》し、手早くバーボンの水割りをこしらえた。

見城はグラスを口に運んだ。ブッカーズのボトルは、もう残り少なくなっていた。一昨日《おととい》の晩、キープしたボトルだった。見城は、バーテンダーに新しいボトルの封を切らせた。

すると、百面鬼が古いボトルを抱え込んだ。

「こいつは貰っとくぜ」

「相変わらずだね、百《どう》さんは」

「他人《ひと》の酒はうめえんだよ。女も銭《ぜに》も、他人のものは最高だね。おれ、大好き！」

「こうだもんな。それはそうと、最近、例のブロンド女の話が出ないね」

「リンダのことか。あのアメリカ女とは先々月に、ジ・エンドになっちまったんだ」

「そうだったのか」

見城は短く応じた。この春、リンダ・ヘンダーソンという女ヘッドハンターを百面鬼に押しつけたのは彼だった。

失踪《しっそう》人捜しの仕事で、リンダと関《かか》わりができたのである。見城はリンダに体を穢《けが》され、小便まで飲まされた。

その報復のつもりで、百面鬼にリンダをレイプさせた。ところが、悪党刑事は肉感的な金髪女の虜《とりこ》になってしまった。ひところは毎晩のように会っていたようだ。

「あの女、おれのセックスプレイがワンパターンだって言い出しやがったんだよ」

「百《どう》さんは毎回、リンダに喪服《もふく》を着せて、バックから……」

「ああ。おれは女に喪服を着せねえと、ナニがいきり立たねえからな。ガキのころ、本堂で若くて美しい未亡人を見たのがいけないのかもしれねえ」

百面鬼は妙にしんみりと言い、バーボン・ロックを呷《あお》った。彼の生家である寺は、練馬《ねりま》区内にあった。

「おかしな性癖がついちゃったね。おかげで、新妻にも逃げられてしまったわけだ」

「もう十年も前の話じゃねえか。バツイチは男の勲章《くんしょう》よ」

「負け惜《お》しみが強いな。それにしても、百《どう》さんはどこか歪《ゆが》んでる」

「親の教育が悪かったのさ」

「同じ寺で育った五つ違いの弟さんは、東京地裁の判事を真面目に務めてるじゃないか」

「弟の野郎だって、ちょっとおかしいぜ。寺の子なのに、クリスチャンになりやがったんだから」

「それでも、百《どう》さんよりはずっとまともだよ」

見城は雑《ま》ぜっ返した。

「そうかね。話を戻すが、そんなわけでリンダを張っ倒しちまったんだよ。それで、おしまいさ。男と女の仲なんか、脆《もれ》えもんだよな」

「リンダと別れたにしちゃ、元気そうじゃないか」

「先月、いい未亡人をめっけたんだよ。迎え腰が抜群にうめえんだ。思わず漏《も》らしそうになるね」

百面鬼がだらしなく目尻を下げた。

口許《くちもと》も締まりがない。いまにも涎《よだれ》を垂らしそうだ。

「檀家《だんか》回りをしたときにでも、口説《くど》いたんだな」

「よくわかるね。練馬の大地主の次男坊の嫁さんだった女で、根っからの好きものでな。今夜も、その女んとこに行くことになってんだ」

「生臭坊主め！」

見城は肩をぶつけた。百面鬼がオーバーに上体をよろめかせる。

「妬《や》くな、妬くな。そりゃそうと、見城ちゃん、なんか銭になる話はねえか？」

「いつも百《どう》さんは、女と金の話だね。たまには国際政治の話でもしようや」

「冗談きついぜ。練馬の未亡人に、ブラックオパールをねだられてんだよ。惚《ほ》れた女にや、ちょっといいとこ見せてえじゃねえか」

「東都電機の重役のスキャンダルで、二億円近く寄せたはずだろ？」

「あの金は、そっくりリンダにくれちまったんだ。だから、懐が淋《さび》しくってな」

「こっちも、裏稼業は開店休業状態なんだよ」

見城は言って、また水割りのグラスを傾けた。

「そうなのか。何かおいしい話があったら、おれに喰《く》い残しを回してくれや」

「わかってるって」

「おっと、もうこんな時間か。女を焦《じ》らすのはおれの趣味じゃねえから、お先にな！」

百面鬼は見城の肩を力まかせに叩《たた》き、スツールから降りた。

オードブルの代金を払う素振りも見せない。一直線に出口に向かった。

見城は肩を竦《すく》め、ボックス席に移った。

バーテンダーがボトルやグラスを運んでくれた。店のレコードは、いつしかビリー・ホリデイに替わっていた。曲は『奇妙な果実』だった。

見城はグラスにバーボンを注ぎ、煙草に火を点けた。独《ひと》りで飲むのも悪くない。

松丸が上背のある男を伴《ともな》って店に入ってきたのは、十時二十分ごろだった。

見城は松丸に紹介され、石上彰と名刺交換をした。長身でハンサムな石上は、大手広告代理店『博通堂《はくつうどう》』制作部のＣＦディレクターだった。

見城は松丸と石上をソファに坐らせ、ブッカーズのオン・ザ・ロックを振る舞った。

松丸がバーテンダーに目配《めくば》せし、キープしてある自分のオールドパーを持ってこさせた。若いながら、神経は濃《こま》やかだった。

「刑事の尾行は？」

見城は松丸に顔を向けた。

「やっぱ、尾《つ》けられてたっすよ。でも、途中でうまく撒《ま》いたんで、心配ないっす」

「そうか」

「見城さん、石上先輩の力になってやってください。お願いっす」

松丸が脱いだ革ブルゾンを抱え込むようにして、ぺこりと頭を下げた。石上も釣《つ》られ、深々と頭《こうべ》を垂れた。

「どこまで力になれるかわからないが、事件に巻き込まれるまでの経緯《いきさつ》を話してもらえないか」

見城は上着の内ポケットから、手帳を抓《つま》み出した。

石上が深刻そうな顔つきで、低く語りはじめた。見城は耳を傾けながら、頭の中で話を整理していた。

一昨日の晩、石上は恋人の有森友紀と赤坂ロイヤルホテルで密会することになっていた。最近、二人の関係は冷めかけていた。石上は二人の溝を埋めたくて、半ば強引《なか》に友紀に都合をつけさせた。友紀は迷惑げだったらしい。

石上が予約してあったホテルにチェックインしたのは、午後七時二十分過ぎだった。

彼は九〇三号室に入り、二十分前後ぼんやりと過ごした。友紀は午後九時までに部屋に直接、やってくることになっていた。

ホテルで密会するときは、いつも同じ方法を使っていた。宿泊した翌朝も、出るときは別々だった。精算は毎回、石上が済ませていた。

石上がルームサービスで軽食を注文しようと思ったとき、部屋の電話が鳴った。

電話をかけてきたのは、友紀の代理の者と称する若い女だった。いくらか、声がくぐもっていた。時刻は七時四十五分ごろだった。

石上は、その女の声には聴き覚えがなかった。

新しい付き人かもしれない。勝手に彼は、そう解釈した。

相手は名乗らなかった。女性週刊誌の取材が急に入り、友紀がホテルに行けなくなったことだけを事務的に伝えた。

石上は、自分との約束よりも仕事を優先させた友紀に腹立たしさを覚えた。すぐに彼は、友紀の所属プロダクション『レインボー企画』に連絡をとった。

しかし、友紀の居所は教えてもらえなかった。石上は意地になって、友紀の携帯電話にメールを送った。だが、返信はなかった。

石上は腹立ち紛《まぎ》れに、一ツ木《ひとつぎ》通りのスナックに飲みに出かける気になった。

すぐさま九〇三号室を出た。部屋のカードキーは、フロントには預けなかった。

ホテルの前の車道を渡りかけたとき、ダークグリーンのユーノス・ロードスターが近づいてきた。

ドライバーは、二十一、二歳のキュートな女だった。黒のオフタートルのセーターに、同色のチノクロスパンツを穿《は》いていた。〝逆ナンパ〟なのか。

女に誘われるまま、石上は助手席に乗り込んだ。ワンナイトラブを愉《たの》しむ気になっていた。石上は、女を銀座《ぎんざ》あたりのカクテルバーに誘うつもりだった。

しかし、女は酒場には行きたがらなかった。いたずらっぽい笑みを浮かべながら、車を江戸川区方面に走らせた。やがて、ユーノス・ロードスターは区内の外れにある『ナイトドリーム』というモーテルに横づけされた。

午後八時五十分ごろだった。

そのモーテルは棟《むね》割り式の造りで一階部分がガレージ、二階が寝室になっていた。料金は部屋のエアシューターを使って、フロントに払い込むシステムになっていた。釣り銭もエアシューターで部屋に送られてくる。

要するに、客はモーテルの従業員と顔を合わせることなく、堂々と出入りできるわけだ。

女は寝室に入ると、すぐに衣服をかなぐり捨てた。石上は、女の行動が薄気味悪くなった。美人局《つつもたせ》に引っかかったのではないかと警戒心を強めた。

石上が詰問《きつもん》しかけると、女は彼の前にひざまずき、せっかちにスラックスのファスナーを引き下げた。

石上は巧《たく》みな舌技を加えられ、たちまち自制心を失った。女をベッドに押し倒し、荒々しくのしかかった。女は、行為の途中で石上にサービス用のスキンを装着させた。

石上はワイルドに交わった。呆気《あっけ》なく果ててしまった。

女は昇りつめなかった。石上はシャワーを浴びたら、ふたたび女を抱く気でいた。

だが、思いがけない展開になった。石上が浴室を出ると、女の姿は掻《か》き消えていた。午後十時五分ごろだった。

彼のキャメルカラーのウールコートは持ち去られていた。

ウールコートの内ポケットには、十数枚の名刺の入った黒革の名刺入れが納めてあった。赤坂のホテルのカードキーは、右ポケットの中だった。

札入れや高級腕時計には手をつけられていなかった。石上には、女の行動が不可解だった。枕《まくら》探しが目的なら、金品を奪うだろう。狙《ねら》いがわからない。

石上は、それ以上のことは考えなかった。

休憩の料金を払い、モーテルを出た。通りかかったタクシーに乗り、新小岩《しんこいわ》の駅前で降りた。

石上は自分が愚かに思え、無性《むしょう》に酒が飲みたくなった。近くの居酒屋に入ったのは、十時二十数分過ぎだった。

その店で焼酎《しょうちゅう》の梅割りを五杯飲み、少し先にあるスタンドバーに移った。ジン・ロックを二杯飲むと、急激に酔いが回った。

二軒の店名は憶《おぼ》えていない。スタンドバーを出たのは十一時半過ぎだった。

石上はへべれけに酔っていたが、赤坂ロイヤルホテルに戻る気にはなれなかった。タクシーで錦糸町《きんしちょう》に向かった。

駅の近くの飲食街に足を踏み入れたのは、午前零時過ぎだった。

石上は、うらぶれた小料理屋やバーを数軒ハシゴした。どの店の名も、はっきりとは思い出せない。乗ったタクシーの会社名も、うろ覚えだった。

赤坂ロイヤルホテルに戻ったのは昼すぎである。

だが、石上は館内に入らなかった。居合わせた報道関係者から友紀が九〇三号室で殺害されたことを教えられ、すぐにホテルから遠ざかったのだ。フロントには、チェックインの際《さい》に一泊分の保証金を預けてあった。

石上は六本木《ろっぽんぎ》まで歩き、タクシーで自宅に逃げ帰った。

赤坂署の刑事たちが勤務先に訪れたのは、きのうの夕方だった。石上は任意同行を求められ、深夜まで厳しい事情聴取をされた——。

見城は、必要なことを手帳に書き留《と》めた。

「先輩は、まるで犯人みたいに扱われたらしいんすよ。四十年配の刑事は石上さんの頭を小突いたり、机を拳《こぶし》で叩いたそうっす。ひどいっすよね」

松丸が怒気《どき》を込めて言った。見城は低く呟《つぶや》いた。

「そいつは、きっと家弓知明《かゆみともあき》って刑事だよ」

「ええ、家弓という名でした」

石上が苦々しげに言い、下唇を噛《か》んだ。昨夜のことが脳裏に蘇《よみがえ》ったのだろう。

「点数稼ぎしてる厭《いや》な奴なんだ」

「そうなんですか」

「新小岩の居酒屋に入ったのは、十時二十分過ぎだったんだね？」

見城は手帳を見ながら、石上に確かめた。

「ええ、そうです。でも、店の名をどうしても思い出せなくて」

「領収証は？」

「くれなかったんですよ。二軒目のスタンドバーは、頭の二字が〝カル〟だった気がするんですが、警察の人はそんな店名のついたバーはなかったと……」

「しかし、新小岩にもう一度行けば、二軒とも思い出すんじゃないかな」

「ええ、多分」

「それなら、そう心配することはないよ」

「ですけど、友紀の体内には、ぼくの精液が遺《のこ》ってたんです。DNA鑑定で、ぼくの体液に間違いはないらしいんですよ。それから、ベッドにはぼくの毛根付きの頭髪と陰毛があったというんです。それに、煙草の吸殻も現場にあったそうです」

石上が言って、うなだれた。

「確かに状況は不利だね」

「見城さん、ぼくは友紀を絶対に殺してなんかいません。第一、一昨日の夜は彼女には会ってないんです。だから、友紀とセックスなんかしてないんですよ。どうか信じてください」

「きみは誰かに嵌《は》められたんだろうな。思い当たる人物は？」

「特にいません」

「そうか。モーテルで使ったスキンは、部屋の屑《くず》入れに捨てたの？」

見城は問いかけ、煙草をくわえた。

「ええ、口のとこを結んで捨てました」

「ユーノス・ロードスターに乗ってた女が、使用済みのコンドームを持ち出したとも考えられるな」

「あの女が何らかの方法で、ぼくの精液を友紀の膣内に注入したと……」

石上が呟《つぶや》き、見城の顔を直視した。

「スポイト一本あれば、そいつは可能だろうな。しかし、有森友紀は猟奇的な殺され方をしてる」

「ええ、そうなんですよね。片方の乳房は抉《えぐ》られ、性器も傷つけられていました」

「家弓刑事は、きみに死体写真を見せたようだな」

見城はロングピースの灰を落とした。

「ええ、何枚も見せられました」

「それは、家弓がよくやる手口なんだよ。それはともかく、被害者が性的ないたずらをされてることを考えると、犯人は男なんだろうな」

「ぼくも、そう思います」

「見城さん、石上先輩は有森友紀を愛してたんすよ」

松丸が口を挟んだ。

「だから？」

「先輩が彼女を殺すわけないっすよ。一年前に商社のOLだった有森友紀をスカウトして、鉄鋼会社のCFに起用したのは石上さんなんすから。そのころから、先輩は友紀に好意以上の感情を寄せてたんです」

「松丸、よせよ」

石上が困惑顔で遮《さえぎ》った。

「先輩、言わせてください。有森友紀のほうだって、石上さんには熱い想いを寄せてたにちがいないっすよ。CF出演がきっかけで、彼女はテレビレポーターになれたんすから」

「松ちゃん、愛情と恩義は別のもんだよ」

「それは、そうかもしれないっすけど」

松丸は、いくらか不服そうだった。

見城は煙草の火を消し、石上に訊《き》いた。

「二人の感情が擦《す》れ違うようになった理由《わけ》は？」

「四、五カ月前、ぼくは友紀に婚約を迫ったんです。彼女は生返事をするだけで、なんとなく乗り気ではないようでした」

「それ以来、二人の気持ちが寄り添わなくなってしまったわけか」

「ええ、まあ。もしかしたら、あのころから、友紀は別の男に心を奪われてたのかもしれません。これは、単なる勘ですけどね」

石上がそう言い、バーボンのロックをひと息に呷った。松丸が横目で石上を眺め、辛そうに目をつぶった。

「アリバイが成立すれば、きみの容疑は必ず晴れるさ」

「そうだといいんですが……」

「明日、モーテルから錦糸町までの足取りを一緒にたどってみよう。居酒屋かスタンドバーの従業員が、きみのことを思い出すかもしれないからね」

「わかりました。明日の午前中に、見城さんのオフィスに電話させてもらいます」

「待ってるよ。今夜は少し飲んで、ぐっすり眠ったほうがいいな」

見城は、石上のグラスに多めにバーボンを注いだ。

松丸が安堵《あんど》した表情になり、バーテンダーに数種のオードブルを注文した。

石上の顔は暗いままだった。

3

海苔《のり》が香《こうば》しい。

炊きたてのご飯は、ほっこりとしていた。一粒一粒が光っている。味噌《みそ》汁の湯気が妙に気持ちを和《なご》ませる。

見城は塩鮭《しおざけ》に箸《はし》を伸ばした。

渋谷の自宅マンションだ。見城の前には、恋人の帆足里沙《ほあしりさ》が坐っている。

二人はパジャマの上に、それぞれガウンを羽織《はお》っていた。

目覚めたのは小《こ》一時間前だった。食卓には、明太子《めんたいこ》、笹蒲鉾《ささかまぼこ》、浅蜊《あさり》の佃煮《つくだに》、鶉豆《うずらまめ》、漬物などが並んでいる。

里沙は昨夜遅く、両手にスーパーのビニール袋を提《さ》げてやってきた。その中身は、きょうの朝食の材料だった。

「こういうオーソドックスな朝飯を喰うのは、久しぶりだよ」

「お味はいかが？」

里沙が照れながら、笑顔で訊いた。

セミロングの豊かな髪が、レモン型の顔を柔らかく包んでいる。奥二重の目は少しきつい印象を与えるが、目鼻立ちは整っていた。いくらか肉厚な唇が、なんともセクシーだ。

「どれもうまいよ」

「よかったわ」

「里沙が、こういう朝飯を作れるとは意外だったよ」

「これでも一応、花嫁修業中だもの」

「体は、もうとっくに人妻並に熟れきってるけどな」

見城は半畳《はんじょう》を入れた。と、里沙が甘く睨《にら》みつけてきた。

「こんな体にさせたのは、どこの誰なの？」

「昔の男だろうな」

「性格悪くなったわねえ」

「くっくっく」

「見城さんには負けちゃうわ」

里沙が微苦笑して、滑子《なめこ》と豆腐の入った味噌汁を啜《すす》った。

唇の動きが、なまめかしく見えた。昨夜、さんざん含まれたせいか。

見城は飯を掻《か》っ込みながら、里沙に問いかけた。

「仕事のほうは、どうなんだ？」

「景気が少し上向いてきたようで、ほぼ連夜、お声がかりがあるの」

里沙は、パーティー・コンパニオンだった。

まだ二十四歳だが、すでに妖艶《ようえん》さを漂わせている。肉感的な肢体《したい》で、脚《あし》はすんなりと長かった。切り込み《スリット》の深いイブニングドレスなどを着ると、実に優美で妖《あや》しくなる。

「そいつは結構なことじゃないか」

「今月から時給も三千五百円にアップしたの」

「三時間のパーティーに出るだけで、一万円以上になるわけか。おれより、ずっと稼ぎがいいな」

見城は言った。

「からかわないで。あなたの仕事のほうは？」

「まあまあってとこだな」

「そうなの。それはそうと、こんなふうに差し向かいで食事をするのは、なんだか照れ臭いわね」

里沙がはにかんだ。

「おれは仄々《ほのぼの》とした気分になるよ」

「それなら、一緒に暮らす？」

「えっ⁉」

見城は返答に窮《きゅう》した。

里沙と知り合って、はや一年が過ぎた。彼女の性格も容姿も気に入っている。セックスパートナーとしても申し分ない。しかし、同棲《どうせい》するとなると、お互いに相手を束縛し合うことになる。それが、うっとうしく思えた。

「いやだ、そんなに悩まないで。ちょっと見城さんを困らせてみたかっただけよ」

「そうだったのか」

「いままで通りに、会いたいときに会うというほうが新鮮でいいわ」

「里沙は、いい女だな。惚《ほ》れ直したよ」

「調子がいいんだから。男にとって、都合のいい女と思ってるだけなんでしょ？」

「おれは、そんなふうに考えたことは一度もないよ。里沙に首ったけなんだ」

「そういうことにしといてあげる。お代わりは？」

里沙が母親のような口調で訊いた。いい感じだった。

見城は反射的に空になった茶碗《ちゃわん》を差し出していた。里沙がにっこりと笑い、ダイニングテーブルから離れた。ガス炊飯器は調理台の上にあった。

LDKは十五畳のスペースだった。リビングとダイニングキッチンは、オフホワイトのアコーディオン・カーテンで仕切れるようになっていた。依頼人が訪れるときは、カーテンでダイニングキッチンを隠す。

リビングの中央には応接セットがあり、それを挟む形でスチールデスク、キャビネット、資料棚、パソコンなどが並んでいる。机の上にある電話機が親機《おやき》で、寝室には子機《こき》が置いてあった。いわゆるホームテレフォンだ。

見城は漬物を口の中に放り込み、緑茶を飲んだ。宇治《うじ》茶だった。いくらか甘みがある。

里沙が戻ってきた。

「やっぱり、新潟のコシヒカリはうまいな。何杯でも喰えそうだ」

「あら、それ、宮城のササニシキよ」

「えっ、そうなのか」

見城は笑いでごまかして、熱々のご飯を掻き込みはじめた。

明太子は極上物《ごくじようもの》だった。笹蒲鉾も歯応《ごた》えがあって、とてもうまい。佃煮や豆もおいしかった。箸を目まぐるしく動かす。

「なんだか腕白坊主《わんぱくぼうず》を見てるみたいだわ」

里沙が嬉しそうに言った。見城は里沙の母性本能を一段とくすぐりたくて、ことさらダイナミックに箸を操《あやつ》りつづけた。

二膳《ぜん》めをあらかた食べ終えたころ、里沙がぽつりと言った。

「テレビレポーターの有森友紀が殺されたわね」

「ああ」

「タレントの世界は野心が渦巻《うずま》いてるから、妬《ねた》まれたり、恨《うら》まれたりすることが多いのよ」

「そういえば、里沙もテレビタレントだったんだな」

見城はそう言い、茶を啜った。

「わたしはごく短い間、クイズ番組や音楽番組のアシスタントをやってただけ」

「なぜ、やめちゃったんだ？」

「あの世界は他人を踏み台にするくらいの図太さや根性がないと、ビッグなタレントにはなれないの」

里沙が言った。

「だろうな」

「わたし、そんな烈《はげ》しい競争が厭《いや》になって商売替えしちゃったの」

「そうだったのか。実はおれ、有森友紀殺しの件で調査を依頼されたんだよ」

見城は事の経緯《いきさつ》をかいつまんで話した。

「浮気調査なんかより、ずっと面白そうじゃない？」

「そうだな。しかし、事件は案外、奥が深そうなんだ」

「そうなの。ワイドショーなんかでは、変質者の犯行だろうと推測してたけど。その可能性もあるんじゃないかな」

里沙が自信ありげに言った。

「テレビの世界にアブノーマルな奴は？」

「割にいるみたいよ」

「たとえば？」

「女装癖のあるプロデューサーがいたり、SMクラブに入り浸《びた》ってるディレクターがいたりね。日東《にっとう》テレビの編成局長なんかロリコンで、わざわざマニラやバンコクに出かけて、十二、三歳の少女売春婦と遊んでるって噂《うわさ》があったわ」

「女の肌を傷つけたりしてるスーパー級のサディストは？」

見城は問いかけた。

「関東テレビの重役が女性の体に金串《かなぐし》を突き刺したり、竹べらで性器を抉《えぐ》ったりするって話をタレント仲間から聞かされたことがあるけど、真偽はわからないわ」

「その重役の名は？」

「えーと、なんて名前だったかしら？　武藤《むとう》か須藤《すどう》だったと思うけど」

里沙が、白いしなやかな指で額を押さえた。

「無理に思い出さなくてもいいよ」

「必要だったら、昔のタレント仲間に電話で訊いてみるけど」

「いや、いいよ。それより、腹ごなしにベッド体操をするか？」

見城は伸びをしながら、誘ってみた。

まだ十時前だった。石上彰が電話をしてくるまで、多少の時間はあるだろう。

「タフねえ」

「おれ、実はサイボーグなんだよ。ノーサンキューか？」

「ううん、そんなことないわよ。そういうことなら、ちょっと歯磨きをしてくるわ」

里沙が、洗面所に向かった。弾むような足取りだった。

見城はロングピースをくゆらせはじめた。一服してから、歯を丁寧《ていねい》に磨いた。その間に、里沙は手際《てぎわ》よく後片づけを済ませた。

二人は奥の寝室に入ると、競《きそ》うようにガウンとパジャマを脱いだ。

室内はガス温風ヒーターで暖められ、汗ばむほどだった。

二人は立ったまま、唇を重ねた。

舌を吸い合いながら、ランジェリーを脱がせる。体をまさぐり合うと、たちまち里沙は秘部を潤《うる》ませた。彼女は息を喘《あえ》がせながら、見城の欲情を巧《たく》みに煽《あお》った。指の動きには、みじんの無駄《ロス》もなかった。

見城は一気に昂《たか》まった。

膨《ふく》らんだ部分を里沙の鳩尾《みぞおち》に強く押しつける。里沙が体をそよがせはじめた。

見城は里沙を強く抱き寄せた。量感のある乳房が弾んで、平たく潰《つぶ》れた。

里沙の絹糸のような和毛《にこげ》は、見城の内腿に触れていた。優しい感触だった。

ウエストのくびれをソフトに撫でる。

しっとりとした肌は、抜けるように白かった。肌理《きめ》も濃《こま》やかだ。典型的な餅肌《もちはだ》で、掌《てのひら》に吸いついてくる。

見城は頃合《ころあい》を計って、ベッドに仰向けになった。

里沙が恥じらいながら、逆《さか》さまに重なってきた。顎《あご》の向こうに、彼女の和毛《にこげ》が煙ってい
る。濃厚な交わりは延々とつづ《っ》いた。

二人は快楽の余情を味わい尽《つ》くしてから、静かに体を離した。並んで仰向けになる。

「食後のスポーツは、いかがでした？」

里沙がそう言い、火照《ほて》った頰を見城の肩口に押し当てた。

「さわやかだったよ。そっちは？」

「よかったわ。よすぎて、頭が変になりそうだった。セックスって、凄い力を持ってるのね」

「そうだな」

見城は腹這《ば》いになり、ナイトテーブルに腕を伸ばした。

煙草のパッケージを摑みかけたとき、ホームテレフォンの子機が鳴った。見城は横向きになって、受話器を取り上げた。声の主は松丸だった。

「松ちゃん、何かあったのか？」

「見城さん、大変っす。石上さんが、たったいま、別件で逮捕《パク》られたんすよ」

「なんだって⁉　容疑は？」

見城は跳ね起きた。

「傷害容疑っす。石上先輩、半月ほど前に、赤坂の行きつけのスナックで酔った客に絡《から》まれたらしいんすよ。それで先輩、その男を突き飛ばしたみたいなんす」

「酔っ払いは、どこを怪我したんだ？」

「テーブルの角で、ちょっと唇を切っただけらしいんすよ。スナックのママが間に入ってくれて、話は丸く収まったって言うんすよね。それなのに、いまごろになって……」

　松丸は、わけがわからないようだった。

「苦し紛《まぎ》れに別件で被疑者をしょっぴくのは、無能な刑事の常套《じょうとう》手段なんだよ」

「そうなんすか」

「松ちゃん、石上彰が捕まったとき、彼のそばにいたのか？」

「ええ、いました。おれ、昨夜《ゆうべ》は上馬《かみうま》にある先輩のマンションに泊まったんす。石上さん、かなり塞《ふさ》ぎ込んでたんで、なんとなく心配になったんすよ」

「そうか。訪ねてきた刑事は、ちゃんと令状を見せたのかな？」

　見城は矢継《やつ》ぎ早《ばや》に訊いた。

「ええ。家弓って刑事が令状を読み上げてから、石上さんに手錠を打ったんすよ」

「スナックの名前は？」

「『アクエリアス』とか言ってました。みすじ通りにあるみたいっすよ」

「そのスナックなら、知ってる。竜神会《りゅうじんかい》の大幹部が愛人にやらせてる店なんだ。現職のころ、家宅捜索《ガサイレ》したことがあるよ。客にゲーム賭博《とばく》をやらせてたんだ」

「そうっすか。見城さん、先輩はどうなっちゃうんっす？」

　松丸が心配そうに問いかけてきた。

「おそらく勾留《こうりゆう》期限いっぱいの二十三日間は、自宅に戻れないだろうな」

「そんなに長くっすか⁉　確か警察は被疑者を四十八時間以内に、地検に送致しなけりゃならないんすよね？」

「ああ、そうだね。しかし、検察官は裁判所に最大二十一日の勾留延期申請ができるんだ」

「そうなんすか」

「だから、逮捕時から丸二十三日間は被疑者を警察の留置場にぶち込んでおけるんだよ。三日目からは、検察の代用監獄として使われるんだ」

見城は説明した。

「身柄を拘禁してる間に警察は石上さんを締め上げる気なんすか？」

「それは間違いないだろう。家弓って刑事はスッポンという渾名《あだな》があって、被疑者に喰《く》らいつくと、力業《ちからわざ》で自供に追い込んでるんだ」

「それじゃ、先輩は……」

「おれには石上彰を釈放させることはできないから、知り合いの老弁護士の手を借りよう」

「その弁護士さんは、どういう人なんすか？」

松丸が訊いた。

「検事出身の弁護士なんだが、稀《まれ》にみる硬骨漢だよ。これまでに冤罪《えんざい》事件をいくつも手がけて、無罪判決を勝ち取ってるんだ」

「そういう先生なら、頼りになりそうっすね」

「ああ。だから、あんまり気を揉むなって」

見城は受話器をフックに返して、ベッドを降りた。里沙に事情を話し、浴室に急いだ。

4

視界が悪い。

空は、どんよりと曇っている。いまにも雪になりそうな空模様だ。

見城はローバーを走らせていた。

港区西新橋《にししんばし》二丁目だった。外山雄平《とやまゆうへい》弁護士の事務所は、数百メートル先にある。

ほどなく見覚えのある古めかしいビルが、視野に入ってきた。左手前方だった。

見城はスピードを緩《ゆる》め、老朽化した雑居ビルの前に車を停めた。

デザインセーターに、黒革のジャケットを羽織《はお》っただけの軽装だった。七十八歳の老弁護士は、服装や肩書に惑《まど》わされる人物ではなかった。

見城は車を降りた。

外山弁護士のオフィスは、古ぼけた雑居ビルの三階にある。ビルは五階建てだったが、エレベーターはなかった。

見城は階段を駆け上がった。外山法律事務所は、とっつきの部屋だった。

老弁護士は木製のがっしりした造りの両袖机に向かって、公判記録を読んでいた。

老眼鏡は高い鼻の中ほどまで、ずり落ちている。おおかた、遠くの物と近くの物をすぐに見られるようにしているのだろう。

秘書は五十過ぎの女性だった。老弁護士の姪《めい》である。ふくよかな体つきで、性格も明るい。

「あら、お久しぶり！」

秘書は見城に気づくと、陽気な声をあげた。

その声で、外山が顔を上げた。

「やあ、きみか」

「先生、しばらくです。お元気そうで何よりです」

見城は型通りの挨拶《あいさつ》をした。

外山が老眼鏡を外し、肘《ひじ》掛け椅子から立ち上がった。中背だが、ひどく痩《や》せている。だが、血色は悪くなかった。白髪は光沢を放っていた。

「そろそろ引退したいんだが、冤罪がいっこうに減らんからね。やむなく老骨に鞭《むち》打っとるんだよ」

「そのご様子なら、あと二十年は現役でいられますよ」

「そうもいかんだろう。仕事はどうかね？」

「喰うや喰わずの暮らしですが、のんびりとやってます」

「そう。会うのは二年ぶりかな？」

「ええ」

「ところで、きょうは？」

「実は先生のお力をお借りしたくて伺《うかが》ったんですよ」

見城は顔を引き締めた。

「民事の揉め事なら、勘弁願いたいね」

「いいえ、刑事事件の弁護をお願いしたいんです。確証があるわけではないんですが、どうも冤罪の疑いがありまして」

「ほう。どんな事件なの、聞かせてもらおうか」

老弁護士は落ちくぼんだ目をにわかに輝かせ、見城に色の褪《あ》せた布張りの応接ソファを勧めた。焦茶《こげちゃ》のスリーピース姿だった。

二人はコーヒーテーブルを挟んで向かい合った。

そのすぐ後《あと》、外山の姪が二人分の茶を運んできた。女秘書が下がると、見城は有森友紀殺害事件のことを詳しく喋《しゃべ》った。職業柄、老弁護士は事件のアウトラインは知っていた。

「先生、石上彰の力になっていただけませんか。わたしじゃ、被疑者と面会することもままなりませんので」

見城は頼み込んだ。

「きみがシロという心証を持ったんだったら、そのCFディレクターは犯人じゃないんだろう。きみは変わり者だったが、敏腕刑事だったからね」

「どうも皮肉に聞こえるな。わたしは現職のころ、先生が弁護された被疑者をうっかり真犯人《ホンボシ》にしかけた男ですからね」

「どんな人間にも、過《あやま》ちはあるさ。きみの立派なところは、決して引きネタを使わなかったことだ」

外山が誉めた。引きネタというのは、別件逮捕を意味する警察用語だ。

「引きネタを使うのは卑怯《ひきょう》ですし、自分が無能だということを言い触《ふ》らしてるようなもんです」

「その通りだね。しかし、いまも引きネタはしばしば使われてる」

「ええ、そうですね。残念です」

「飲み屋のツケで詐欺《さぎ》罪をフレームアップしたり、ひどい場合は留守中の親類宅の庭先に入っただけで、住居侵入罪だ。そんなことで、民主警察と言えるのかね」

「軽微《けいび》な別件による逮捕は、絶対になくすべきです」

見城は言葉に力を込めた。追従《ついしょう》ではなかった。本気で、そう考えていた。

「当然だよ」

「先生、いつから石上彰の弁護活動を？」

「すぐに取りかかろう。といっても、うちには居候弁護士《イソベン》も専属の調査員もおらんから、細かい調査はきみに引き受けてもらわんとな」

外山が済まなそうに言った。

「それは任せてください。刑事事件の調査なら、やり甲斐《がい》があります」

「そうだろうね。ただ、報酬《ほうしゅう》のほうはたくさんは払えないぞ」

「先生から、お金をいただくつもりはありません」

見城は慌《あわ》てて手を振った。

「しかし、まさか只働《ただ》きさせるわけにもいかんだろう」

「ご心配なく、調査費用は石上彰に請求するつもりですので」

「その話は、また後で。おーい、明子《あきこ》、書類を揃えてくれ」

外山が姪に怒鳴った。女秘書は、てきぱきと弁護依頼の委任状など必要な書類を取り揃えた。

それから間もなく、見城は老弁護士と一緒に事務所を出た。ローバーの助手席に外山を乗せ、すぐ赤坂署に向かう。

道路は割に空いていた。十五、六分で赤坂署に着いた。

署内に入るのは丸五年ぶりだった。しかし、特別な感慨は湧《わ》かなかった。制服警官の中には、初めて見る顔がいくつも交じっていた。去年の春から署長も替わっているはずだ。

見城たち二人は、捜査本部が設置された五階の会議室に直行した。かなり広い。

凶悪な殺人事件などが発生すると、所轄署に捜査本部が設けられる。警視庁本部の捜査一課のメンバーと所轄署の刑事が協力し合って、事件の解決に当たるわけだ。

事件の規模によって、動員される捜査員総数は三十人から七十人前後と幅がある。

捜査本部長は本庁の刑事部長、副本部長は所轄署の署長が務める場合がほとんどだが、現場の指揮は例外なく本庁の管理官かベテラン捜査員が執《と》る。所轄署の刑事たちは、下働きに甘んじなければならない。

　そんなことから、合同捜査の足並《あしなみ》は揃わないことのほうが多い。本庁と所轄署の刑事が密かに張り合って、先を越したがるからだ。

　外山弁護士は、捜査本部長に石上彰との接見を求めた。だが、取り調べ中だという理由で、体《てい》よく断られた。

「それなら、待たせていただく」

　老弁護士が挑むように言って、廊下にあるベンチにどっかりと腰かけた。

　見城も、外山のかたわらに坐った。予想通りの対応だった。警察は、被疑者を弁護士に会わせたがらない。被疑者に妙な知恵をつけられると、取り調べがやりにくくなる。

　老弁護士は、ほぼ三十分置きに接見を求めた。しかし、そのたびに同じ理由で要求は撥《は》ねつけられてしまった。

「捜査当局は接見をできるだけ引き延ばす気なんですよ」

　見城は外山に耳打ちし、煙草に火を点けた。ベンチに腰かけてから、ひっきりなしに紫煙をくゆらせていた。喉が少々、いがらっぽい。

「あまり人をばかにするなら、こちらも強硬手段を執るつもりだ」

「しかし、何日も接見を認めないというわけではないでしょうから、先生、もう少し辛抱しましょうよ」

「やむを得んか」

外山は憮然《ぶぜん》とした顔で言い、枯れ枝《えだ》のような細い腕を組んだ。

待つ時間は、ひどく長く感じられた。二人はベンチに坐りつづけた。午後五時を回っても、接見は認められなかった。

家弓が歩み寄ってきたのは、五時半ごろだった。見城はベンチから立ち上がった。視線が交わり、激しくスパークした。

先に口を開いたのは家弓だった。

「見城、噂によると、羽振りがいいそうじゃないか」

「おれがどんな暮らしをしてようが、あんたにゃ関係のないことだ」

「確かに、おっしゃる通りだな」

「石上彰を別件で引っ張ったって、後で恥をかくことになるんじゃないのかっ」

見城は切れ長の両眼に凄みを湛《たた》え、家弓を睨み据えた。

家弓が鰓《えら》の張った浅黒い顔を引き攣《つ》らせ、ぎょろ目を剝《む》いた。獅子《しし》っ鼻から、荒い息が洩れた。上背は、見城よりも十センチほど低かった。

「何か言ってほしいな」

「おまえ、まだ現職のつもりでいるのか。偉そうな口を利くんじゃないっ」

「『アクエリアス』のどんな弱みをちらつかせて、石上の傷害罪をでっち上げたんだ？」

「きさま、なんてことを言いやがる！」

家弓が気色《けしき》ばみ、見城の襟首を摑んだ。

「取調室でも、こんなふうに石上の胸倉を摑んだんじゃないのか？」

「おれにあやつける気なのかっ。上等だ！」

「ここでおれを殴る勇気がないんなら、その汚ない両手を放してくれ」

見城は口の端をたわめた。

家弓が歯嚙みし、両手を放す。大きく息を吐き、外山に声をかけた。

「先生、接見をどうぞ！」

「待ちくたびれて、焦《じ》れかけてたんだ。これは明らかに厭《いや》がらせじゃないか。法廷で、きょうのことも必ず……」

老弁護士は怒《いか》りながら、ベンチから腰を浮かせた。家弓は外山と見城を等分に睨《ね》めつけ、捜査本部に消えた。

「先生、後はよろしくお願いします。わたし、事件当夜の石上の足取りを調べてみます」

見城は玄関に向かった。

赤坂署を出て、車をみすじ通りに走らせる。ほんのひとっ走りで、目的のスナックに着いた。

『アクエリアス』は、まだ準備中だった。

しかし、顔見知りのママはカウンターの中で細巻き煙草を吹かしていた。三十代の半《なか》ばで、派手な造りだった。バストがとてつもなく大きい。まるで西瓜《すいか》を二つぶら下げているようだ。化粧が厚く、香水の匂《にお》いを漂わせていた。

「おれの面《つら》、忘れてないよな」

見城は話しかけた。

「昔、赤坂署にいた方よね？」

「そう」

「いまは、どちらに？」

ママが訊いた。見城は、とっさに言い繕《つくろ》った。

「桜田門《さくらだもん》の捜一にいる」

「それはそれは、大変な出世じゃありませんか。それで、きょうは？」

「家弓に脅されて、石上彰の別件逮捕に協力したなっ」

「何を言ってるんです⁉ わたし、そんなことしてませんよ」

ママが柳眉《りゅうび》を逆立《さかだ》てた。

「おれの親しい奴が、まだ防犯（現・生活安全）課にいるんだよ。そいつから情報を貰って、この店をぶっ潰すこともできるんだ」

「言います、言いますよ。ここで、不法滞在の上海《シャンハイ》娘を二人使ってるの。家弓さんはそのことを持ち出して、石上さんに突き倒された常連さんに被害届を出すように働きかけろって言ったんですよ」

「やっぱり、そうだったか。場合によっては、そのことを法廷で証言してもらうことになるぞ。一応、覚悟しといてくれ」

見城は言い捨て、店を出た。ローバーに乗り込み、すぐさま江戸川のモーテルに向かう。

第二章　猟犬は眠らない

1

街路は真っ白だった。

光の乱反射が鋭い。眩《まぶ》ゆかった。

きのうの夜半から朝まで降りつづけた牡丹雪《ぼたんゆき》は、十数センチ積もっていた。外苑東通《がいえんひがしどお》りだ。車の流れがのろい。

見城は少し苛立《いらだ》ちはじめていた。どの車も病《や》み上がりの老女のように、慎重に進んでいる。

ようやく乃木《のぎ》公園に差しかかった。

見城はローバーを左折させた。脇道《わきみち》は車の量が少なかった。これなら、スムーズに走れそうだ。

前夜は収穫がなかった。

石上彰が行きずりの女と入ったモーテルを皮切りに、彼の事件当夜の行動を丹念になぞってみた。新小岩の居酒屋とスタンドバーは、造作なく探し当てることができた。しかし、石上のことを記憶に留《とど》めている人物はいなかった。

左手前方に、一ツ木公園が見えてきた。

公園の角の交差点を右に折れる。いくらも走らないうちに、九階建ての赤坂ロイヤルホテルが視界に入った。中規模のシティホテルだった。

見城は地下駐車場に車を入れ、一階のフロントに回った。

きょうは背広姿だ。濃い灰色のスーツに、ジャガード織りのネクタイを結んでいた。

フロントの横に、顔見知りのフロアマネージャーが立っていた。

関根《せきね》和弘《かずひろ》という名だった。まだ四十二、三歳だろうが、額がだいぶ後退している。関根が見城に気づき、軽く目礼した。

見城は関根に歩み寄った。

「どうもしばらくです」

「赤坂署にいらした見城さんですよね？」

「そうです。いまは、私立探偵をやってます」

「そうなんですか。それで、きょうはどのような……？」

関根が問いかけてきた。

「実は知り合いの弁護士に頼まれて、有森友紀殺害事件の調査をしてるんですよ」

「先夜の事件には、まいりました」

「事件当夜のことを少しうかがいたいんですが、九〇三号室の予約をしたのは『博通堂』の石上彰さんに間違いないんですね？」

見城は確認した。

「ええ、間違いありません。あの晩、石上さまがチェックインされたとき、たまたま、わたしがフロントに立っておりましてね」

「そうですか。チェックインの時刻は？」

「午後七時二十一分でした。事件が起こってから、レジスターカードを確認しましたので、間違いありません」

「石上さんは当夜、一泊分の保証金を預けたと言ってるんですが……」

「はい、その通りです。無断で帰られたので、その保証金を宿泊代に充《あ》てさせていただきました。数百円の釣り銭は、石上さまのご自宅にお届けしておきました」

関根が答えた。石上の話と合致していた。

「有森さんの死体を発見した方は、いま、いらっしゃいますか?」

「おります。木村繁《きむらしげる》という者です」

「ちょっと話をうかがいたいんですよ」

見城は言った。

関根が考える顔つきになった。すかさず見城は付け加えた。

「決してご迷惑はかけません」

「わかりました。木村を呼んでまいりますので、あちらでお待ちになっていただけますか」

関根が広いロビーの隅にあるソファセットを手で示し、急ぎ足でフロントに向かった。

見城はゆったりとしたソファに腰かけ、ガラス越しにホテルの庭園を眺めた。

石庭を取り囲むように、築地《ついじ》が巡らされている。奥には池があり、赤い橋が架《か》かっていた。外国人客が喜びそうな庭園だ。

待つほどもなく、関根が二十六、七歳の細身の部下とともに近づいてきた。若いホテルマンは木村だった。すでに関根から見城のことを聞いたようで、いくぶん緊張している様子だ。

関根と木村が正面に並んで坐《すわ》った。

「早速なんだが、九〇三号室のドアはロックされてたんでしょ？」

見城は木村に訊《き》いた。くだけた口調で問いかけたのは、相手の緊張をほぐすためだった。

「ええ。フルオートになっていますので、ドアを閉《し》めれば、自動的にロックされるのですよ」

「なるほど。室内の様子はどうだった？　荒れてたのかな」

「別に人が争ったような痕跡《こんせき》はありませんでした」

「そう。有森さんの衣服はどこにあったんだろう？」

「後でわかったのですが、下着以外の服はクローゼットの中にきちんと入っていました。パンティーとブラジャーは洗面室にありました」

「バスは使ったのかな？」

「はい、使われていました。それから、バスタオルも湿っていました」

「とすると、入浴直後に殺されたと考えられるな」

「ええ、おそらく」

木村が小さく相槌《あいづち》を打った。

見城はロングピースに火を点《つ》けた。ひと口喫《す》ったとき、関根がためらいがちに口を開いた。

「こんなことを申し上げていいのかどうかわかりませんが、警察の方の話によると、有森友紀さんはバスタオルで体を拭《ふ》いているときに犯人に後ろから襲いかかられて、麻酔薬を嗅《か》がされたようですよ」

「麻酔薬か。そのことは、マスコミでは報じられなかったな。わざと警察が発表を控えたんだろう」

「そうなんですかね。犯人は意識を失った有森友紀さんをベッドに運び、胸にナイフを突き立てたのではないんでしょうか？」

「有森さんは無抵抗だったようだから、そう考えてもいいだろうね」

見城はうなずき、すぐに関根に顔を向けた。

「洗面室に犯人のものと思われる遺留品は？」

「刑事さんの話では、石上さまの頭髪が一本見つかったとか」

「石上さんの髪の毛ですか」

「ええ。それから有森友紀さんの髪の毛のほかに、脱色した髪が一本落ちていたそうです」

「髪の長さや太さは？」

「そこまでは教えていただけませんでした」

関根が答えた。

「客室の掃除や点検は当然、入念にされてますよね？」

「ええ、それはもう神経質なぐらいに」

「となると、脱色された髪は事件当夜に抜け落ちたものだな。それは犯人の頭髪かもしれない」

見城は、短くなった煙草《たばこ》を灰皿に捩《ねじ》りつけた。

「刑事さんのおひとりが、脱色した髪は犯人の衣服に付着していたものだろうとおっしゃっていました」

「それは充分に考えられるな」

「ええ」

関根が口を閉《と》ざした。

見城は若いホテルマンに話しかけた。

「キャメルカラーの男物のコートは、どこにあったのかな」

「ソファの背凭《せもた》れに掛けてありました」

「コートに返り血は？」

「一滴も付着していませんでした」

「そう。部屋のドアのあたりや廊下に血痕は？」

「いいえ、ありませんでした」

木村が即答した。

「犯人は部屋を出る前に血の付いたレインコート、手袋、シューズカバーなんかを脱いで、予《あらかじ》め用意してあったバッグか袋に詰め込んだようだな」

「そうなんでしょうか」

「マスコミ報道によると、事件当夜、キャメルのウールコートを着た石上彰さんらしい男が九〇三号室に入りかけているところを目撃したホテル関係者がいるとか？」

見城は二人のホテルマンの顔を交互に見た。

一拍置いて、フロアマネージャーの関根が口を開いた。

「メイドキャプテンの古賀晴江《こがはるえ》という者が、石上さまらしい男の方を部屋の前で見かけたというのです」

「古賀さんにお目にかかれると、ありがたいんですがね」

「わかりました。木村のほうは、もうよろしいでしょうか？」

「ええ」

「それでは、木村に古賀を呼ばせましょう」

「よろしくお願いします」

見城は関根に言い、木村に謝意を示した。

関根が目顔《めがお》で、部下を促《うなが》す。木村が立ち上がり、ソファから離れた。

見城は、また煙草をくわえた。ほとんど無意識の行動だった。煙草は間《ま》を保《も》たせるには、うってつけの小道具だ。

「警察は石上さまが犯人だと睨《にら》んでいるようですが、あの方が残酷なことをしたとは思えないんですよ」

関根が周囲を気にしながら、小声で言った。

「こちらも、そう考えてるんですがね。ところで、石上彰さんと有森友紀さんはこのホテルをちょくちょく利用してたんですか？」

「もう五、六回は……」

「石上さんは、いつも本名で宿泊してたんだろうか」

「はい、そうです。お連れの有森友紀さんは、ずっと偽名を使われていましたが」

「二人はいつも別々に部屋に入り、帰る時間もずらしてたんですね？」

見城は確かめた。

「ええ、そうです。石上さまが先にチェックインされ、帰りも単独でフロントに」

「有森友紀さんは大きな帽子か何か被《かぶ》って、顔を隠してたんでしょうね？」

「お連れの女性はたいてい素顔に、なんの変哲もない黒縁の眼鏡《めがね》をかけていました。服もOLなどより地味なものを着てらっしゃいましたね。ですので、うちの従業員も有森さまに気づいた者は少ないと思います。わたしは古狸《ふるだぬき》ですから、見抜きましたが」

関根が少し得意げに言って、禿《は》げ上がった額を撫《な》で上げた。

見城は煙草の火を消し、さらに質問した。

「事件のあった七日の晩の七時四十五分ごろ、九〇三号室に外線電話がかかってきたはずなんですがね」

「はい、ございました。交換台のコンピューターに記録されていました。交換手の話では、若い女性の声だということでした」

「会話の遣《や》り取り、わからないかな？」

「それは、ちょっと。昔の交換台と違って、いまは交換手が盗み聴きするなんてことはできないんです」

関根が、わずかに眉根《まゆね》を寄せた。訊《き》き方が少し無神経だったようだ。

見城は素直に詫《わ》びた。ちょうどそのとき、四十歳前後の小太りの女性がやってきた。メイドキャプテンの古賀晴江だった。

関根が彼女に見城の来訪目的を伝える。

見城は会釈《えしゃく》した。晴江も目礼し、関根の横に腰かけた。

「事件当夜、あなたは石上彰さんらしい人物を九〇三号室の前で見かけたそうですね？」

「ええ、はい」

「それは何時ごろでした？」

「午後十時五十分ごろでした。九〇七号室のお客さまに新しいブランケットをお届けした帰りに、お見かけしたのです」

晴江が、すらすらと答えた。

「顔は、はっきり見ました？」

「いいえ、はっきりとは見ていません。横向きでしたし、ウールコートの襟《えり》を高く立ててらしたので。ですけど、あのコートを着ている石上さまを数度お見かけしていましたし、あの晩、九〇三号室を予約されたのは……」

「失礼だが、あなたの視力は？」

見城は問いかけた。

「裸眼で右が〇・六、左が〇・五です」

「中度の近眼だろうな」

「そうなんでしょうけど、日常生活に別に不自由は感じておりません」

メイドキャプテンが少し眉《まゆ》をひそめた。

「どのくらい離れた場所から、キャメルのウールコートの人物を見たんです？」

「三十メートル前後は離れていたと思います」

「それだけ離れていたら、相手の目鼻立ちはぼやけて見えるんじゃないのかなあ」

見城は語尾を伸ばした。

「少しは顔がぼやけて見えましたけど、あれは石上さまだったと思います。ただ、少し気になることがあるにはありますけどね」

「気になることと言いますと？」

「ウールコートの丈《たけ》のことです。コートの裾《すそ》が、脛《すね》の中ほどまで下がっていたように見えたのです」

「石上さんは、そんな長いコートを着てたんですか？」

「いいえ、もう少し丈が短かった気がします」

「それは、その人物が中腰になってカードキーを差し込もうとしてらしたからじゃないのかな」

関根が、かたわらの古賀晴江に声をかけた。

「多分、そうだったんでしょうね」

「古賀さん、その人物は手ぶらでした？」

見城は晴江に訊《たず》ねた。

「何か腋《わき》の下に挟んでるようでした」

「何かって？」

「ビニールの手提《さ》げ袋のようなものでしたね。色は黒っぽかったと思います」

「見かけた人物の髪型は？」

「石上さまと同じスタイルで、真ん中で分けてました」

晴江が庭の一点を見つめ、そう断言した。

「髪の毛の長さは？」

「やや長めでした」

「頭髪の色は？」

「ちょっと栗色《くりいろ》がかって見えました。多分、光の加減で、そう見えたのでしょう。石上さまの髪は真っ黒ですものね」

「きみ、軽はずみな言い方は慎《つつし》みなさい。きみが見た人物が石上さまと決まったわけじゃないんだ」

関根が顔をしかめて、晴江を窘《たしな》めた。

「ですけど、警察の人は石上さまが犯人だと断定しているような口ぶりでした」

「そうではないかもしれないじゃないか」

「はい、そうですね。ちょっと軽率でした。ごめんなさい」

晴江が謝り、こころもち頭を下げた。

気まずい空気が三人の間に漂った。

「関根さん、各階の非常扉はふだんはロックされてるんでしょ？」

見城はフロアマネージャーに問いかけた。

「ええ。ですが、非常用のコックを捻《ひね》れば、内錠は簡単に手で開けられるようになっています。ただ、その場合は警報がけたたましく鳴ります。同時に、セキュリティー・システムの警告ランプが灯《とも》るようになっています」

「そうなってるんだったら、犯人が非常階段から外に逃《のが》れることはできないな」

「ええ、無理だと思います」

「客用のエレベーターホールには、防犯カメラが設置されてますよね？」

「はい。ただ、業務用のエレベーター乗り場には防犯カメラは設けられていないんですよ。昔はあったのですが、組合側の要求で取り外してしまいました」

「そうなんですか。業務用のエレベーターは当然、地下駐車場まで……」

「ええ。もしかしたら、犯人は業務用エレベーターを使って、地下駐車場に下《お》りたのではないでしょうか？」

関根が言った。すると、晴江が話に加わった。

「でも、マネージャー」

「なんだね？」

「地下駐車場のブースには、三交代制で二十四時間、常に二人の係員がいるではありませんか。仮に犯人が業務用エレベーターで地下駐車場に下《くだ》ったとしても、どちらかの係員に発見されてしまうでしょ？」

「これは外部の人に言えることではないんだが、係員のいるブースから死角になる場所があるんだよ。そこを通って、犯人がこっそり自分の車に乗り込んでしまえば……」

関根が肩を落とした。

「そんな盲点になる場所があったんですか」

「近々、死角をカバーするために新たに防犯カメラを取り付けることになっていたんだ」

「間《ま》が悪かったですねえ」

　晴江が口を閉じた。

「とても参考になるお話をうかがうことができましたよ。お忙しいところをありがとうございました」

　見城は二人に礼を述べ、すっくと立ち上がった。

　そのとき、後頭部のあたりに他人の視線を感じた。さりげなく振り返ると、エントランスロビーに二人の男が立っていた。

　ひとりは赤坂署の家弓刑事だ。もう片方は初めて見る顔だった。しかし、刑事であることはひと目でわかった。三十一、二歳だろう。

　家弓がむっとした顔で、つかつかと歩み寄ってきた。見城は関根たちに目で別れを告げ、ソファセットから離れた。

　向き合うなり、家弓が喚《わめ》いた。

「おい、なんの真似《まね》だ。きさまの出る幕じゃねえだろうがっ」

「引きネタなんか使って、恥ずかしくないのか！　『アクエリアス』のママが吐いたんだ。ママと一緒に東京地裁の証言台に引きずり出してやろうか」

「やれるもんなら、やってみろ。笑いものにされるのは、きさまのほうだ」

「薄汚ない手を使ってまで、点数稼ぎたいのかっ。階級社会の中でノンキャリア組があがいたところで、警察官僚《キャリア》と同じように出世できるわけじゃないだろうが！」

見城は厭味《いやみ》を言った。

「おれは出世のことを考えながら、仕事をしてるわけじゃない。悪いことをしてる連中が赦《ゆる》せねえんだよ」

「ご立派なことだ。警視総監がいまの台詞《せりふ》を聞いたら、泣いて喜ぶだろう」

「おれより早く警部補になったからって、在職中から生意気な口を利きやがって。おれは現職の警部補《ブケホ》だぞ」

「それがどうした？」

「くそっ、ごろつき野郎が！　とにかく、石上はクロだ。おれはそういう心証を得たから、奴を別件で逮捕《パク》ったんだよ。文句あんのか！」

「ここは取調室じゃないぜ」

「き、きさま！」

家弓が狭い額に青筋を立て、固めた拳《こぶし》で自分の掌《てのひら》を強く撲《う》った。派手な音がした。

ペアを組んでいる三十年配の刑事が、血相を変えて駆《か》けてきた。

「なんでもないよ」

見城は若い刑事にそう言って、ロビーを斜めに横切った。

そのまま地下駐車場に駆け降り、ローバーに乗り込む。穏《おだ》やかに発進させ、スロープに向かった。有森友紀が所属していた芸能プロダクション『レインボー企画』は、四谷《よつや》三丁目にある。

一ツ木公園の脇を抜け、薬研坂《やげんざか》に出た。青山通りの少し手前で、カーフォンが鳴った。

発信者は老弁護士の外山からだった。

「石上彰のアリバイはどうだったね？」

「残念ながら、裏付《ウラ》けは取れませんでした」

「そうか。これから、また接見に行くつもりなんだが、何か確認しておきたいことはないかな」

「外山先生、遺留品《リュウ》として押収されたキャメルのコートの丈のことを石上に訊いてもらえますか」

見城は言った。外山が反問した。

「コートの丈？　どういうことなんだ？」

「どうやら犯人《ホシ》は石上彰のウールコートを着て、九〇三号室に忍び込んだようなんですよ。目撃証言によると、コートの裾が脛の中ほどまで達していたというんです」

「石上君の背丈はきみと同じくらいだよ。小柄ならともかく、ウールコートの裾が脛まで垂れることはないんじゃないのかね。そんなに長かったら、歩きにくくて仕方がないだろう」

「ええ、そうでしょうね。おそらく石上になりすました奴は、百六十数センチなんでしょう」

見城は九〇三号室の洗面室で発見された栗色がかった頭髪と犯人の逃亡ルートのことも手短に話し、先に通話を切り上げた。

青山通りを左折し、南青山一丁目の交差点を右に曲がった。道なりに進むと、やがて四谷三丁目に出た。

『レインボー企画』は、七階建ての自社ビルを構えていた。

磁器タイル張りだった。円筒形に近い斬新《ざんしん》なデザインで、ガラスがふんだんに使われている。自社ビルの前に、来客用の駐車場があった。見城は、そこにローバーを駐《と》めた。積もった雪は融《と》けはじめていた。

見城はビルに足を踏み入れた。

エントランスロビーの右側に受付カウンターがあった。見城は赤坂署の現職刑事に化けて、若い受付嬢に模造警察手帳を短く呈示《ていじ》した。

「亡くなった有森友紀さんのマネージャーにお目にかかりたいんですよ」

「杉谷淳子《すぎたにじゅんこ》のことですね？」

「そう」

「あちらにお掛けになって、お待ちください」

受付嬢が言い、ロビーの一隅にあるソファセットを手で示した。

少しも怪しんではいない。見城はほくそ笑み、ポリスグッズの店で買った模造警察手帳を上着の内ポケットに戻した。

これまで数多くの人たちを欺《あざむ》いてきた手帳だ。実に精巧な造りで、本物そっくりだった。一般市民なら、まず偽物だとはわからないだろう。

ソファで数分待つと、エレベーターホールの方から三十一、二歳の女性がやってきた。

理智的な面差《おもざ》しの美人だった。縁なしの眼鏡をかけていた。顔の造作は完璧《かんぺき》なまでに整っていたが、どことなく冷たい印象を与える。

中肉中背で、髪はショートボブだった。煉瓦《れんが》色のツイード地のスーツで、均斉のとれた体を包んでいる。襟元《えりもと》には、グリーンを基調色にした正絹のスカーフを巻いていた。なかなかのファッションセンスだ。

「杉谷です」

「赤坂署の田中《たなか》です」

見城は立ち上がり、ありふれた姓を騙《かた》った。

「わたし、もう何度も事情聴取されましたけれど」

「ちょっと事情が変わりましてね」

「どういうことなんでしょう？」

「石上彰さんが現在、別件で取り調べを受けていることは？」

「存じております。警察の方から、連絡がありましたので」

「それなら、話が早い。われわれは彼の犯行と睨《にら》んでいたんですが、頑強に否認しつづけてるんですよ。それで振り出しに戻って、捜査し直すことになったわけです」

「そうでしたの。どうぞお坐りください」

淳子が言った。

二人は、ほぼ同時に腰を下《お》ろした。

「後《おく》れ馳《ば》せながら、お悔やみ申し上げます。前途有望なタレントさんでしたのにね」

見城は同情してみせた。

「有森友紀は、これから本格的な女優になろうと意欲を燃やしていたんです。あの娘《こ》なら、きっと大女優になれたと思います。それだけに、残念でなりません」

「お気持ち、よくわかります。早速で恐縮なんですが、石上さんと友紀さんは二年越しの仲だったそうですね？」

「はい、そうでした。もっとも友紀が石上さんに夢中になっていたのは一年数カ月で、後《あと》は彼に引きずられる恰好《かっこう》で交際していたんです」

淳子が伏し目がちに答えた。見城は、淳子の語尾に声を被《かぶ》せた。

「心変わりの原因は、なんだったんでしょう？」

「石上さんが友紀に強く結婚を迫って、彼女を芸能界から引退させたがったことが二人の間に亀裂《きれつ》を走らせたんだと思います」

「なるほど」

「友紀はテレビレポーターに起用されてから、女優になることを夢見るようになったんです」

「しかし、石上さんはそれには反対だったわけだ」

「ええ。そんなことで二人はちょくちょく口喧嘩《くちげんか》をするようになって、ここ、四、五カ月は冷ややかな関係に」

淳子がそう言い、短く瞼《まぶた》を閉じた。

「そうすると、七日の晩は石上さんが強引にデートの誘いを……」

「そうなんです。わたしは断ったほうがいいとアドバイスしたのですけど、友紀は石上さんを怒らせたくなかったようです」

「どういうことなんだろう？」

「自分との関係をスキャンダル仕立てにされて、週刊誌なんかで騒がれることを恐れていたんですよ。そんなことになったら、女優になる途《みち》が閉ざされてしまうでしょ？」

「そういうことですか。友紀さんが赤坂ロイヤルホテルに着いた時刻は？」

見城は訊いた。

「午後十時三十五分ごろでした。わたし、九〇三号室の前まで従《つ》いていったんです。しかし、部屋のドアはロックされていました」

「いつも友紀さんのデートに付き添っていたのかな？」

「いいえ、あの晩だけです。石上さんと友紀が言い争いになったときのことを考えて、ホテルに行ったんですよ」

淳子が言った。

「そうですか。で、その後はどうされたんです？」

「友紀をいつまでも廊下に立たせておくわけにいかないので、わたし、ホテルのゼネラルマネージャーにお願いして、マスターキーでロックを解《と》いてもらいました」

「そのとき、九〇三号室に人のいる気配は？」

見城は問いかけ、煙草に火を点けた。

「そういう気配は伝わってきませんでした。石上さんはホテルのグリルかバーにでもいるのではないかと十分ぐらい待ってみたんです。でも、彼は部屋には戻ってきませんでした。そのうち友紀がお風呂に入りたいと言い出したんですよ。わたしは心配だったのですけど、部屋を出ることにしたんです」

「そうですか」

「あんなことになるんだったら、友紀と一緒に部屋を出るべきだったわ」

淳子が目を潤《うる》ませた。

見城は煙草をゆっくりと喫《す》って、わざと間《ま》を取った。淳子がハンカチで目頭を押さえ、震えた声で詫びた。

見城は煙草の火を消し、単刀直入に訊いた。

「石上さんとの仲がこじれてから、友紀さんは誰かほかの男性とつき合っていたんじゃありませんか」

「わたしの知る限りでは、そういうことはまったくありませんでした」

淳子が即座に言った。その顔には、狼狽《ろうばい》の色が浮かんでいた。

「正直に答えていただきたいな。犯人を一日も早く検挙することが、故人への一番の供養になるんじゃないですか」

「………………」

「杉谷さん、ご協力願えませんかね」

「プロサッカー選手の小暮泰彦《こぐれやすひこ》をご存じでしょうか？」

「ええ、知ってます」

見城は答えた。小暮泰彦は、横浜《よこはま》に本拠地を置くチームの花形選手だった。二十七、八歳で、彫りの深い美青年だ。

「友紀は小暮選手に熱を上げていました」

「どの程度の仲だったんです？」

「友紀は恋をすると、大胆になる娘《こ》でした。ですから、多分……」

淳子が言葉を濁《にご》した。

「大人同士の関係だった？」

「わたしは、そう感じ取っていました。これは想像にすぎませんけれど、石上さんは友紀と小暮選手のことを知って、逆上してしまったんじゃないんでしょうか。愛情が深かった分だけ、憎しみも烈《はげ》しくなったんではないのかしら？」

「しかし、石上さんは頑《かたく》なに犯行を否認してるんです」

「そういうお話でしたわね。それから、凶器のサバイバルナイフには石上さんの指紋はまったく付着していなかったとか。そう考えると、やはり犯人は彼ではないんでしょう」

「いまどき殺しをやる奴で、凶器に自分の指紋を残すような間抜けはいませんよ。ナイフに石上の指紋が付着していなかったことで、シロと思いはじめたわけではありません。彼の性格にサディストの要素が感じられなかったんで、もう一度洗い直してみることになったんですよ」

　見城は現職刑事を演じつづけた。

「確かに、石上さんには変態じみた凶暴さはありません。いくら逆上したからと言って、あんな猟奇的な殺し方をするわけないですよね」

「多分、石上さんは犯人じゃないでしょう」

「わたし、おかしなことを言ってしまいました。さっき言ったこと、石上さんには黙っててくださいね」

「もちろん、言いませんよ。参考までに、小暮選手のアドレスを教えてもらおうかな」

「刑事さんは、彼を疑ってらっしゃるの⁉」

「そういうわけじゃないんです。一応、お目にかかって、友紀さんの私生活面のことをうかがっておきたいんですよ」

「そうなんですか」

「ついでに、チーム事務所の電話番号も教えてもらえると、助かるな」

「電子システム手帳、デスクの上にあるんです。すぐに取ってまいりますから、少々、お待ちください」

淳子が立ち上がり、エレベーターホールに足を向けた。優美な歩き方だった。

見城は脚《あし》を組んで、煙草をくわえた。

2

生欠伸《なまあくび》を嚙《か》み殺す。

五度目だった。ようやくタクシーは長崎《ながさき》市の中心部に入った。

見城は溜息《ためいき》をついた。長崎空港から、だいぶ乗りでがあった。

少し腰のあたりが重い。同じ姿勢で四十分も坐りつづけているからだろう。陽《ひ》は傾きはじめていた。あと数分で、午後四時になる。

見城は女性マネージャーと別れると、すぐに小暮泰彦の所属チームの事務所に電話をかけた。

小暮は、長崎市内にある実家に帰省中だと教えられた。従妹《いとこ》の結婚式に出席するために郷里に戻ったという話だった。

見城は電話を切ると、ローバーを羽田空港に走らせた。

数十分後に離陸する便があったが、あいにくキャンセルはなかった。やむなく次の便に搭乗した。長崎空港までは、一時間半のフライトだった。

街並が一層、賑《にぎ》やかになった。

タクシーは江戸町《えどまち》にある長崎県庁舎の前を走り抜け、思案橋《しあんばし》方面に向かった。

初老の運転手は無口な男だった。空港を離れるときに観光か商用かを確かめただけで、その後は口を結んだままだ。

見城には、ありがたかった。

地方のタクシードライバーの中には、観光ガイドさながらに名所旧蹟《きゅうせき》を得々と語る者が少なくない。名所や観光地にあまり興味のない人間には、ありがた迷惑だ。

見城も名所の類《たぐい》には、まるで関心がなかった。この地を訪れたのは二度目だが、グラバー邸にもオランダ坂にも行ったことがない。

タクシーは思案橋通りを右折し、ほどなく家具店の前で停まった。

そこが小暮泰彦の実家だった。三階建てのビルだ。一階と二階が店舗で、三階が住居部分になっているようだった。間口は割に広かった。

見城はタクシーを降り、店の右脇にある外階段を上がった。

やはり、三階の踊り場に面して玄関口があった。インターフォンを鳴らすと、ドアが開けられた。

応対に現われたのは五十歳前後の女だった。目のあたりが、小暮によく似ている。人気プレイヤーの母親だろう。ジャージの上下を身につけていた。

「失礼ですが、小暮選手のお母さんでしょうか？」

見城は問いかけた。

「はい。どなたです？」

「東京の『週刊ワールド』の特約記者です。人気サッカー選手の生活を特集でルポするという企画がありましてね」

「うちの泰彦ば取材してくれるとですか？」

「そうです。息子さんは？」

「近くの喫茶店ば行きよっとです。わたし、呼んできますけん、上がって待っとってください」

小暮の母親が早口で言い、サンダルに足を突っ込みかけた。

「それじゃ、申し訳ない。わたしが行ってみますよ。店の名前は？」

「『ランプ』ちいう店です。うちの右手の七、八軒先にあるとですよ」

「わかりました。では、失礼します」

見城は頭を下げ、階段を駆《か》け降りた。

教えられた喫茶店は、わけなく見つかった。古い民家を改造した趣《おもむき》のある店だった。

店内に入る。飴色《あめいろ》の柱や白壁に、時代物の古時計や各種のランプが飾ってあった。

木のテーブルセットが八卓あり、正面裏にカウンターがあった。客の姿は疎《まば》らだった。

小暮はカウンター席に坐り、六十年配のマスターらしい男と何か談笑していた。

太編みの派手なデザインセーターを着ている。下は、ほどよく色の褪《あ》せたブルージーンズだった。若い世代に人気のあるリーの定番だ。

見城は偽記者に化《ば》け、小暮に来訪の目的を語った。

陽灼《ひや》けした人気サッカー選手は、少しも怪しまなかった。嬉《うれ》しげだった。遠方まで自分を追いかけてきた週刊誌記者がいることに、大いにプライドをくすぐられたのだろう。

見城は偽名刺を渡し、小暮とテーブル席に坐った。向かい合う形だった。

人気プレイヤーは上機嫌で、マスターに二人分のコーヒーを注文した。一杯立てのサイフォン式のコーヒーだった。

「ここのコーヒーは、県下一の名水を使ってるんですよ」

小暮が誇らしげに言った。都会暮らしが十年近くつづいているからか、ほとんど訛《なまり》はなかった。

「いい店だね」

「ここに来ると、気持ちが落ち着くんですよ。マスターが道楽でやってる店だから、儲《もう》かってはいないみたいですけど」

「そんな感じだな」

「ところで、どんな話をすればいいんでしょう？」

「まずトレーニングのことからうかがいたいな」

見城はもっともらしく言って、懐《ふところ》からボールペンとメモ帳を取り出した。

取材されることに馴《な》れている小暮は、面白いエピソードを進んで話してくれた。見城はチームメイトや監督のことも訊き、さらにサポーターたちのマナーについての感想を求めた。

小暮は如才なく答えた。少しばかりスター選手特有の思い上がりも覗《のぞ》かせたが、全体の印象は悪くなかった。

「これは記事にするつもりはないんだが、ある情報によると、きみは有森友紀さんと親しかったそうだね」

　見城は、いよいよ本題に入った。

「さすがに記者さんだな。芸能レポーター並ですね」

「どうなの？」

「友紀とぼくが、ちょくちょく六本木の深夜レストランや西麻布《にしあざぶ》の踊れるクラブで会ってたのは事実ですよ」

　小暮は、あっさりと認めた。

「やっぱり、そうだったのか」

「でも、ぼくと有森友紀は恋仲だったわけじゃないんです」

「いかにも優等生っぽいコメントだね」

　見城は薄く笑って、ロングピースに火を点けた。

「いやだな、ほんとの話ですよ。友紀と半年ぐらい前に雑誌の対談で知り合ったんですけど、ぼくら、キスもしてないんです」

「まさか⁉」

「嘘《うそ》じゃありません。腕を組んで夜の盛り場を大っぴらに歩いてみせたこともありますけど、それは意図的《いとてき》にやったことなんですよ」

小暮が真顔で言い、コーヒーで喉《のど》を湿らせた。

「意図的だったって?」

「そうなんです。ぼくら、それぞれの恋人と別れたくて、恋人ごっこをしてたんですよ。友紀は石上とかいうCFディレクターに結婚を迫られて困ってたし、ぼくはぼくで、学生時代から関係のあった女と縁を切りたかったんです」

「それで、恋人ごっこをしてたのか」

「ええ。周囲の人間にも恋人同士のように思わせるため、ぼくら、ちょくちょく電話し合ったりもしてたんですよ。友紀は、ぼくの写真を自宅マンションに飾ってあるとか言ってました」

「恋人同士の振りをしようと言い出したのは、どっちなのかな?」

「友紀が言い出したんです」

「そう」

見城は答えながら、長くなった煙草の灰を指先ではたき落とした。

「そんなことで、ぼくも友紀の事件でちょっと疑われたりしたんですよ」

「それは知らなかったな」

「そうですか。幸いにも、警察の人はすぐに疑いを解いてくれました。友紀が赤坂ロイヤルホテルで殺された七日の日、ぼくは名古屋《なごや》に遠征中だったんです」

「そうだったのか」

「あの晩は、チームの連中と夕方から午前二時過ぎまで名古屋の女子大小路《こうじ》で飲んでたんですよ。つまり、ぼくにはアリバイがあるんです」

小暮が問わず語りに喋《しゃべ》った。

見城は、そのことに少し拘《こだわ》った。刑事時代に数多くの被疑者を取り調べてきたが、真犯人は例外なく多弁だった。進んでアリバイを述べる者も少なくなかった。

何か疚《やま》しさがあるから、小暮は懸命に弁明したのではないだろうか。そういう疑念が胸のどこかで揺れていた。

「ぼくの話を疑うんだったら、チームの奴らに確認してもらってもかまいませんよ。それより、警察に訊いてもらったほうが早いだろうな」

小暮がそう言い、水の入ったコップを掴《つか》み上げた。思いなしか、目に落ち着きがなくなったように見えた。

見城は煙草の火を消し、コーヒーカップを持ち上げた。

だが、口には運ばなかった。カップを宙に留《と》めたまま、見城は人気サッカー選手に問いかけた。

「有森友紀さんは石上彰について、どんなふうに言ってたのかな？」

「芸能界入りのきっかけを作ってくれたことには感謝しているようでしたね。それから、最初は本気で惚《ほ》れてたとも言ってましたよ」

「結婚を強く迫る石上に、友紀さんは怯《おび》えてたんだろうか」

「別段、怯えてるようには見えませんでしたね。でも、石上って男と早く別れたがってたことは間違いないですよ」

小暮が言った。

「そう」

「ひょっとしたら、彼女には新しい彼氏がいたんじゃないのかな。恋人というよりも、パトロンみたいな男がね」

「そんなことを匂《にお》わせたことがあったの？」

見城はコーヒーをひと口飲んでから、小暮に訊いた。

「彼女、三千万円もするというダイヤモンドの指輪を嵌《は》めてたことがあるんですよ。それから、どっかにリゾートマンションを持ってるようなことも言ってました」

「芸能人特有のはったりじゃないのかな」

「いいえ、はったり《ブラフ》って感じじゃありませんでした。リゾートマンションからの眺めなんかを話すときは、すごくリアリティーがありましたから」

「そう。売れっ子のテレビレポーターといっても、そんな贅沢《ぜいたく》な暮らしができるほど稼いではいないだろう。きみが言うように、パトロンがいたのかもしれないな」

「友紀は美人でセクシーだったから、パトロンの志願者はいくらでもいたんじゃないですか」

　小暮が意味ありげに笑った。

「パトロンの見当はつかない？」

「さあ、ちょっと見当がつきませんね。相当なリッチマンだとは想像がつきますけど」

「医者、実業家、政治家、大物俳優なんてところかな」

「そのあたりのことを深く知りたいんだったら、友紀のマネージャーだった杉谷淳子さんに当たってみるといいですよ。杉谷さんと面識は？」

「あるよ。彼女は、きみと友紀が本気でつき合ってたような言い方をしてたな」

　見城は鎌《かま》をかけた。

「それはおかしいですね」

「おかしい？」

「ええ。だって、杉谷マネージャーはぼくらが偽の恋人同士だってことを知ってたんですよ。知ってるどころか、彼女がいろいろな知恵を授《さず》けてくれたんです」

「きみの話が事実なら、杉谷淳子は友紀にパトロンがいることを世間に知られたくなかったんだろう」

「そういうことだったのかな」

「ああ、多分ね」

「石上というCFディレクターが赤坂署で取り調べを受けてるようだけど、彼の犯行なんですかね？」

小暮がそう言い、残りのコーヒーを飲み干した。

「きみは、その話を誰から聞いたんだい？　新聞やテレビでは、石上彰が別件で逮捕されたことは報道されなかったはずだがな」

「昼前に、東京から毎朝日報の記者さんが訪ねてきたんですよ。友紀の彼氏が疑われていることは、その人が教えてくれたんです」

「ふうん」

「友紀が結婚を渋ったからって、石上って男は猟奇的な殺し方をしますかね。もしかしたら、友紀のファンの中に変質者がいたのかもしれませんよ」

「なぜ、そう思ったんだい？」

「ファンの中には、変な人間がいるんですよ。ぼくも初対面の女に『あなたの子を堕《お》ろしたくないから、早く結婚してくれ』なんて言われて、何日もまとわりつかれたことがあるんです。気持ち悪くなってパトカーを呼んだら、数日後、その女から剃刀《かみそり》の刃と戒名《かいみょう》入りの位牌《いはい》が送られてきたんですよ。さすがに、総毛立ちましたね」

「人気商売は大変だな」

見城は煙草をくわえた。

「ええ、まあ。案外、友紀のパトロンが病的なサディストだったりして。これは、冗談ですけどね」

「杉谷淳子は口が堅そうだな。彼女から、パトロンの名を探《さぐ》り出すのは難しいかもしれない」

「確かに、杉谷さんは口が堅いですね。でも、弱点がないわけでもないみたいですよ。うまくやれば、パトロンの名前を聞き出せるんじゃないかな」

小暮が言った。見城は、その言葉を聞き逃《のが》さなかった。

「杉谷マネージャーの弱点って、何なの？　彼女は会社の金でも着服してるのかな？」

「そんなんじゃありませんよ。たいしたことじゃないんです」

「教えてくれないか」

「勘弁してくださいよ。ついポロッと喋っちゃったんですから」

小暮が視線を外し、ラークのパッケージから器用に一本振り出した。鳴らしたライターはジッポーだった。

「きみが死んだ友紀と恋人ごっこを演じてたって話は、記事にできるな」

「ま、待ってくださいよ。それじゃ、脅しじゃないですか⁉」

「そう受け取ってもらってもいいよ」

見城は、ふだんは穏《おだ》やかな切れ長の両眼を尖《とが》らせた。小暮が気圧《けお》され、また目を逸《そ》らした。

「まいったなあ」

「杉谷淳子の弱みを教えてくれたら、さっきの話は記事にしないよ」

「わかりました、喋ります。これは友紀から聞いた話なんですけど、杉谷マネージャーは性的にアブノーマルらしいんですよ」

「面白そうな話だな。もっと具体的に教えてくれないか」

見城は煙草の火を消し、身を乗り出した。

小暮がふた口喫《す》っただけのラークを灰皿に捨て、小声で喋りはじめた。

「真偽はわかりませんが、杉谷マネージャーは『レインボー企画』の売れないタレントの男女を自分のマンションに招いて、セックスさせてるらしいんですよ」

「3Pが好きなのかな」

「そうじゃないんですよ。自分はドアの隙間《すきま》から性行為を覗《のぞ》き見しながら、バイブやローターで自分を慰めているらしいんです。時には飼ってるボルネオ産の猿のチンチンをしごいて、自分の体に乗っけることもあるそうなんですよ」

「あの取り澄《す》ました女が獣姦《じゅうかん》までやってたとは驚きだな」

見城は、杉谷淳子の歪《ゆが》んだ性癖に興味を抱いた。いったい淳子の過去に何があったのか。

「友紀は真顔《まがお》で教えてくれましたから、ただのデマや中傷じゃないと思います」

「その話が単なる中傷だったとしても、ボルネオ産の猿をペットにしてるだけで、杉谷淳子は法に触れることをしてる」

「そうか、ワシントン条約に違反してますね」

「いい情報を貰《もら》ったよ。次の機会に一杯奢《おご》らなきゃな」

「その必要はありませんけど、掲載誌だけはちゃんと送ってくださいよね」

小暮が言った。

「きょうのインタビュー記事は、いつごろ載《の》るんでしょう?」

「もちろん、送るよ」

「再来週《さらいしゅう》号に掲載されるはずだよ。きょうは、ありがとう!」

見城はメモ帳とボールペンを上着の内ポケットに戻し、伝票を抓《つま》み上げた。偽記者になりすましたことに、特に後ろめたさは感じなかった。

支払いを済ませ、先に店を出る。外は残照で緋色《ひいろ》に染まっていた。

日陰の部分はセピアだった。冬は日脚《ひあし》が短い。五時前には夕闇《ゆうやみ》が濃くなる。

見城は歩きだして間もなく、不審な人影に気がついた。

男の二人組だった。どちらも三十前後だろう。筋者《すじもの》ではなさそうだ。刑事にも見えない。

だが、二人とも徒者《ただもの》ではない雰囲気を漂わせていた。危険を顧《かえり》みない職業に携わっているのかもしれない。

男たちは八百屋の店先と公衆電話の陰に身を潜めていた。

右と左だった。二人は数十メートル離れていた。

見城は足を踏み出した。右手にゆっくりと進む。思案橋通り側だ。百メートルほど歩き、さりげなく振り返った。

やはり、尾《つ》けられていた。

二人の男は少し離れながら、ごく自然な足取りで従《つ》いてくる。見城は急ぎ足になった。

こういう場合、尾行に馴《な》れていない者は慌《あわ》てて小走りになる。マークした人物を見失うことを恐れるからだ。

しかし、男たちの歩度《ほど》は変わらなかった。それでいて、見城の後を執拗《しつよう》に追ってくる。

連中を引き寄せて、よく面《つら》を見てやろう。

見城はそう考えながら、路地に入った。同時に走りだす。

二人組が追ってくる気配がした。だが、靴音はほとんど聞こえない。どうやら二人とも爪先《つまさき》に重心をかけて、足音を消しているようだ。

銀行員や商社マンが、そういうことを心得ているとは思えない。やはり、ただの男たちではなさそうだ。

見城は路地から路地を走り抜け、コンビニエンスストアの中に飛び込んだ。

すぐに商品陳列台の背後に回り、ガラス窓の向こうに視線を放った。一分も経《た》たないうちに、怪しい二人組が走り抜けていった。ともに、前のめり気味だった。

前を走る男は背が高く、頬骨《ほおぼね》が尖《とが》っていた。精悍《せいかん》な体軀《たいく》だった。替え上着の上に、草色の防寒コートを羽織っている。

後ろの男は、ずんぐりとした体型だった。肩と胸がレスラーのように厚かった。丸顔だった。紺色のスリーピースを着ている。

どちらも髪はスポーツ刈りだった。大学では体育会系クラブに属していたにちがいない。見城は動かなかった。

数分経つと、男たちが引き返してきた。二人とも、呼吸はそれほど乱れていない。ただ、男たちは明らかにうろたえていた。

二人組の姿が見えなくなった。今度は、こちらが尾《つ》ける番だ。

見城は表に出た。

商店の軒伝《のきづた》いに小走りに走り、二人組を追う。苦もなく追いついた。

男たちは来た道を数百メートル戻ると、やがて右と左の路地に分かれた。上背のあるほうが右に折れた。

どちらの男を追うべきか。

見城は短く迷ってから、右の路地に消えた長身の男を尾行することにした。曲がり角に差しかかりかけたとき、袖看板《そでかんばん》の陰から人影が飛び出してきた。男だった。二人組のどちらかが、待ち伏せていたのか。

見城は緊張した。

だが、目の前には意外な人物が立っていた。毎朝日報の唐津誠《からつまこと》だった。刑事時代からの知り合いで、四十一歳の新聞記者である。

今年の春にタイで偶然に会ったときは、バンコク支局の支局長だった。休暇をとって、佐賀の実家にでも戻っているのか。

「唐津さん、いつ帰国されたんです？」

「十月の末だよ。十一月一日付で、東京本社に戻ったんだ」

唐津が、どんぐり眼《まなこ》を和《なご》ませた。

「そうだったんですか。知りませんでした。それはそうと、タイではお世話になりました」

「いや、いや。それより、おたくがなぜ、こんな場所にいるわけ？」

「唐津さんこそ、どうして？」

見城は訊き返した。

「この春、バンコクで似たような会話を交わしたな」

「そうでしたっけね」

「さっきの二人組が戻ってくるかもしれない。こんな所で立ち話は、まずいな」

「唐津さん、そこまで知ってたんですか。奴らは何者なんです？」

「ひとまず、そこに入ろうや」

唐津が斜め前にある店を指さした。二人は店内に入り、奥のテーブル席についた。店の客は少なかった。

唐津が勝手に紹興酒と長崎ちゃんぽんを二人前頼んだ。

紹興酒は、すぐに運ばれてきた。唐津が二つの小さなグラスに手早く酒を注《つ》ぐ。

チャコールグレイの背広の上に、くたびれたステンカラーのベージュのコートを羽織っている。ワイシャツの袖口は少し黒ずんでいた。

二人は乾杯した。唐津はコートを脱ごうとしなかった。

「バンコクといい、長崎といい、おれたちはよくよく縁があるんだな」

見城は紹興酒を口に含んでから、新聞記者に言った。

「どっちかが女だったら、運命的な出会いとかなんとか言って、いまごろは激しい恋に落ちてただろうよ。けっ、けっ、けっ」

「気持ち悪いこと言わないでくださいよ」

「妻と別れてから、淋《さび》しい思いをしてるからね。なんだか女も男も、すっごく愛《いと》おしいんだ。人間、みな兄弟！　ところで、長崎ちゃんぽんの由来を知ってる？」

唐津が脈絡もなく訊いた。

「いいえ、知りません。それより、さっきの男たちのことですが……」

「まあ、聞けって。諸説があるんだが、長崎市内の松が枝町《まつえまち》にある『四海樓《しかいろう》』の初代店主の陳平順《ちんへいじゅん》という男が明治三十八年（一九〇五）に当地にいた中国人留学生のために自分の故郷の福建省《ふっけん》の湯肉糸麵《トンニィシーメン》をベースにして、長崎の魚介や野菜をたっぷりと入れ、〝ちゃんぽん〟をこしらえたという説が有力なんだ」

「新聞記者《ブンヤ》さんの博識ぶりは先刻、存じ上げてますよ。唐津さん、肚《はら》の探《さぐ》り合いはやめましょう」

見城は苦く笑って、斬《き》り込む口調で言った。

「そうだな。おれたちが長崎に来た理由は、多分、同じだろう。おれは昼前に、小暮泰彦に会ったよ」

「やっぱり、唐津さんも美人テレビレポーター惨殺事件を追ってたのか。しかし、唐津さんがどうして取材をしてるんです？　東京本社には社会部のデスク級《クラス》で戻ったんでしょ？」

「いや、平記者さ。それも遊軍だよ。要するに、助っ人記者さ」

「バンコクで何か危《ヤバ》いことでもやったんですか？」

「いや、別に問題を起こしたわけじゃないんだ」

唐津が言いながら、手酌《てじゃく》でグラスを満たした。

「だとしたら、ちょっと扱いがひどいんじゃないのかな」

「違うんだ。おれが自分で遊軍記者を志願したんだよ。バツイチのおれが出世レースに参加しても、あまり意味ないからな。家族抱えて必死に生きてる奴に、少しはいい思いをさせてやりたいじゃないか」

「泣かせる話だな。それはそうと、小暮を長崎まで追っかけてきた理由《わけ》はなんなんです？」

見城は問いかけた。と、唐津が抜け目なく切り返してきた。

「おたくから理由を話してくれ」

「おれのほうは、ちょっとした確認ですよ。有森友紀と小暮ができてるって情報《ネタ》を摑んだんでね」

「正直になれよ。本当は外山弁護士の依頼で動いてるんだろう？」

「鋭いなあ、唐津さんは」

見城は少々たじろぎ、グラスを傾けた。事件に関わった理由は適当に言い繕《つくろ》う気でいたのだが、それはできなかった。

「あの老弁護士が石上彰の弁護を引き受けたとなると、冤罪事件臭いな」

「さあ、どうなんですかね。おれは外山先生に頼まれた調査をしてるだけだから」

「例によって、いつものポーカーフェイスか。おたくは現職のときから喰《く》えない男だったからなあ」

唐津が大仰《おおぎょう》に両手を拡《ひろ》げ、肩を竦《すく》めた。

「おれ、腹芸のできるような人間じゃありませんよ」

「よく言うぜ。まあ、お互いに頑張ろうや」

「唐津さん、さっきの二人組はおれが『ランプ』に入る前から？」

「ああ、尾《つ》けてたな。おれは午後二時過ぎから、小暮の実家のそばで張り込んでたんだよ。おたくの乗ってたタクシーの後ろに、もう一台のタクシーがいたんだ。あの二人組は、そのタクシーに乗ってた」

「なら、空港から尾行されてたんだろうな」

見城は呟《つぶや》いた。

「ああ、おそらくね。彼らが何者なのか、おれにもわからないんだ」

「そうですか。ところで、唐津さんが小暮をマークしてるのは彼が真犯人《ホンボシ》と睨《にら》んだからなんでしょ？」

「その手にゃ引っかからないぞ」

唐津が、にやりと笑った。

「そう警戒しないでくださいよ。探偵のおれがスクープ記事を書けるわけでもないんだから」

「しかし、他人《ひと》に出し抜かれるのは面白くないからな。ただ、昔からのつき合いだから、ヒントぐらいはやろう」

「それでこそ、唐津さんだ」

「おれが摑んだ情報によると、小暮泰彦は中学生のとき、うるさく吼《ほ》えたてる野良犬《のらいぬ》を取っ捕まえて、両足のアキレス腱《けん》を切ったんだ」

「へえ。有森友紀も確かアキレス腱を切られてたな」

「そうなんだ。それからさ、小暮は国際宅配便でアメリカから危ないビデオを取り寄せたりしてたんだよ」

「そいつは、単なる裏ビデオじゃないんですね？」

見城は唐津の顔をうかがった。

「アメリカでは、変質者が撮《と》ったビデオが闇《やみ》ルートに流れてるらしいんだ」

「殺人の犯行ビデオの類《たぐい》なんでしょ？」

「ああ。それも、並の殺し方じゃないビデオなんだよ。死姦《しかん》、遺体切断、人肉喰らいなんて強烈なやつ。女の生血をごくごく飲んでるビデオとか、骨の髄《ずい》を吸い出してる映像なんかも手に入れたはずなんだ」

唐津が顔をしかめながら、声をひそめた。

「しかし、小暮にはれっきとしたアリバイがあるようですよ」

「その件については、名古屋支局の若い奴に調べてもらったんだが、どうもチームメイトや酒場の女たちが口裏を合わせてるようにも感じられたって言うんだよ」

「それで、小暮の動きを探《さぐ》る気になったんですか」

「そういうことだよ。元刑事の直感では、どうだ？」

「小暮はシロだと思うがな」

見城は曖昧《あいまい》な答え方をした。

「それじゃ、誰が真犯人《ホンボシ》なんだい？」

「まるっきり見当がつきませんね」

「また、お得意のおとぼけか」

「本当に見当がつかないんですよ」

「ま、いいさ。紹興酒飲んだら、やっと体が温まってきた」

唐津がそう言いながら、コートを脱いだ。長い時間、張り込んでいて、体の芯《しん》まで冷え切っていたのだろう。

それから間《ま》もなく、具《ぐ》だくさんの長崎ちゃんぽんが運ばれてきた。

見城は箸《はし》立てに腕を伸ばし、二人分の割り箸を抓《つま》み上げた。

3

ドア越しに鼾《いびき》が聞こえた。

だいぶ大きな鼾だった。一定のリズムを刻んでいる。ユーモラスだった。

見城は静かにノブを回した。

外山法律事務所だ。軋《きし》みを気にしながら、ドアをそっと押し開ける。老弁護士は手脚《てあし》を縮め、長椅子《ながいす》でうたた寝をしていた。姪《めい》の秘書はいなかった。

午後十時近い時刻だった。

見城は抜き足で事務所に入った。

長崎から羽田空港に戻ったのは、七時半過ぎだった。全日空の便で帰京したのである。

唐津は、いまも長崎で小暮泰彦を張っているのだろう。怪しい二人組は長崎空港にはいなかった。

見城は空港の駐車場に預けておいたローバーに乗ると、すぐさま横浜に向かった。

小暮が所属しているサッカーチームの選手宿舎は、閑静《かんせい》な住宅街の一角にあった。ホテル風の造りだった。レギュラー選手の何人かが、そこで寝泊まりをしていた。

見城は赤坂署の現職刑事を装い、小暮の選手仲間たちに会った。

長崎で唐津が言っていた話は、ほぼ事実だった。小暮はアメリカからハードな殺人ビデオを取り寄せ、チームメイトの何人かと一緒に観《み》ていた。

また、サディスティックな面があることも複数の証言でわかった。小暮は女友達の乳首に無理やりにピアスをしたり、千枚通しでヒップを突いたりしたことがあるらしい。ナイフの蒐集家《しゅうしゅうか》でもあった。

だが、アリバイは完璧《かんぺき》だった。

友紀の死亡推定時刻に小暮が名古屋市内のスナックで飲んでいたことは、関係者の証言で明らかになった。チームメイトが口裏を合わせ、小暮を庇《かば》っている疑いは消えた。

見城は横浜での調査を打ち切ると、車首を東京に向けた。

国道や市道は空《す》いていたが、高速道路の横羽線《よこはね》の上《のぼ》り車線は渋滞していた。事故のせいだった。そんなことで、ここに着くのが遅くなってしまったのである。

約束の時間は九時半だった。途中でカーフォンを使い、外山法律事務所に電話をした。そのときは老弁護士は外に食事に出てしまっていたらしく、ついに受話器は外《はず》されなかった。

見城は、そっとソファに腰を沈めた。もうしばらく外山を寝かせておくつもりだった。だが、老弁護士がふと目を覚ました。

「やあ、きみか」

「遅くなってしまって、申し訳ありません」

見城は最初に詫び、遅れた理由を話した。

「それは大変だったね。どうもご苦労さん！」

「先生、どうぞそのままで」

「そうもいかんよ」

外山が上体を起こし、乱れた白髪を両手で撫でつけた。骨の浮き出た手の甲が、なにやら痛々しく見えた。

見城は調査報告をした。話し終えると、外山が言った。

「小暮泰彦はシロだろうね」

「こっちも、そう思います」

「そうそう、石上彰が東京地検に送致されたよ」

「別件の傷害容疑ですね？」

「いや、それが本件のほうなんだ。わたしも驚いてるんだよ」

「捜査本部《チョウバ》は何か切札を握ったんでしょうか？」

見城は問いかけ、ロングピースをくわえた。

簡易ライターで火を点ける。ある時期、ライターに拘《こだわ》ったことがあったが、いまはもっぱら百円ライターを使っていた。

「切札などないはずだよ。いつもの見切り発車だろう。捜査当局のミスは、こちらにとって、有利な材料になる」

「そうですね。外山先生、石上の様子はどうでした？」

「かなり神経がまいってるようだったね。しかし、否認しつづけると言ってたよ」

「それは頼もしい。コートの丈《たけ》の件は、いかがでした？」

「そうだ、それを言い忘れとったな。彼が着た場合、コートの裾《すそ》は膝頭《ひざがしら》すれすれになるらしい。中腰になっても、脛《すね》までは下がらんそうだよ」

外山が言って、冷たくなった緑茶を口に運んだ。

大ぶりの湯呑《ゆの》み茶碗《ぢゃわん》だった。魚の名が漢字でびっしりと記されている。馴染みの鮨屋《すしや》の記念品だろう。

「それじゃ、事件当夜、メイドキャプテンの古賀晴江が見た人物は石上彰ではないんでしょう」

「ああ、別人だろうね。これで、石上彰がシロだということがはっきりした。見城君、もうひと頑張りだよ」

「ええ。しかし、警察も地検も体面を重んじますから、送致した以上は何がなんでも石上を有罪に持ち込もうとするんじゃないでしょうか？」

「それはないと思うね。担当検事は若いながらも、硬骨な正義漢なんだよ」

「それは心強いな」

見城は煙草を深く喫《す》いつけ、ゆるゆると煙を吐《は》いた。

刑事事件が発生すると、警察は二日以内に被疑者を地検に送致しなければならない。この段階で、地検は初めて事件を受理したことになる。

地検が事件を受理するのは、捜査機関からの送致に限られているわけではない。一般市民からの告訴、告発、投書でも受理している。

しかし、実際には警察など捜査機関からの送致が圧倒的に多い。

担当検察官は検察事務官を助手にして、事件の捜査に乗り出す。被疑者の容疑が固まったら、ただちに裁判所に起訴する。

この時点で、被疑者は被告人となるわけだ。

証拠不十分の場合は不起訴処分にされる。しかし、そういうケースはあまり多くない。たいていの被疑者は、裁判の確定を待つことになる。

「いい担当検事に当たったんで、ほっとしてるんだ。きみもよく知ってるだろうが、検事たちは融通《ゆうずう》の利かないのが多いからねえ。どいつも、ルーティンワークを真面目《まじめ》に片づけることだけしか頭にないんだ」

「確かに生真面目で世間知らずの連中が多いですね。しかし、それは仕方ありませんよ。やっとの思いで司法試験にパスしても、すぐに司法修習が待ってますからね」

「そうなんだ。遊ぶ暇もないから、当然、交際範囲は狭くなる。たくさんの人間に接していれば、裏表《うらおもて》が見えてくるもんなんだが、彼らは何事もストレートに受け取りがちだ」

外山が言った。

「そういう傾向はありますね」

「だから、警察の調書を鵜呑《うの》みにしてしまう検事がいっこうに減らない。それが冤罪を生む遠因になっていることは否《いな》めんね」

「ええ。しかし、日本の検察は常に有罪判決九九・九七パーセント前後をキープしてますから、彼らも相当な自信を持ってるんじゃありませんか？」

「誇りを持つことはいいが、過信はよくない。冤罪は、たったの一件でもあってはいかんのだよ」

「先生のおっしゃる通りですね」

見城は同調し、煙草の火を揉《も》み消した。

「古巣を悪く言いたくはないが、検察がエリート意識や威信《いしん》に拘《こだわ》っているうちは冤罪をゼロにすることは難しいだろう」

「警察の体質も似たようなものですよ。正義の使者気取りでいても、権力者たちの圧力には呆気《あっけ》なく屈《くっ》してしまう。そのくせ体面を重んじるから、いったん逮捕した被疑者は何がなんでも送検に持ち込もうとする」

「そうだね。検察と警察の縄張り争いも役人根性丸出しで、とても厭《いや》だったよ」

老弁護士が眉根を寄せ、苦々《にがにが》しげに述懐《じゅっかい》した。

「こっちは、警察の堅苦しさに耐えられなかったんです」

「だからといって、暴力団の組長の若い奥さんを寝盗《と》って、暴力沙汰《ざた》を起こすのも感心しないがね」

「外山先生、ご存じだったんですか⁉」

見城は飛び上がりそうになった。

「案外、狭い世界なんだ。きみが赤坂署に居づらくなった理由ぐらい、わたしの耳にも届いてるよ」

「恐れ入りました」

「女道楽は一種の病気だから、とやかくは言わんが、相手を選ばんとね」

外山が言った。

見城は神妙にうなずいた。夫と見城の間で揺れ惑《まど》っていた若い組長夫人は悩んだ末に、自ら命を絶《た》ってしまった。

そのことでは、いまも見城は負《お》い目《め》を感じている。他人には話したことはなかったが、死んだ女性の命日には欠かさず墓参りをしていた。せめてもの罪滅《ほろ》ぼしだった。

「なんだか話が横道に逸《そ》れてしまったね。別に、きみを責めるつもりはなかったんだがね……」

「どうかお気遣《きづか》いなく」

「話を戻すが、石上彰の事件の担当検事は決して手抜き捜査はしない男なんだ。だから、石上が釈放されるのは、もう時間の問題だよ」

老弁護士が自信ありげに言った。

見城は、すぐに問いかけた。

「なんという検事さんなんです？」

「桐生渉《きりゆうわたる》、四十一歳だよ」

「役者のようなお名前ですね」

「確かに名は二枚目俳優のようだが、雁擬《がんもど》きのような顔をした武骨な男さ。わたしが検事をやめる数年前に東京地検に入ってきたんだ。わたしの下で働いてくれたこともあってね、いまも多少のつき合いはあるんだよ」

「それじゃ、先生のお弟子さんのような方なんですね？」

「まあ、そんなようなものかな」

外山は面映《おもは》ゆげだった。照れた顔は青年のように若々しく見えた。

古い机の上で固定電話が鳴った。

「先生、電話に出ましょうか？」

見城は腰を浮かせかけた。外山が目顔で制し、長椅子から立ち上がった。見城は、また紫煙《しえん》をくゆらせはじめた。

老弁護士は誰かと親しげに話している。どうやら電話の相手は、女性のようだった。

煙草の火を消したとき、外山が戻ってきた。

「例の雁擬きの奥さんからだよ。賢い男だ、自分の口からは伝えようとしないんだから」

「桐生検事は、何か検察の動きを流してくれたんですね？」

見城は確かめた。

「そうだ。桐生君は事件当夜の午前零時ごろ、赤坂ロイヤルホテルの地下駐車場から無灯火の車が飛び出してくるのを見た人間を探し出したらしいんだよ」

「その目撃者は？」

「道路清掃車の運転手だそうだ。ちょうどその時刻に、ホテルの前の道をきれいにしてたとかでね」

外山が言いながら、長椅子に腰かけた。

「無灯火の車を運転してたのは、男なんですか？　それとも、女なんでしょうか？」

「目撃者の目には、どちらにも見えたというんだよ。その人物は黒っぽい毛糸の帽子を被ってたらしいんだ」

見城は問いかけた。

「年恰好《としかっこう》は？」

「若い感じだったというだけで、はっきりしたことはわからないと言ってるそうだ」

「その車は？」

「白っぽいカローラだったらしい。プレートに〝わ〟の文字が記されていたというから、レンタカーなんだろう」

「ナンバーまでは読み取れなかったんですね？」

「ああ、そうらしいんだ。しかし、そんな時刻に無灯火で走るのは怪しいね」

「ええ、真犯人の可能性もあると思います」

「それからね、ホテルの駐車場の業務用エレベーター乗り場で、九〇三号室の洗面室に落ちていた栗色がかった頭髪と同一のものが発見されたそうだよ」

「先生、それは犯人《ホシ》の髪の毛でしょう」

「わたしも、そう思ったよ」

外山が重々しくうなずいた。

「桐生検事は、無灯火の車を運転してた人物を真犯人《ホンボシ》と睨んだんでしょうか？」

「奥さんはそこまでは言わなかったが、石上彰は不起訴になるだろうと暗に仄《ほの》めかしてくれたよ」

「それなら、石上は数日中に釈放されるかもしれませんね」

「そうなるにちがいない。桐生君と法廷でやり合ってみたかったがね」

「先生、前祝いに軽くどうです？」

見城は盃《さかずき》を傾ける真似《まね》をした。

「そうだね」

「どこかで鍋《なべ》でもつつきましょう」

「残念ながら、行きつけの小料理屋は十一時で看板なんだよ。貰った地酒があるから、ここで飲《や》ろうじゃないか」

老弁護士は立ち上がると、スチールのロッカーに近づいていった。

ロッカーから山形産の吟醸《ぎんじょう》酒《しゅ》と小袋に入ったピーナッツやカワハギを取り出し、すぐに引き返してきた。見城は給湯室から、洗ってある湯呑みを二つ持ってきた。

二人は茶碗酒を酌《く》み交わしはじめた。

外山は飲みながら、冤罪で人生を台なしにされた男たちの哀しい話を語った。喋りながら、老弁護士は幾度も目頭を押さえた。

話を聞いているだけで、見城は胸が潰《つぶ》れそうだった。

冤罪に泣いた人々に深い同情を覚えた。同時に、人間が人間を裁くことの怖さも痛感させられた。無実の罪で何十年も自由を奪われた人たちの絶望感や憤《いきどお》りが数千万円の補償金で帳消しにされる理不尽さに、遣《や》りきれなさを覚えた。

身に覚えのない罪で拘置所や刑務所に送られた人々が、過ちを犯した刑事、検事、判事を半殺しにしても、なにも咎《とが》められないという法律があってもいいのではないか。

酔うほどに、アナーキーな気分が膨れ上がった。

法は決して万人に平等ではない。小狡《こずる》い連中は巧みに法網《ほうもう》を潜《くぐ》り抜けている。なんの力も持たない弱者だけが、いつも泣きをみることになってしまう。

いまの世の中に、法律は無力だ。

おのおのが自分のルールに則《のっと》って生きればいいのではないか。理不尽な扱いを受けたときは、それぞれが各自のやり方で相手を裁けばいい。

見城は地酒を舌の上で転がしながら、半《なか》ば本気で考えていた。

小《こ》一時間が流れたころ、外山がうつらうつらしはじめた。坐ったままの居眠りだ。

「先生、お疲れなんでしょう。下落合《しもおちあい》のお宅まで車でお送りしますよ」

見城は大声で言った。すると、老弁護士がはっと目を開けた。

「酔っ払い運転で、きみはわたしと心中するつもりなのかね？」

「わたしは控え目に飲みましたんで、もう酔いはほとんど消えましたよ」

「いかん、いかん！　そういう無鉄砲さが死を招くんだ」

「それなら、タクシーにお乗せしましょう」

見城は立ち上がり、コーヒーテーブルを回り込んだ。

「いや、今夜はここに泊まる」

「先生、風邪をひきますよ」

「心配ない。ここには、ちょくちょく泊まり込んでるんだ」

「お元気ですね」

「まだまだ死ねんさ。冤罪が少しでもなくなるよう、命ある限り……」

外山が力《りき》んだ。

「尊敬します」

「こら、年長者を茶化すもんじゃない。きみ、そろそろ退散してくれないか。なんだか瞼《まぶた》が重くなってきたんだ」

「本当に大丈夫ですか？」

「心配いらんよ。それより、きみ、車の中で少し酔いを醒《さ》ましてから帰るんだぞ」

「そうしましょう」

見城は老弁護士を長椅子に横たわらせ、毛布と膝掛けをかけた。ざっと卓上を片づけてから、事務所を出る。

腕時計に目を落とすと、午前零時を回っていた。ローバーは、ビルの前の路上に駐《と》めておいた。

見城は車に乗り込む前に、素早く周《まわ》りを見回した。

不審な二人組の影はなかった。エンジンを始動させ、すぐに車を出した。

桜丘町の外れにある『渋谷レジデンス』に帰り着いたのは、およそ三十分後だった。

自室の八〇五号室に入るときも、見城はあたりに目を配った。二人組の奇襲を警戒する気持ちが強まっていた。

見城は部屋に入ると、真っ先に留守番電話の機能を解除した。

三件の伝言が録音されていた。最初のメッセージは先夜、ベッドを共にした女性建築家の有坂佐世のものだった。

「こないだは素敵な夜をありがとう。また、あなたに注射をしていただきたいの。ご都合のよろしい日に、オフィスに電話をください。待っています」

「毎度ありーっ！　そのうち、お注射持って往診に伺いましょう」

見城は道化《どうけ》だ。

二件目には、里沙の声が吹き込まれていた。かなり舌が縺《もつ》れ、言葉が不明瞭《ふめいりょう》だった。喋っている内容も支離滅裂で、要領を得ない。仕事先のパーティー会場で不愉快な思いをして、どこかで飲んでいるのではないか。

見城は何か保護本能めいたものが膨らむのを自覚した。父性愛にも似た感情だった。

里沙の行きつけの店は、だいたい見当がついている。そのスナックに車を走らせたい衝動を覚えたが、あえて見城は部屋を飛び出さなかった。

里沙には、シャイな面があった。自分がスナックに駆けつけたら、彼女は死にたいほど恥ずかしくなるだろう。

大人の男は、ストレートに優しさを示してはならない。

第一、相手の気持ちに何らかの負担を感じさせるのはダンディズムに反する。他者を思い遣《や》る場合は、決して相手に覚《さと》られてはいけない。それが真の優しさではないか。

最後の伝言は、赤坂署の家弓刑事のものだった。

「『アクエリアス』のママの件でつつく気なら、きさまのいかがわしい副業のことを明るみに出すぞ。一発十万だってな。この詐欺師野郎め。月夜の晩ばかりじゃねえからな」

「ばかやろうが！」

見城は嘲笑《ちょうしょう》した。

その気になれば、家弓の脅迫音声は反撃の材料にもできる。なんと間抜けな現職刑事なのか。それにしても、家弓は情事代行のサイドビジネスのことをどこでどう調べ上げたのだろうか。そのことが少し気になった。

この三年弱で、見城は七十人前後の女たちをベッドで慰めてきた。

いちいち相手に副業の秘密を漏らさないでくれと口止めしてきたわけではない。しかし、女たちが〝男買い〟の話を進んで友人や知り合いに語るとも思えなかった。エクスタシーを与えられなかった女は、ひとりもいない。金のことで、パートナーの誰かに恨まれていることはないだろう。

だが、家弓は報酬のことまで知っていた。女の誰かを脅して、それを喋らせたのだろうか。

どうやら家弓刑事はだいぶ以前から、自分の行動をマークしていたらしい。そして機会があったら、犬猿の仲だった自分を窮地に追い込む気でいたのだろう。

陰険で執念深い性格の家弓なら、やりかねない。推測は間違っていないだろう。強請屋《ゆすりや》の自分を強請る気でいるとしたら、いい度胸をしている。

見城は不敵に笑い、浴室に急いだ。

給湯のコックを全開にし、湯船に熱い湯水を落とす。二十分弱で、湯が一杯になった。

見城は熱めの湯にのんびりと浸《つ》かった。

旅の疲れが、少しずつほぐれていく。いい気分だった。

石上彰が近いうちに釈放されても、見城は犯人捜しを打ち切る気はなかった。有森友紀を葬《ほうむ》った人物を見つけ出し、そいつが逮捕される前に大金を脅し取るつもりだ。

早くも身辺に黒い魔手が迫りかけている。真犯人は、想像以上の大物かもしれない。

見城は浴槽の縁《へり》に頭を乗せ、手脚《てあし》を思いきり伸ばした。

4

部屋のインターフォンが鳴った。

見城はバスローブ姿で、缶入りのハイネケンを飲んでいた。

真冬でも湯上がりには、缶ビールを傾ける。それが十年来の習慣だった。

ふたたびインターフォンのボタンが押された。

間もなく午前二時だ。保険や車のセールスマンが来る時刻ではない。

里沙だろうか。彼女なら、合鍵《あいかぎ》を持っている。見城は、めったにドアチェーンを掛けなかった。

正体不明の二人組なのか。考えられなくはない。全身に緊張が走った。

見城は大急ぎで、黒のトレーナーとオリーブグリーンのコーデュロイ・ジーンズを身につけた。足音を殺しながら、玄関ホールまで進む。

見城は息を詰め、ドアスコープを覗いた。そのとたん、拍子抜けしてしまった。

来訪者は松丸勇介だった。

盗聴器探知のプロはチョコレート色のラムスキンのジャケットの襟《えり》を立て、打ち沈んだ表情で立ち尽くしていた。目が虚《うつ》ろだった。何かあったようだ。

見城は素早くドアを開けた。凍《い》てついた外気が玄関口になだれ込んでくる。見城は身震いして、松丸に声をかけた。

「どうしたんだ？」

「先輩が、石上さんが赤坂署で変死したんすよ」

松丸が呻《うめ》くように言った。まるで夢遊病者のように無表情だった。

「松ちゃん、石上が死んだって話は本当なんだな？」

「こんなこと、冗談じゃ言えないっすよ」

「とにかく、入ってくれ」

見城は松丸を玄関に引き入れた。

松丸の体は凍《こご》えきっていた。唇は白っぽかった。寒空の下を意味もなく歩き回っていたのかもしれない。見城は松丸をリビングソファに坐らせ、ガス温風ヒーターの設定温度を三十度まで高めた。

「一時半ごろに、石上さんのおふくろさんから電話があったんすよ」

松丸がうつむいたまま、掠《かす》れ声で言った。

「おふくろさんは、息子の死を誰から報《し》らされたんだ？」

「午前零時ごろ、赤坂署から電話で連絡があったそうっす」

「石上彰は、どんなふうに死んでたって？」

見城はソファに腰かけた。

「先輩は独居房《どつきよぼう》の中で糞塗《くそまみ》れになって、息絶えてたらしいんすよ。その前に激しく吐きながら、だいぶ苦しんだって話でした」

「吐いて、糞塗れになってた？」

「そうだそうっす。警察は、石上さんが何か毒物を服《の》んだ可能性があるとか言ってたみたいです」

「毒を服んだんだとしたら、砒素《ひそ》系の化合物だな。激しく嘔吐《おうと》して、下痢《げり》症状に見舞われてから絶命するのが特徴なんだ」

見城は語った。刑事時代に学んだ知識だった。

「警察は、先輩が毒物の入ったカプセルを肛門《こうもん》の中に隠してたんじゃないかって言ってるらしいんすよ」

「つまり、自殺だったと？」

「そういうことなんでしょう」

松丸が小声で応じた。

「尻の中に毒物入りのカプセルを隠してたなんてことは、ちょっと考えられないな。被疑者は留置される前に必ず全裸にさせられて、入念な身体検査をされる」

「そうなんすか」

「尻の穴まで検《しら》べられることも決して珍しくないんだよ。被疑者が凶器や自殺用の紐《ひも》を隠してることも考えられるんでな」

「ああ、なるほど」

「で、カプセルは発見されたのか？」

「そのへんのことは、よくわかんないんっすよ。なにしろ先輩のおふくろさん、すっごく取り乱してたんで」

「そうだろうな」

「警察は石上さんが毒物を呷《あお》ったんじゃなければ、出前の仕出し弁当で食中毒を起こしたんじゃないかって言ってんです」

「食中毒で死ぬわけない」

見城は否定した。

警察留置場の食事は日に三度配られるが、質も量も劣《おと》る。朝食は具の入っていない味噌汁一杯に、食パン二切れとマーガリンかジャムがつく。

昼食は、たいがい弁当だ。もちろん、駅弁などとは大違いである。粗食だった。麦混じりの米飯の量は少なく、おかずも鰯《いわし》か鯖《さば》の小さな切り身と佃煮《つくだに》程度だ。

夕食はコロッケ類一個と沢庵《たくあん》が二切れほど添えられる。当然だろうが、デザートなどは付かない。昼・夕食には、白湯《さゆ》が一杯与えられるだけだ。

犯罪常習者は配られたものを黙々と口に運ぶが、留置体験のない者はとても食べられない。そのため、自弁食を注文することが許されている。

所轄署によって多少の違いはあるが、通常は署指定の仕出し業者から取り寄せている。人気メニューは、定食弁当やカツ丼だ。

むろん、代金は注文した被疑者が払う。それで、自弁食と呼ばれているわけだ。

「それから警察は、妙なことを言ったそうっす」

松丸が顔を上げた。

「妙なこと?」

「そうっす。先輩は夕方、看守に『本当のことを何もかも話すから、担当の検事に会わせてくれ』と言ったらしいんっすよ」

「看守は捜査本部のメンバーに、それを取り次いだのか?」

「おふくろさんも、そのあたりのことはちゃんと聞いてなかったらしいんすよ。石上先輩がそんなことを口走ったんで、犯行を自白する勇気がなくて、発作的に死を選んだとも考えられるって言われたそうっす」

「それは、捜査本部の誰が言ったんだ?」

見城は無意識に声を高めていた。

「わかんないっすよ。おれが警察の人と直《じか》に話したわけじゃないんすから」

「でっかい声を出して、済まなかった」

「別に気にしてないっすよ。見城さん、先輩が看守に言ったこと、どう思います? おれ、石上さんがそんなこと言うはずないと思うんすよ。だって、そんな言い方をしたら、まるで先輩が有森友紀を殺《や》ったように聞こえるじゃないっすか」

「そうだな。石上彰は、そんなことは言わなかっただろう。仮に彼が看守にそう言ったとしたら、すぐ担当検事に連絡するにちがいない。もちろん、検事は供述書を取るだろう」

「そうっすよね」

「何か裏があるな」

「どんな裏があるんすかね」

松丸が訊いた。

「それは、まだ何とも言えないが、警察の誰かが石上彰を人殺しに仕立てたがってるのかもしれないな」

「警察が⁉」

「ああ、そうだ」

見城は家弓の顔を思い浮かべながら、大きくうなずいた。

どう考えても、石上が自ら毒物を呷《あお》るのは不自然だ。死を選ばなくてはならない理由は何もない。石上は毒殺された可能性が高かった。

指定の仕出し業者から署内に届けられる被疑者の自弁食は、看守がざっとチェックするだけだ。味の濃い煮物に注射針か何かで毒物を混入されても、外からは見分けがつかない。

おそらく美人テレビレポーターを惨殺した犯人は、容疑者の石上彰が自殺したように見せかけて葬《ほうむ》ったのだろう。

捜査本部が石上の死を自殺と誤断《ごだん》してくれれば、捜査の手は自分には伸びてこない。犯人は、それを狙ったのだろう。警察内部に協力者がいるとも考えられる。

「先輩は、明日、解剖されるらしいんすよ」

松丸が湿った声で言った。

「そうか」

「おれ、石上先輩には世話になったんすよ。命の恩人なんす」

「命の恩人？」

見城は訊き返した。

「そうっす。おれ、高一のとき、よく他校の非行少年《ヤンキー》どもに絡まれて、金をせびられたんすよ。でもね、あるとき、きっぱりと断ったんす」

「それで？」

「そうしたら、ヤンキーどもは五人がかりでおれにヤキを入れたんす。おれ、怖くなって、学校近くの川に飛び込んだんすよ。泳げなかったわけじゃないけど、服を着たままだったから、深みで溺《おぼ》れそうになったんす」

「そのとき、石上彰が救《たす》けてくれたんだな？」

「そうなんっすよ。たまたま通りかかった先輩は野次馬を掻《か》き分けて、たったひとりでおれを救けてくれたんす。ちょうどいまごろみたいに寒い季節だったな」

「いい先輩じゃないか」

「石上さんに救けられたとき、おれ、半分ぐらい意識を失いかけてたんすよ。先輩が来てくれるのが数分遅かったら、おれは死んでたでしょう」

「そうかもしれないな」

「くそっ。誰が石上さんを殺《や》ったんだ」

松丸が拳《こぶし》で自分の腿《もも》を打ち据《す》えた。一度ではなかった。たてつづけに四、五回だった。

いつもは冷静な松丸が、これほど感情を剝《む》き出しにしたのは初めてだ。それだけ、石上の死はショックだったのだろう。

「松ちゃん、少し落ち着けよ」

「見城さん、先輩が毒殺されたんだったら、必ず犯人を見つけてください。おれ、そいつをぶっ殺してやる！」

「どうかしてるぞ、松ちゃん。悔しさはわかるが、いつもの松ちゃんらしくないな」

「そうかもしれないっすけど」

「一緒に弔《とむら》い酒を飲もう。な、松ちゃん！」

見城は松丸の肩を抱いた。

次の瞬間、松丸が喉を軋《きし》ませた。笑っているようにも聞こえる嗚咽《おえつ》だった。

見城は酒の用意に取りかかった。

いくらも時間はかからなかった。卓上に二つのショットグラスを置き、ジャック・ダニエルを注いだ。見城はソファに坐り、松丸が泣き熄《や》むのを待った。
長い夜になりそうだった。

第三章　美人社長の密謀

1

助手席の窓が叩《たた》かれた。

見城は首を捻《ひね》った。パワーウインドーの向こうに、百面鬼のいかつい顔があった。新宿署の悪徳刑事だ。

チョークストライプの入った黒っぽい背広を着ていた。きょうも、トレードマークの薄茶のサングラスをかけている。

つるつるに剃《そ》り上げたスキンヘッドは光り輝いていた。やくざにしか見えない。

見城は数時間前に百面鬼に電話をして、あることを頼んであった。

いまは午後四時過ぎだ。ローバーは赤坂の裏通りに駐《と》めてある。

今朝《けさ》の十時ごろまで酒を浴びるように飲んでいた松丸勇介は、まだ見城の自宅マンションの長椅子《いす》で眠っていることだろう。

見城は松丸が寝入ると、寝室で都内にあるレンタカー会社に電話をかけまくった。八十社近い数だった。しかし、事件当日に白っぽいカローラを借りた者はいなかった。念のため、神奈川、埼玉、千葉の三県の主《おも》だったレンタカー営業所にも問い合わせてみた。だが、結果は同じだった。

無灯火のカローラを運転していた怪しい人物は、どうやら東京から離れた地方都市で車を借りたらしかった。一応、栃木、群馬、静岡にあるレンタカー会社にも電話をしてみた。やはり、徒労に終わった。

百面鬼が助手席に乗り込んできた。車がわずかに揺れた。百面鬼は体重八十三キロだった。

「百《どう》さん、首尾《しゅび》は？」

見城は訊《き》いた。

百面鬼がVサインで応じ、上着の内ポケットから折り畳まれた紙切れを抓《つま》み出した。石上彰の解剖所見の写しだ。

石上は午後一時から、大塚にある東京都監察医務院で司法解剖された。都内で行き倒れなどの変死体が発見された場合も、同院で行政解剖される。

石上の場合は犯罪絡《がら》みの急死と判断され、司法解剖に回されたのだ。三多摩《さんたま》地区の司法解剖は慈恵《じけい》会医大か杏林《きょうりん》大で行われる決まりになっていた。法医学のベテラン教授が執刀に当たることが多い。

「本庁から出張《でば》ってきてる捜査本部の管理官は、すんなりこれを出した？」

見城は問いかけた。

「ああ。奴が女子高生を契約愛人にしてることをちらつかせたら、すぐに剖見書《ぼうけん》のコピーをくれたよ。それに帰りがけに、五万円の車代もな」

「百《どう》さんは救いようがない悪党《ワル》だね。本庁のエリート捜査員を脅《おど》して、小遣いまでせしめちまうんだからさ」

「奴を脅すように仕向けたのは、見城ちゃんじゃねえか。そっちのほうが、おれよりずっと悪人だぜ」

「おれは、純粋な義憤から……」

「そんなジョークはおれには通用しないよ。忘れねえうちに、きょうの日当を貰《もら》っておくか」

百面鬼が、ごっつい手を差し出した。

見城はモスグリーンのレザーブルゾンの懐から、十枚の万札を取り出した。約束の謝礼だった。百面鬼が、十万円を引ったくるように受け取った。すぐに二つ折りにした十枚の紙幣をスラックスのポケットに突っ込み、探《さぐ》るような目を向けてくる。

「これだけか?」

「どういう意味なのかな」

「女子高生好きの旦那だって、少しは愛想があったぜ」

「車代を上乗せしろってわけか。欲が深すぎるよ、百《どう》さん!」

見城は顔をしかめた。

「もうちょっと色つけてくれや」

「あと三万が限度だな。それで手を打ってくれないか」

「そんな端《はし》た金《がね》なら、いらねえよ。そうだ、里沙ちゃんを一晩だけ貸してくれねえか」

百面鬼が言った。

見城は一瞬、我が耳を疑った。しかし、空耳《そらみみ》ではなかった。

「百《どう》さん、なに考えてるんだっ。どうかしてるぜ」

「そうかもしれねえな」

「百《どう》さん、降りてくれ。里沙は、おれの女だ」

「怒ったのかい？」

「当たり前だろっ。百《どう》さんとは、きょう限りで絶交だ。早く降りてくれ」

「カッコいいぜ、女たらし！」

百面鬼が肘《ひじ》で見城の脇腹《わきばら》をつつき、手を叩いた。

「なんの真似なんだっ」

「冗談言ったんだよ。見城ちゃんの気持ちを知りたかったってわけさ。やっぱり、里沙ちゃんに惚《ほ》れてたんだな。だったら、もっと彼女を大事にしてやれや」

「まさか里沙におれの気持ちを探ってくれって頼まれたわけじゃないんだろうな？」

「里沙ちゃんは、そんなことを考える女じゃないだろうが。だから、おれは見城ちゃんの煮え切らねえ態度がもどかしいんだ。彼女は、見城ちゃんにぞっこんなんだぜ。しばらく一緒に暮らしてやれよ」

「里沙は、べたついた関係を嫌ってるんだ」

見城は言った。

「わかってねえな。それは本心じゃねえと思うぜ。とにかく、里沙ちゃんはそっちにはもったいねえくらいにいい女だよ。彼女の気持ちも少しは考えてやったほうがいいな」

百面鬼が顔を引き締め、言い重ねた。

「ところで、石上って奴はやっぱり毒を盛られてたよ」

「思った通りだったか」

見城は解剖所見の写しを押し開いた。素早く文字を目で追う。

石上彰の死因は、亜砒酸《あひさん》による中毒死だった。

胃と腸から、〇・一五グラムの亜砒酸が検出された。亜砒酸の致死量は〇・一から〇・二グラムだ。金属の砒素《ひそ》そのものは無毒だが、その化合物は猛毒性を持つものが多い。砒素化合物の中でも、亜砒酸は最も毒性が強かった。

亜砒酸は無味無臭の白色粉末で、冷水には溶けにくい。しかし、温水にはよく溶ける。

石上は、胃腸型の急性中毒死と記載されていた。

亜砒酸を口から入れた彼は嘔吐《おうと》を繰り返し、コレラの症状に似た強烈な下痢《げり》に見舞われたはずだ。急激に体内の水分が失われ、やがて声が出なくなる。

早い場合はわずか数時間でチアノーゼを呈し、手脚《てあし》が冷たくなるだろう。〇・一五グラムの亜砒酸を服《の》んでしまった石上は四、五時間後に絶命したようだ。死亡推定時刻は、昨夜の十時前後となっていた。

「管理官の話じゃ、石上彰の胃の中に未消化の里芋があって、その中に亜砒酸の顆粒《かりゅう》が残ってたらしいぜ」

百面鬼が茶色い葉煙草《シガリロ》を喫《す》いながら、乾いた声で告げた。

「犯人は、石上が注文した弁当のおかずに亜砒酸の溶液を注入したんだろう」

「それは間違いねえな。食べ残した焼売《シューマイ》の中からも、微量の亜砒酸が検出されたって話だからさ。それから、焼売《シューマイ》の底の部分に針の痕《あと》があったってよ」

「やっぱり、注射器を使ったんだな」

見城は低く呟《つぶや》いた。

「なんだい、そっちはもう筋を読んでたのか」

「石上が毒殺されたとしたら、それしか考えられないと思ったんだ」

「なるほどな」

「百《どう》さん、石上が死ぬ前の夕方、看守に言ったことは事実だったの？」

「嶋《しま》って看守が石上の声をはっきりと耳にしたって主張してるらしいんだが、ほかの二人の看守は何も聞いてないって言ってるそうだ」

「石上のいた居房に毒入りのカプセルは？」

「それは、あったってよ。亜砒酸の粉がうっすらと付着してるカプセルがな。それで検視の段階では、石上が隠し持ってた毒をてめえで呷《あお》ったんじゃないかって判断したらしいんだ」

「その毒入りカプセルの発見者は？」

「嶋って看守だ。そいつが犯人に買収されて、石上が自殺したように見せかけようとしたんじゃねえのか？」

百面鬼が黄ばんだ煙を吐き出しながら、低い声で言った。

「その可能性は高いだな」

「ああ。そんなことで、捜査本部は最初、遺体を司法解剖に回す気はなかったらしいよ。ところが、喰《く》い残しの焼売《シューマイ》から鑑識係が微量の亜砒酸を検出したんで、解剖することになったんだってさ」

「嶋って看守をちょっと揺さぶってみる必要がありそうだな」

見城は独《ひと》りごちた。

「そうしたほうがいいな」

「で、仕出し弁当屋はいまも『一力《いちりき》』を使ってるって？」

「ああ、そう言ってたよ。その指定業者を洗えば、犯人《ホシ》は割り出せるんじゃねえのかな」

「これから、さっそく『一力』に行ってみる」

「そうかい。有森友紀と石上彰を消したのは、おそらく同一人だろう」

百面鬼がダッシュボードの灰皿を引き出し、シガリロの火を揉《も》み消した。

「おれも、そう睨《にら》んでるんだ」

「だと思ったよ。見城ちゃんは、おれよりずっと頭《ペテン》がいいからな」

「百《どう》さん、赤坂署の家弓を知ってたっけ？」

　見城は訊いた。

「そいつの面《つら》は知ってるよ、喋《しゃべ》ったことはねえけどさ」

「そう」

「それから、家弓が点数稼ぎ屋だって噂《うわさ》も耳にしたことがあるな。家弓が今回の事件《ヤマ》に噛《か》んでやがるのか？」

　百面鬼が剃髪頭を撫《な》でた。何か考えごとをするときの癖だった。

「そのあたりのことはまだ何とも言えないんだが、奴が石上彰を強引に殺人犯に仕立てたがってたことに、ちょっと引っかかりを感じてるんだ」

「いつもの点数稼ぎで、功を急いでたんじゃねえのか。帳場《ちょうば》が立つと、所轄の刑事の中にゃ、本庁の連中にライバル意識を燃やす野郎がいるからな」

　帳場が立つというのは、所轄署に捜査本部が設置されることだ。本来は大阪府警など関西で用《もち》いられていた警察用語だが、現在は日本全域で使われている。

「それだけじゃないような気がするんだ」

見城は解剖所見のコピーを小さく折り畳み、モスグリーンのレザーブルゾンの内ポケットに滑り込ませた。

下はベージュのコーデュロイ・ジーンズだった。靴はワークブーツだ。

「見城ちゃん、今回は共同戦線を張ったほうがいいんじゃねえの？　案外、奥は深《ふけ》えみてえだからさ」

「確かに複雑なからくりがありそうだね」

「分け前はフィフティ・フィフティでどうだい？」

「おれが最初に嚙んだ事件《ヤマ》だぜ。いくらなんでも、虫がよすぎるんじゃないの？」

「一回だけなら、練馬の色気たっぷりの未亡人を回してやってもいいよ」

百面鬼は真顔《まがお》だった。見城がその気になったら、今夜にでも交際中のセックスフレンドを連れてくるにちがいない。

「いまんとこ、女に不自由はしてないよ」

「ちぇっ。見城ちゃんも渋くなりやがったなあ。友達《ダチ》を大事にしねえと、淋《さび》しい晩年を送ることになるぜ」

「おれは、百《どう》さんを人生の師と仰《あお》いでる」

見城はにやにやしながら、そう言った。

「人生の師だと⁉　やめてくれ、全身が痒《かゆ》くならあ」

「師が弟子に施《ほどこ》しをせがむなんて、哀《かな》しすぎると思わない？」

「わかった、おれの負けだ。また日当稼がせてくれる気になったら、いつでも声をかけてくれや」

百面鬼が車を降りた。

スラックスに両手を突っ込み、自分のギャランに向かった。新宿署の覆面パトカーだ。

見城はカーフォンで、老弁護士に電話をかけた。

午前中に一度、外山に電話をしている。二度目の電話だった。外山の姪《めい》が受話器を取り、すぐに伯父《おじ》に替わった。

「やっぱり、他殺でしたよ」

見城はのっけに言い、詳しい経過を話した。ただし、不正な方法で解剖所見の写しを手に入れたことは言わなかった。しかし、おおかた外山弁護士は察しがついているだろう。

「石上彰は、まだ二十九歳だったね。運の悪い男だ」

「そうですね」

「さっき東京地検の桐生検事がこっそり電話してきて、石上彰の起訴棄却の手続きを済ませたそうだ」

外山が告げた。

「故人にとっては、すっきりしない不起訴になってしまいました」

「そうだね。桐生検事は、石上彰を毒殺した犯人を自分の手で見つけ出す気でいるようだよ。警察の情報を待つだけでなく、検察事務官と極秘に捜査を進めると言ってた」

「立派な方ですね。なかなかそこまでやる検事はいないでしょう」

「桐生君は、石上彰を被疑者のままで死なせてしまったことに心の咎《とが》を覚えているようだったよ」

「そうですか」

「わたしも、このままでは気持ちがすっきりしない。見城君、きみも調査を続行してくれないか。きょうから、わたしが依頼人になろう」

「できるだけのことはやってみます。ただ、先生の依頼で調査するということではなく、わたし自身の気持ちにけじめをつけるということで動かせてください」

「きみの気持ちは尊重しよう。見城君、気をつけてな」

「はい。では、また……」

見城はカーフォンをコンソールボックスに戻した。

そのとき、自分のマンションにいる松丸に石上彰が毒殺されたことを伝える気になった。しかし、まだ松丸は眠っているかもしれない。それに、石上が自ら毒物を服《の》んだのではないことは彼もほとんど確信しているにちがいなかった。何も急いで報告する必要はないだろう。

見城はそう思い直し、ローバーを走らせはじめた。

仕出し弁当屋の『一力』は、赤坂署から七、八百メートル離れた場所にある。ビルとビルの谷間に建つ木造モルタル造りの二階家だった。七十歳前後の両親と長男夫婦の四人だけで、店の一切を切り盛りしていた。仕出し専門で、店売りはしていない。

ほんのひとっ走りで、目的の弁当屋に着いた。

見城は路上に車を駐《と》め、店まで四、五十メートル歩いた。建物は、だいぶ古い。ガラスの引き戸は滑《すべ》りが悪かった。

息子夫婦が弁当の数を数《かぞ》えていた。

折り詰めが多く、プラスチック容器の弁当は少ない。息子は隆也《たかや》という名だった。もう三十歳近いはずだ。隆也が主に出前を受け持っている。

「おれのこと、憶《おぼ》えてるかな？」

見城は、セーターの上に白い上っ張りを羽織った隆也に声をかけた。

「ええ、憶えてますよ。五年ぐらい前まで赤坂署にいらした刑事さんでしょ？　名前は、ちょっと思い出せないけど」

「見城だよ」

「ああ、確かそういうお名前でしたね。どうも失礼しました」

隆也が頭に手をやって、こころもち腰を折った。かたわらの妻は、曖昧《あいまい》な笑みを浮かべている。

「きのうの自弁食のことで、ちょっと訊きたいんだ」

見城は本題に入った。

「また、そのことですか。一時間ぐらい前にも赤坂署の刑事さんたちが見えて、自弁食のことをいろいろ訊かれたんですよ。うちで仕出しした弁当に砒素化合物が混入されてたとかでね。それで徹底的に調べられちゃって、仕事になりませんでしたよ。なにしろ冷蔵庫から、ストックの食材までいちいちチェックするんですから」

「きのうの夕方、ここに誰かが忍び込んだ可能性は？」

「刑事課の方たちにも申し上げましたけど、きのうは誰も調理場には入ってきませんでしたよ」

「そう」

隆也が迷惑顔で答えた。

「毒を入れられたのは、ぼくが五人分の弁当を赤坂署に届けた後《あと》でしょうね」

「そのことは刑事たちにも言ったのかな？」

見城は訊いた。

「ええ、言いましたよ。そうしたら、刑事さんたちは署内で毒物を混入されるわけはないと怒ってました。まるでこちらに落ち度があるような口ぶりだったんで、さすがにむっとしたな」

「それはそうだろうね」

「ぼくが文句を言おうとしたら、親父が目で制止したんで、結局、我慢しましたけど」

「そう」

「はっきり言って、警察の自弁食はまるっきり儲《もう》けがないんですよ。これ以上、変な疑いをかけられるんだったら、指定業者の看板を返上するつもりです」

隆也の言葉に、身重の妻が相槌を打った。若夫婦は警察の無神経な言動に、心底、腹を立てているようだ。

「自弁食は、きみがライトバンで運んでるんだったな？」

「ええ、そうです」

「赤坂署に着くまで、まったく車から離れなかった？」

見城は確かめた。

「ええ、一度も」

「それなら、毒物は署内で混入されたと考えてもいいだろう」

「きっとそうにちがいありません。犯人は出前の人間か面会人になりすまして、こっそり亜砒酸の溶液を弁当のおかずに混入したんじゃないのかな？」

隆也が言った。

「その可能性が高いが、警察内部の者の仕業《しわざ》ということもあり得るかもしれない」

「まさかお巡りさんが、そんなことはしないでしょ？」

「警察官だって、人の子だよ。悪いことをする奴もいる。現に殺人、傷害、強盗、窃盗なんかで検挙された現職がたくさんいるんだ」

「ええ、だけど……」

「きのうの夕食の弁当は、署の誰に手渡したのかな？」

「いつものように看守室の入口の所で、嶋耕次《こうじ》巡査長に渡しました」

「嶋か」

「あの看守さんが、何か事件に関わってるんですか？」

「いや、そういうわけじゃないんだ。忙しい時間に邪魔しちゃったな。どうもありがとう」

見城は謝意を表し、大股で外に出た。

ローバーの横に、見覚えのある男がたたずんでいた。見城は目を凝《こ》らした。

家弓刑事だった。見城は家弓に歩み寄った。家弓は背広の上に、くすんだ灰色のトレンチコートを羽織っていた。

「おれの車に触らないでくれ。汚ない指紋《モン》なんかつけられたくないからな」

見城は向き合うなり、露骨に挑発した。

大人げないことはわかっていた。しかし、感情を抑《おさ》えられなかった。鰓《えら》の張った家弓の顔を見ると、わけもなく神経がささくれだつ。

「きさまっ」

「おれに何か用か？」

「何を嗅《か》ぎ回ってやがるんだっ」

家弓の表情は険《けわ》しかった。

「別に何も」

「きさまは、もう現職じゃないんだ」

「だから？」

「おれの周《まわ》りをうろつくなってんだよ」

「なんだって、そんなに神経過敏《ナーヴァス》になってるんだい。あんた、何か後ろ暗いことをやってるのか？ そんなふうに映るぜ」

見城は左目を眇《すが》め、揺さぶりをかけた。目を細めるのは他人を侮蔑《ぶべつ》するときの癖だった。

「きさま！ なんてことを言うんだっ」

「その金張りのロレックスは安くないよな」

「こ、これは香港《ホンコン》で買ったバッタ物だ」

家弓が、慌《あわ》てて腕時計をワイシャツの袖口《そでぐち》の中にしまい込んだ。

見城は皮肉たっぷりに言った。

「背広の仕立ても悪くなさそうだ。おれがやめてから、警察官の俸給は一気に三、四倍になったのかな」

「何が言いたいんだっ。きさまが楯突《たてつ》く気なら、この女に協力してもらうことになるぞ」

家弓が息巻き、コートのポケットから一枚のカラー写真を抓《つま》み出した。

見城は写真に目を向けた。被写体には、見覚えがあった。七、八カ月前に情事の相手を務めた女だった。

婚約者がゲイだとわかり、絶望的になった化粧品会社のＯＬだ。名は思い出せない。容姿は十人並だったが、ベッドテクニックは素晴らしかった。

「この女を知らないとは言わせないぞ」

「知ってるよ。いつか婚約者の素行調査を頼まれたことがあるからな」

「きさまは写真の女を強引にベッドに誘い、帰りがけに十万円を要求した。明らかに、恐喝だな」

家弓が薄ら笑いを浮かべた。

「どうせ女の弱みを握って、恐喝されたと言わせたんだろうが！」

「おれがそんな汚ないことをするかっ」

「おれに手錠《ワッパ》ぶち込む気なのか？」

「これからもおれの周りをうろつくようなら、そうしてやる」

「なんだって、そんなにびくついてるんだっ。あんたが石上彰に毒を盛ったのかい？」

見城は言った。

と、家弓が腰から伸縮式の特殊警棒を引き抜いた。伸ばすと、数十センチになる。

「きさまを公務執行妨害で逮捕する」

「おれが何をしたって言うんだ？」

「うるせえ！　手錠《ワッパ》打つ前に少し痛めつけてやるっ」

「ひでえ暴力刑事だ」

見城は身構えた。

家弓が特殊警棒をいっぱいに振り出し、すぐに一閃《いっせん》させた。空気が鋭く唸《うな》った。

見城は左手で家弓の利《き》き腕を払いのけ、顎《あご》に掌底《しょうてい》打ちを叩き込んだ。

骨が重く鳴った。家弓がのけ反《ぞ》り、仰向けに引っくり返った。

見城は踏み込んで、家弓の右手首を蹴《け》りつけた。

警棒が吹っ飛ぶ。見城は家弓を俯《うつぶ》せに押さえ込み、肩の関節を痛めつけた。

家弓が動物じみた唸り声を放った。見城は、家弓の関節が外れる寸前に手を放した。家弓が呻《うめ》きながら、路上を転がり回った。

見城は素早く周囲を見回した。人の姿はなかった。家弓が呻き声混じりに言った。

「きさまを逮捕する」

「自分で転んどいて、何を言ってるんだ」

見城は家弓の腰を強く蹴りつけた。

家弓が怯《おび》えたアルマジロのように四肢《しし》を縮め、のたうち回りはじめた。

「友よ、また会おう」

見城は皮肉を言って、ローバーに乗り込んだ。

ホステスは全員、若い白人だった。十二人とも美しかった。ミス・インターナショナルの出場者控室にいるような錯覚に陥りそうだ。白人ホステスクラブ『グローバル』である。店は歌舞伎町の飲食店ビルの七階にあった。

見城は隅の席で、スコッチの水割りを傾けていた。

バランタインの十七年物だった。店には国産ウイスキーはなかった。見城はグラスを口に運びながら、対角線の客席に目を当てていた。

そこには、赤坂署の嶋看守がいた。

洒落たスーツでめかし込んだ嶋は、両側に金髪と栗毛《くりげ》のホステスを侍《はべ》らせていた。ブロンドがアメリカ人で、栗毛はドイツ人らしい。

2

午後十時過ぎだった。

見城は『一力』を後《あと》にすると、赤坂署に向かった。

署内には入らなかった。交通課にいる古い知り合いを近くの喫茶店に呼び出し、嶋耕次のことを訊いた。

五十代の巡査部長は何も怪しまずに、嶋の住所を教えてくれた。嶋は三十二歳で、独身だった。高円寺《こうえんじ》のワンルームマンションに住んでいるそうだ。

きょうは非番らしかった。

見城は車を高円寺に走らせた。ワンルームマンションは、苦もなく見つかった。三階建てだった。嶋は自分の部屋にいた。二〇二号室だった。

見城は部屋のインターフォンを鳴らし、すぐに物陰に隠れた。少し待つと、嶋が顔を出した。

丸顔の気のよさそうな面相だった。

見城は嶋の顔かたちを頭に刻みつけると、鉄骨階段を下《くだ》った。それから、集合郵便受けを覗《のぞ》く。二〇二号室の函《はこ》には、クレジット会社やサラリーマン金融会社の督促状が四通も入っていた。

見城は警視庁警務部人事一課監察の係員を装って、一階の入居者たちに会った。

人事一課監察は、警察官や職員の犯罪や不正行為を摘発している。トップは首席監察官だ。入居者たちの話から、嶋がギャンブル好きであることがわかった。借金は、ギャンブルでこしらえたものらしかった。

見城は車に戻り、張り込みをつづけた。

嶋が部屋から現われたのは夕方の六時過ぎだった。見城は尾行を開始した。嶋は表通りまで歩き、タクシーに乗った。

行き先は歌舞伎町にあるソープランドだった。嶋はそこで一時間ほど過ごし、次に女子大生ばかりを揃《そろ》えたランジェリーパブに入った。そして九時半に、この店に落ち着いたのである。

「わたし、退屈?」

フランス系カナダ人ホステスが、不意に問いかけてきた。滑らかな日本語だった。カトリーヌという名だ。本名ではなく、源氏名だろう。

「そんなことないよ。きみは美人だし、酒もうまいから、大いに愉《たの》しんでる」

「そんなふうに見えないわ」

「マルガリータ、お代わりしてもいいんだぞ」

見城は言った。

カトリーヌが淋《さび》しげに笑い、カクテルグラスを持ち上げた。マルガリータは半分ほどグラスに残っていた。

「カナダは英語圏とフランス語圏があるんだよな?」

「ええ、そうよ。わたしはフランス語圏で育ったの。でも、英語も話せるわ」

「それに、日本語もうまい」

「まだ駄目よ。敬語の使い方が難しいの」

「昼間は、フランスの香水会社の支社に勤めてるんだったね？」

見城は煙草をくわえた。

すかさずカトリーヌがライターを鳴らす。デュポンの婦人用だった。

「ええ、そう。でも、サラリーだけでは物価の高い東京では暮らせないの。だから、ここでアルバイトをしてるのよ」

「ほかの娘《こ》たちも昼間は、何か仕事をしてるんだろう？」

「たいてい語学学校の教師をやってるわ。ロシア出身の彼女たちは、この仕事だけしかしてないけどね」

カトリーヌが小声で言い、入口の際《きわ》のボックス席に視線を向けた。ひと目でスラブ系の顔立ちとわかる二人のホステスが、中年の二人組の相手をしていた。

「きみは、あの客についたことある？」

見城は嶋の方に目をやり、小さく顎《あご》をしゃくった。

「ないわ。でも、顔は知ってる」

「彼は、よく来てるのかな」

「きょうで、二度目よ。最初はミスター・カユミと来たの」

カトリーヌがそう言って、マルガリータを口に含んだ。若草色のニットドレスの胸許は大きく抉《えぐ》れていた。

バストは大きかった。ミニ丈《たけ》のスカートから覗く太腿《ふともも》もむっちりとしている。

「カユミ？　知らないな」

見城は空とぼけた。

「あなた、さっきから、奥の席を気にしてるわね。あのお客さん、知ってる方なの？」

「別に知り合いってわけじゃないんだ。おれより若そうなのに、羽振りがいいなって眺めてたんだよ」

「羽振りがいい？　その意味、わからないわ」

カトリーヌが小首を傾《かし》げた。

亜麻色《あまいろ》の髪が優美に揺れた。瞳《ひとみ》はヘイゼルナッツに似た色だった。

「リッチだって意味だよ」

「それなら、彼よりもミスター・カユミのほうがリッチだわ。カユミさん、来るたびに店の女の子みんなに一万円ずつチップをくれるの」

「へえ。その男は、ちょくちょく店に来てるのかい？」

見城は煙草の火を消し、さりげなく訊いた。

「週に一度は来るわね。でも、わたしは彼のこと、あまり好きじゃない」

「どうして？」

「ミスター・カユミは勘違いしてるの。お金でお客さんとメイク・ラブするのはロシア人の二人だけなのに、ほかの娘《こ》たちも同じだと思ってるのよ。アメリカの娘もイギリスの娘も、売春なんかしてないのに」

「きみも誘われたことがあるんだな？」

「ええ、何度も。でも、セックスを求められるんじゃないの。汚れた足を舐《な》めさせろって言うのよ」

カトリーヌが大仰《おおぎよう》に眉根《まゆね》を寄せた。

「一種のフェティシズムだな。蒸《む》れたハイヒールに欲情を催す男もいるらしいからね」

「そんなの、アブノーマルだわ」

「そうだな」

見城は同調した。

そのとき、嶋に侍《はべ》っていた二人のホステスが同時に立ち上がった。入れ代わりに、ロシア人ホステスのひとりが嶋の横に坐《すわ》った。

グラマラスな赤毛の女だった。二十二、三歳だろうか。それほど大柄ではなかった。百六十五、六センチだろう。

「あのお客さん、今夜はオリガと寝る気なんだわ」

カトリーヌが嶋に視線を向けながら、蔑《さげす》むように言った。

だが、嶋はソープランドで遊んできたばかりだ。今夜は白人ホステスをお持ち帰りする気にはならないだろう。

見城はグラスを空けた。

カトリーヌが手馴《てな》れた仕種《しぐさ》で、スコッチの水割りをこしらえた。

「ソ連が崩壊してから、ロシア人女性の密入国が増えてるようだな。六本木に、ロシア人ホステスだけを二十人も揃えたクラブがある」

「新宿にも、そういうロシアン・クラブはあるそうよ。入国管理局《イミグレーション》の職員の目を気にして、お店の看板は出してないって話だけど」

「いまのロシア経済はガタガタだからな。個人企業家とロシア・マフィア以外は耐乏生活を強《し》いられてるようだ」

「オリガは、医学生だったらしいわ。もうひとりのソーニャは学校の先生だったんだって。二人とも体を売って、国にせっせと送金してるそうよ」

「ロシア人ホステスは、いくらで体を売ってるのかな?」

「ショートで四万円、泊まりだと七万円だって」

「東南アジア系やコロンビア人街娼《がいしょう》のほぼ倍か」

見城は低く呟いた。

「日本の男は、ばかよ。肌の色が違っても、売春婦は売春婦だわ。わたし、日本人の白人コンプレックスが嫌い!」

「確かに日本人は欧米人にある種の劣等感を持ってるよな。しかし、きみがそんな言い方をするのはよくない」

「なぜ?」

「きみは白人に生まれたことで、日本でいい思いをしてる。多分、この店のホステスさんたちは日本人ホステスよりは、ずっと高い時給を貰ってるんだろう」

「ええ、そうね」

「そういういい思いをしていながら、日本人の欠点をあげつらうのは間違ってるな」

「あなた、国粋主義者なの? だったら、こんなお店に来なければいいんだわ」

カトリーヌが、つんと横を向いた。

見城は苦く笑って、ロングピースをくわえた。

カトリーヌは火を点ける素振りすら見せなかった。見城はまた苦笑し、自分で煙草に火を点けた。ふた口ほど喫《す》ったとき、黒服の若い男がやってきた。

別の客から、カトリーヌに指名がかかったのだ。小生意気なカナダ女は見城に挨拶《あいさつ》することなく、そそくさと別の席に移っていった。

煙草の火を消したとき、代わりのホステスがやってきた。

シンディという名のオーストラリア人だった。顔立ちは整っていたが、痩《や》せぎすで魅力に乏しい。髪は黄褐色《おうかっしょく》だった。

自己紹介し合うと、見城はシンディにブランデーソーダを振る舞った。

シンディは何度も礼を言った。まだ、それほど擦《す》れていないようだ。

「きみも昼間は、どこか語学学校で教えてるの？」

「学校、倒産しました。給料三カ月分、まだ貰ってません。だから、昼間は時々、通訳の仕事をしてるだけね」

シンディの日本語は、カトリーヌほど滑らかではなかった。

「生まれはどのあたりなの？」

「メルボルンの郊外です。とっても景色のいい所ですよ」

「そう。オーストラリアには、まだ行ったことがないんだ」

「それは残念です。ぜひ一度、わたしの国を見てください」

「機会があったら、そうしよう」

見城はほほえみ返し、グラスを口に運んだ。

会話は弾まなかった。それでも目が合うと、シンディは必ず微笑した。ぎこちないサービスぶりがなんとも痛々しい。

「お店は何時に終わるの？」

「いつもは十一時半なんですけど、きょうは十一時で閉店です。お店を早く閉《し》めて、壁紙の張り替え工事をやるそうなんです」

「そう」

見城は腕時計を見た。

十時四十分を回っていた。シンディがブランデーソーダを飲み干すと、見城はチェックを頼んだ。

勘定は思っていたよりは安かった。約二万五千円だった。

見城はシンディに送られ、出口に向かった。歩きながら、嶋の様子をうかがう。ギャンブル好きの看守はオリガの肩を抱き寄せ、何か耳許で囁《ささや》いていた。

オリガとホテルにしけ込む気なのだろう。見城はそう思いながら、『グローバル』を出た。

「階下《した》までお見送りします」

シンディが言った。見城はやんわりと断り、ひとりでエレベーターの函《ケージ》に乗り込んだ。

車は区役所通りのバッティングセンターの際《きわ》に駐《と》めてあった。飲食店ビルを出ると、見城は斜め前の暗がりにたたずんだ。

歌舞伎町の裏通りながら、人の往来は激しかった。通行人の大半は、ほろ酔い気分の男たちだった。客を無線タクシーに乗せている女たちは、近くにあるクラブのホステスだろう。

女たちの装いは艶《あで》やかだった。しかし、表情には生活の澱《おり》のような翳《かげ》りをにじませている者が多かった。

寒気が鋭い。吐く息は、瞬《また》く間に白く固まる。

見城は足踏みをしながら、嶋が現われるのを待った。

十分ほど経《た》ったころ、嶋が出てきた。ひとりだった。嶋は飲食店ビルから少し離れた舗道に立った。オリガを待つ気らしい。

見城はすぐにも嶋を締め上げたかったが、あたりには人が大勢いた。

オリガが飲食店ビルから走り出てきたのは、十一時五分ごろだった。

赤毛のロシア人ホステスは嶋に駆け寄ると、自分から腕を巻きつけた。嶋はオリガの腰に右腕を回した。

見城は二人を尾《つ》けはじめた。

嶋とオリガは風林会館の前を通り、区役所通りを横切った。道なりに進むと、明治通りにぶつかる。その左手一帯は歌舞伎町二丁目のラブホテル街だった。職安通りまでの間に、五、六十軒のラブホテルが密集している。

二人は二百数十メートル歩くと、左に曲がった。

見城は走った。前を行く通行人がぎょっとして、次々に振り返った。

かまわず見城は駆けつづけた。二人にホテルに入られてしまったら、万事休すだ。

ほどなく横道に入った。

嶋とオリガの後ろ姿が見えた。三、四十メートル先を歩いていた。道の両側には、カップル向きのホテルや旅館が飛び飛びに連《つら》なっている。

見城はホテルや旅館の石塀《いしべい》にへばりつくようにして、二人を追尾しつづけた。時々、休憩のカップル客が不意に現われたりして、見城を緊張させた。

嶋とオリガは、奥に向かっている。見城は少しずつ歩幅を大きくしていった。

少し経つと、嶋たち二人の歩みが急にのろくなった。斜め前あたりに、真新しい白亜のホテルがそびえている。六階建てだった。

どうやら二人は、そこに入る気になったらしい。

見城は爪先《つまさき》に重心を置きながら、小走りに追いはじめた。みる間に距離が縮まった。

二人が白いホテルの門を潜《くぐ》った。

「看守さん、待ってくれ」

見城は叫びながら、突っ走った。

嶋とオリガは立ち竦《すく》んでいた。見城は二人の前で足を止めた。

「なんなんだ、あんた！」

嶋が声を張った。見城はオリガに顔を向けた。

「きみの連れは警官《ポリス》だぜ。お巡りを相手に売春する気だったのか。いい根性してるな」

「その話、本当？」

「ああ。きみの客は赤坂署の嶋耕次って警察官だよ」

「わたし、まだ何もしていない」

オリガは嶋から少しずつ離れ、あたふたと逃げ去った。

「この野郎、ふざけた真似《まね》をしやがって」

嶋がいきり立ち、右腕を翻《ひるがえ》した。ロングフックだった。

見城は上体を反《そ》らせ、パンチを躱《かわ》した。反動を利用し、嶋の顔面に裏拳《うらけん》を叩き込む。

鼻の軟骨の潰《つぶ》れる音がした。嶋が両手で顔を押さえ、中腰になった。

見城は足を飛ばした。空気が縺《もつ》れる。

前蹴りは相手の左の膝頭《ひざがしら》を砕《くだ》いた。嶋の腰が、さらに落ちる。見城は右の肘《ひじ》で、嶋のこめかみを弾いた。振り猿臂《えんぴ》打ちだった。

こめかみは急所の一つだ。空手道では、霞《かすみ》と呼ばれている。

嶋が横倒しに転がった。

「ずいぶん派手な遊びをしてるな」

「誰なんだよ、あんた？」

「家弓とつるんで飲み歩いてるようだなっ」

見城は言った。

返事はなかった。

「『一力』の弁当に何か細工をして、家弓から少しまとまった銭を貰ったみたいだな」

「な、なんの話をしてるんだ？　おれには、さっぱりわからないよ」

「なら、はっきり言ってやろう。おまえが家弓に頼まれて、石上彰の弁当に亜砒酸の溶液を混入したんだろっ。亜砒酸の粉末の付着したカプセルを石上の居房で見つけたと嘘《うそ》をついたのも、おまえだろうが！」

「おれは、そんなことはしてないっ。誤解だ、誤解だよ」

嶋が呻きながら、か細い声で言った。

「借金取りに追い回されてる人間が、急に金回りがよくなったのはどうしてなんだ？」

「競馬で万馬券を取ったんだよ」

「そんな言い訳は通らない。家弓から、いくら貰った？　二百万か、三百万か？」

「誰からも金なんか貰っちゃいないよ」

「そうかい」

見城は嶋の肩を蹴った。

フルコンタクト系の空手は破壊力がある。嶋が悲鳴を放ち、痛みに体を震わせた。肩の骨が折れたことは間違いない。喋れるようになるまで、少し時間がかかるだろう。

見城は煙草をくわえた。

火を点けかけたとき、ホテルの中から初老の女が飛び出してきた。従業員だろう。

「あんたたち、なに騒いでるのよ。喧嘩《けんか》なら、ほかでやってちょうだいっ。すぐに出て行かないと、一一〇番するからね」

「いま、行きますよ。連れが酔っ払ってて、おれに絡んできたんだ」

見城は言い繕《つくろ》い、嶋の襟首《えりくび》を摑《つか》んだ。そのまま路上に引きずり出した。

ちょうどそのとき、見城は右腕に尖鋭《せんえい》な痛みを覚えた。

嶋に嚙みつかれたのだ。見城は反射的に手を引っ込めた。その隙《すき》に嶋は身を起こし、一目散に逃げだした。

職安通りの方向だった。

見城は追った。嶋の逃げ足は、思いのほか速かった。追いつきそうになると、すぐに引き離された。もどかしかった。

嶋はラブホテル街を走り抜けると、職安通りに出た。それも車道だった。

車道を横切らないうちに、重い衝撃音が轟《とどろ》いた。急ブレーキの音がし、嶋の体が宙に高く舞い上がった。撥《は》ねられたのだ。

見城は車道の手前で立ち止まった。

嶋は十メートルほど先の車道に落下した。地響きが聞こえた。首が奇妙な形に捩れている。ぴくりとも動かない。

見城は群れはじめた野次馬を掻《か》き分け、鬼王《きおう》神社の方に歩みだした。

嶋を轢《ひ》いたのはファミリーカーだった。三十代の夫婦らしい男女が嶋を見下ろしながら、ぶるぶると震えていた。

見城は足を速めた。

自分が手を下《くだ》したわけではなかったが、なんとなく後味が悪かった。一刻も早く現場から遠ざかりたい気分だった。

数分で、ローバーを駐《と》めた場所に達した。

見城は素早く乗り込み、車を発進させた。少し先の脇道で車首を変え、靖国《やすくに》通りに出た。

後続の黒いクラウンの動きが気になりはじめたのは、明治通りに入ってからだった。

そのクラウンは、確か区役所通りの左側に駐めてあった。わざわざ車首を転換したことが気になってきたのだ。尾行されているのか。

見城は試《ため》しに、少し加速してみた。

すると、後ろのクラウンもスピードを上げた。逆に減速してみる。クラウンも同じようにスピードを落とした。それだけで尾けられていると断定するのは早計だろう。

見城は代々木《よよぎ》のあたりで左折した。

新宿御苑《ぎょえん》の外周路を低速で走る。黒色のクラウンはだいぶ車間距離をとっているが、追尾してきた。尾行されていることは十中八九、間違いなさそうだ。

長崎で見かけた二人組だろうか。

見城は、クラウンをどこか暗い場所に誘い込む気になった。信濃町《しなのまち》から神宮外苑の横を抜け、青山通りを越した。二股の道を右に進むと、右手に青山霊園が見えてきた。

霊園の中ほどで右に曲がった。表参道《おもてさんどう》に抜ける道だ。

クラウンは一定の距離を保ちながら、執拗《しつよう》に迫ってくる。

見城はローバーを霊園内の脇道に入れ、ほどなく車を停めた。ヘッドライトとエンジンを切り、素早く近くの墓石の陰に隠れる。

クラウンも停止した。

三十メートルほど後方だった。ヘッドライトが消された。だが、ドライバーは車を降りなかった。

見城は身を屈《かが》めながら、横に動いた。クラウンの背後に回り込み、車内を透《す》かして見た。五十四、五歳の男が運転席にいるだけだった。顔かたちは判然としない。

少し待つと、男が静かに車を降りた。

あたりに目を配りながら、ローバーに近づいていく。見城は暗がりから出て、猫足で男の背後に迫った。

男が足を止め、左右の闇《やみ》を見た。

見城は走った。高く跳び、男の背中に右袈裟《みぎけさ》蹴りを浴びせる。

男は前に大きくのめり、頭から転がった。一回転して、横に倒れた。見城は男に走り寄り、摑み起こした。

「なんだって、おれを尾けてるんだっ」

「乱暴はやめてくれ。わたしは怪しい者じゃない」

男が腰をさすりながら、怯《おび》えた声で言った。貧相な顔つきだった。

「何者なんだ？」

「おたくと同業だよ。もっとも、わたしは一介の調査員だがね。帝都探偵社の社員なんだ」

「名刺を出せ」

見城は手を放して、男に命じた。男が上着の内ポケットから、名刺入れを取り出した。震える指で、名刺を差し出した。

見城はライターの炎で、文字を読んだ。男は種本民夫《たねもとたみお》という名だった。

「いつから尾けてた？」

「今朝からだよ」

「依頼人はどこの誰なんだ？」

「サクラアイコという若い女性なんだが、会ったことはないんだよ」

種本が言った。

「会ったことがないって？　ふざけるなっ」

「嘘じゃないんだ。電話で依頼があって、一昨日、あんたの顔写真と住所の書かれたメモが速達で会社に送られてきたんだよ」

「サクラアイコの住所は？」

「所番地《ところばんち》は架空のものだった。つまり、そんな住所はなかったんだよ。でも、三十万円の着手金はきのう、ちゃんと会社の口座に振り込まれた。だから、調査に取りかかったわけなんだが……」

「依頼内容は？」

見城は訊いた。

「あんたの行動をマークして、会った人間を報告しろということだった。依頼人が明日、連絡してくることになってるんだよ。なんか気が進まない話だったんだ。調査は、もう打ち切るよ」

「そうしたほうがいいな。着手金は、どこから振り込まれてたんだ？」

「東西銀行新宿支店からだったよ。もう勘弁してくれないか」

種本が拝む真似をした。

そのとき、見城の脇腹を何かが掠《かす》めた。風を切る音もした。種本が肩口を押さえて、長く呻いた。見城はライターの火を短く点けた。

アーチェリーの矢が右肩に突き刺さっている。

種本が唸りながら、その場にうずくまった。次の瞬間、見城の耳のそばで鋭い矢の音がした。二《に》の矢《や》が放たれたのだ。

「ここから動くな」

見城は種本に言って、身を翻《ひるがえ》した。

右手の暗がりに、動く人影があった。体型から察して、男と思われる。

見城は墓石と墓石の間の通路に走り入った。ほとんど同時に、三の矢が疾駆《しっく》してきた。

矢は斜め前の墓石に当たり、小さく火花を散らした。

見城は狭い通路を突っ走った。

矢を射た男が逃げていく。人影は細身だった。見城は追った。

じきに広い道に出た。

一台のステーションワゴンが見えた。数十メートル離れた所だ。後部座席に乗り込んだのは、長崎で見かけた二人組のひとりだった。

ステーションワゴンが急発進した。

がっしりした体型の男がステアリングを握っているようだった。見城は全速力で追った。しかし、瞬《またた》く間にステーションワゴンは遠ざかっていった。

「くそっ」

見城はすぐ種本のいる場所に駆け戻った。

種本は必死に矢を抜こうとしていた。血臭《けっしゅう》が夜気に混じりはじめていた。

「矢を抜くと、出血がひどくなるぞ。そのままにしとくんだ」

「しかし、痛くてたまらないんだよ」

「その場所なら、命に別条はない。いま、救急車を呼んでやろう」

見城はローバーのドアを開け、カーフォンを摑み上げた。救急車の出動を要請したら、すぐさま立ち去るつもりだった。

3

女子行員の指が止まった。

指の下には、一昨日の振込伝票の控えの束があった。東西銀行新宿支店だ。

「それがサクラアイコのものだね？」

見城は、二十二、三歳の女子行員に確かめた。

アーチェリーで狙《ねら》われた翌日である。まだ午前十一時過ぎだった。

「ええ、そうです」

「ちょっと見せてくれないか」

「はい、どうぞ」

女子行員が控え伝票を差し出した。

見城は伝票に目を落とした。確かにサクラアイコ名義で、一昨日の午前中に帝都探偵社の銀行口座に三十万円が振り込まれている。電信扱いだった。

見城はサクラアイコの住所を手帳に書き留《と》めた。書かれた所番地は、都庁舎の所在地だった。この住所は明らかにでたらめだ。

見城は、人気《ひとけ》のない貸付相談の窓口に坐っていた。

業務の邪魔をしたくなかったのだ。例によって、現職の刑事になりすましていた。

「この伝票を扱ったのは、きみなの？」

「そうです」

「サクラアイコのことを思い出してもらえないかな」

「目のくりっとした二十三、四の女性だったと思います」

女子行員が答えた。

「ほかに何か身体的な特徴は？」

「色白でしたね。背は百六十センチぐらいだったわ」

「もう少し手がかりになるようなことはないかな？」

見城は粘った。童顔の女子行員が瞳をくるくると動かしてから、ふと思い出した口調で言った。

「その方、お金を出されるときにクラッチバッグからテレフォンカードの束を落とされたんです」

「テレフォンカードの束？」

「ええ、そうです。カードはブライダルサロン『マリアージュ』が創業五周年記念に作ったものだと思います。そういう文字がはっきりと印刷されていましたので」

「そう」

見城は煙草に火を点けた。

ブライダルサロン『マリアージュ』の名は知っていた。社長の三好麻美《みよしあさみ》は二十三、四歳まで美人モデルとして活躍し、その後、ウェディングドレスのデザイナーに転身した。そして五年前、『マリアージュ』を設立した。

麻美は現在、三十一、二歳のはずだ。彼女はウェディングドレスのデザインだけではなく、空中結婚式、海底結婚式、山頂結婚式などユニークな挙式のプロデュースまで手がけていた。

常に奇抜なイベントを演出し、マスコミを巧みに利用して、事業の宣伝をしていた。年商は年ごとに飛躍的に伸び、いまや百人以上の社員を抱える成長企業だ。

社屋は原宿《はらじゆく》にある。外壁はピンクで、遠くからでも目立つビルだった。

「あんなにたくさんテレフォンカードをお持ちになっていたのですから、サクラアイコさんは『マリアージュ』の関係者なんでしょう」

女子行員が言った。

「そうなのかもしれないな」

「三好麻美のデザインしたウェディングドレスって、とっても素敵なんですよ。独身女性なら、彼女にドレスを作ってもらいたいと思ってる人が多いんじゃないのかしら?」

「しかし、だいぶ値が張るらしいじゃないか」

「チュールを入れてドレス一組が最低三十五万円だという話ですから、プレタポルテ並ですよね」

「平凡なＯＬたちが気軽にオーダーできる金額じゃないだろう」

「ええ、そうでしょうね。わたしは、貸衣裳《かしいしょう》で済ませることになりそうです」

「そのほうが賢明かもしれないよ。どうも協力ありがとう」

見城は控え伝票を女子行員に返し、モケット張りの丸椅子から立ち上がった。

ローバーは地下駐車場に入れてあった。見城は周囲に目を配ってから、車に乗り込んだ。地下駐車場を出て、すぐに明治通りに向かう。

三好麻美の会社に着いたのは数十分後だった。

ピンクに塗られたビルは八階建てで、一階のエントランスホールに各種のウェディングドレスが展示されていた。マネキンの色は黒だった。そのほうがドレスが映えるのだろう。

見城は受付に歩み寄った。

受付嬢は日本人形のような面差《おもざ》しだった。二十二、三歳だろうか。

「ちょっとつかぬことを伺《うかが》いますが、この会社にサクラアイコという方はいらっしゃいませんか？」

見城は話しかけた。

「サクラアイコですか？」

「ええ。実は甥《おい》っ子が通学電車の中で気分が悪くなったとき、その方に大変お世話になったらしいんですよ。そのお礼に伺ったわけです」

「当社にサクラアイコという社員はおりません」

「お名前を間違えて憶《おぼ》えてしまったのかな。似たようなお名前の方は？」

「企画課に桜井《さくらい》愛《あい》という者がおりますが……」

「きっとその方だ」

「桜井をお呼びいたしましょうか。あっ、ちょうど彼女がエレベーターから降りてまいりました」

受付嬢が右手にあるエレベーターホールに目を向けた。

髪の長い女性が歩いてくる。二十三、四歳で、色白だ。瞳は円《つぶ》らだった。サクラアイコの名義で、帝都探偵社に三十万円の着手金を振り込んだ女性だろうか。

「あっ、彼女に声をかけないでください。社内で個人的な話をするのは迷惑でしょうから。外で、お礼を言います」

見城は受付嬢に早口で言い、大急ぎで外に出た。

間《ま》を置かずに、桜井愛が出てきた。茶系のパンツルックだった。手にしていた白いウールコートを羽織り、ゆっくりと歩きだした。

見城は桜井愛を尾《つ》けはじめた。愛は五分ほど歩き、表参道に面したイタリアン・レストランに入った。昼食を早めに摂《と》るつもりらしい。

見城も店内に足を踏み入れた。

愛は奥のテーブル席に坐り、何かオーダーしていた。見城は隣のボックスに腰かけ、シーフード入りのパスタ料理とカプチーノを頼んだ。

桜井愛はバジリコ入りのパスタを注文したようだった。少し経つと、彼女は化粧室に消えた。

見城は左手首のコルムを外し、さりげなく立ち上がった。店に備えてある雑誌を取りに行く振りをして、ハンガースタンドに近づいた。桜井愛のオーバーコートが掛けられている。愛のオーバーコートのポケットに自分の腕時計を滑り込ませる。

見城は雑誌を手にして、自分の席に戻った。客は二人だけだった。

数分後、愛が化粧室から戻ってきた。

見城は雑誌から目を離さなかった。十分も待たないうちに、それぞれのテーブルに料理が届けられた。

見城は雑誌を読みながら、パスタを口に運んだ。カプチーノは本場の味で、充分に満足できた。食後の一服を愉《たの》しんでいると、桜井愛が立ち上がった。見城は煙草の火を消し、伝票を抓《つま》み上げた。

店を出ると、桜井愛は会社のある方向に歩いていた。白いオーバーコートを着ている。

見城は小走りに追い、愛を呼び止めた。

向かい合うと、愛が不安顔で問いかけてきた。

「なんでしょうか？」

「かわいい顔してるが、手癖が悪いんだな」

「それって、どういう意味なんですっ」

「きみは、おれの腕時計を盗《と》ったな」

「おかしな言いがかりをつけると、警察を呼びますよ」

「いいから、コートの右ポケットに手を突っ込んでみな」

見城は言った。

愛が不承不承《ふしょうぶしょう》、命令に従った。みるみる彼女は蒼《あお》ざめた。

「ポケットの中に入ってる物を出してくれ」

見城は急《せ》かした。

愛がコルムを摑み出した。見城はほくそ笑んで、自分の腕時計を手首に戻した。

「やっぱりな」

「わたし、盗んでません。絶対に、そんなことしてませんっ」

愛が後ずさりながら、泣き出しそうな顔で弁明した。見城は黙って、模造警察手帳をちらりと見せた。

愛が逃げようとした。見城は、素早く愛の右腕を捉《とら》えた。

「こっちの質問にちゃんと答えてくれたら、腕時計のことは不問に付してやろう」

「なにを言ってるんですっ。わたし、泥棒なんかしてません。あなたが、わたしのコートのポケットにさっきの時計を入れたんじゃないんですか？」

「きみがそう言い張るなら、警察官に来てもらうことになるぞ」

「えっ⁉」

愛がうなだれた。

「きみの名前は桜井愛だね？」

「どうして、わたしの名前を知ってるの⁉」

「きみは一昨日、サクラアイコの名義で東西銀行新宿支店から帝都探偵社の口座に三十万円を振り込んだなっ」

見城は相手の質問を無視して、声を張った。

愛は口を開かなかった。赤い唇が小さく震えている。

「おれの顔をよく見ろ。写真で見たことがあるはずだ」

「写真って？」

「きみが帝都探偵社に郵送した速達便の中に入ってた写真のことだよ」

「わたし、速達便の中身は知らないんです。社長に言われた通りに帝都探偵社に電話して、渡された速達便を出しただけですので」

「三十万を振り込んだのも、三好麻美の命令だったのか？」

見城は訊いた。

「わかりません。わたし、本当に知らないんです。ただ、社長に指示されたことをやっただけなんですよ」

桜井愛が懸命に訴えた。嘘をついているようには見えなかった。

「着手金を振り込むとき、サクラアイコという偽名を使って、住所も都庁の所在地にしろと言われたのか？」

「ええ、そうです」

「美人社長は、七日の晩に赤坂ロイヤルホテルで殺された有森友紀とつき合いがあったのかな？」

見城は畳み掛けた。

「社長は芸能界にも知り合いが多いようですけど、有森友紀とは面識がなかったと思います」

「断定的な言い方だな」

「先月、会社の創業五周年記念のパーティーを帝国ホテルでやったとき、社長はおつき合いのある各界の著名人を招いたんですよ。でも、そのパーティーに有森友紀は出席してませんでしたから」

「三好麻美は、いまも独身なのか？」

「ええ」

「わずかな間に女の細腕だけで、事業をあれだけ拡大できるわけがない。誰かパトロンがいるんだろう。パトロンは、どこの誰なんだ？」

「いくら社員でも、そういうことはわかりませんよ。社長は、私生活を幹部社員にも絶対に覗《のぞ》かせない方ですから」

愛が言った。

「ということは、他人に知られたくない秘密があるのかもしれないな。当然、パトロンもいるんだろう」

「そういう気配は全然うかがえません」

「まあ、いいさ。それは、おれが調べよう」

「わたし、どうすればいいんでしょう?」

「まず、おれのことを女社長には黙ってることだな」

見城は威《おど》しをかけた。

「でも……」

「おれが私立探偵だってことは、もうきみもわかったはずだ。その気になれば、きみの男関係は造作なく調べられる」

「やめてください、そんなこと。あなたのことは社長に言いません」

「いい子だ。それから、社長にはさも帝都探偵社から調査報告があったような振りをして、適当なことを言っといてくれ」

「わかりました」

愛が神妙にうなずいた。

「三好麻美は、いま、会社にいるのか?」

「いいえ、おりません。きょうは服地の買い付けで神戸に出かけたんです」

「いつ帰る予定なんだ?」

「今夜中には帰ってくる予定になっています。明日の午前中に、大事な企画会議がありますので」

「そう。女社長は成城《せいじょう》に住んでるんだったな。いつか週刊誌のグラビアで見たことがあるんだ。五丁目だったかな」

「ええ、そうです」

「三好麻美はボディーガードを雇ってるんだろうか」

見城は正体不明の二人組のことを思い浮かべながら、桜井愛に問いかけた。

「自宅のほうはわかりませんけど、会社にそういう人と来たことは一度もありません」

「そうか」

「わたし、そろそろ会社に戻らないと……」

「もう行ってもいいよ」

「わたしの私生活、絶対に暴《あば》かないでくださいね」

「不倫でもしてるのかな」

「えっ」

愛が口に手を当て、くりっとした両眼を一段と大きくした。どうやら図星だったらしい。

「きみがおれとの約束を守ってくれりゃ、野暮なことはしないよ」

見城は笑顔で言った。

愛が一礼し、逃げるように走り去った。殺された有森友紀と三好麻美には、何も接点はなさそうだ。麻美は、なぜ、こちらの動きが気になったのだろうか。

見城はロングピースに火を点けた。くわえ煙草で、『マリアージュ』に引き返す。

ローバーに乗り込んだとき、見城は三好麻美がデザインの盗用でベテランのデザイナーに二年ほど前に告訴されたことを思い出した。

そのデザイナーは椿由実《つばきゆみ》という名で、ウェディングドレスのデザインでは草分けとも言える重鎮《じゅうちん》だった。もう七十過ぎだ。

週刊誌の偽記者に化《ば》けて、椿由実に会ってみることにした。

見城は車を発進させた。

椿由実デザイン事務所は千駄ヶ谷《せんだがや》四丁目にある。明治通りから少し奥に入った場所に、白い教会に似た建物がそびえている。それがベテランデザイナーのアトリエだった。

二十分弱で、椿由実のアトリエに着いた。

見城は『週刊ワールド』の特約記者になりすまして、椿由実に取材を申し入れた。応対に現われた女性はアポイントメントがないと望みは薄いと言っていたが、意外にもあっさりと面会を許された。

見城は、陽当たりのいいサロン風の広い部屋に通された。

「マスコミの方がいらっしゃるのは、久しぶりだわ」

椿由実は上機嫌だった。スカーフをターバンのように頭に巻き、トレードマークの大きなファッショングラスで目許を覆っていた。

テレビで観《み》るよりも、はるかに小柄だった。指輪だらけの指は皺《しわ》が目立つ。実際には七十五歳を過ぎているのかもしれない。

秘書らしい中年女性が紅茶を運んできた。

「どういう取材なの？」

「各界でご活躍中のスーパーレディーたちの近況を特集で組むことになったんですよ」

見城は平然と嘘をつき、メモ帳を拡《ひろ》げた。

中年女性が部屋から出ていくと、椿由実はベルギーの王女のウェディングドレスを数日前に縫い上げたことを誇らしげに語った。彼女が世界の億万長者や王室からウェディングドレスの注文を受けてきたことは事実だ。しかし、最近はそうした輝かしい話もめっきり少なくなっている。

見城はひと通りの話を聞き、麻美のことを探《さぐ》り出す気になった。

「ところで、先生は二年あまり前に、『マリアージュ』の三好麻美さんをデザイン盗用で訴えられたことがありましたね？」

「ええ。麻美は独立する前、うちの専属デザイナーのようなものだったのよ。それで、わたしのスケッチからデザインをいろいろ盗んでたの」

「しかし、確か先生が告訴を取り下げられたんでは？」

「やむを得なかったのよ。麻美が有力者をバックにして、示談を申し入れてきたの。癪《しゃく》だったけど、手を打つほかなかったのよ」

「三好麻美さんには、凄いパトロンがついてるんでしょうね？」

「あの女は、ふしだらな牝猫《めすねこ》よ。利用価値のある殿方《とのがた》がいたら、喉《のど》を鳴らして、いやらしく擦《す》り寄っていくんだから」

椿由実が穢《けが》らわしげに言った。

「あの若さで、あれだけの事業をやってるわけだから、相当、したたかな面もあるんでしょうね？」

「そりゃ、あなた、麻美は典型的な悪女よ。原宿の下品なビルだって、明日香《あすか》建設の会長にうまく取り入って、ほとんど儲けなしで請負わせたんだから。その建設費だって、地方銀行の頭取あたりを誑《たぶら》かして、超低利で借りたにちがいないわ」

「そうなんですかね」

「そうに決まってるわ。でもね、あんな牝猫に騙《だま》されるのは二流の実業家や成り上がり者だけよ。実は麻美、わたしの会社の融資元のメガバンクの頭取に色目を使って、事業資金を引っ張り出そうとしたことがあるの。だけど、相手にされなかったのよ。いい気味だわ」

「そんなことがあって、『マリアージュ』の女社長は先生のところに出入りできなくなったわけか」

見城は言いながら、ティーカップを持ち上げた。ウェッジウッドのカップだった。

「ええ、そうよ。あんな恩知らずな女はいないわ。モデルからウェディングドレスのデザイナーに育て上げてやったのは、このわたしなのよ。それなのに、後ろ足で砂をかけるようなことばかりして」

「現在の彼女のパトロンは誰なんでしょう？」

「そんなこと、知らないわ。どうせどっかの成金でしょうよ！」

「そうかもしれませんね。ところで、三好麻美は、先日殺されたテレビレポーターの有森友紀とつき合いがあったという噂を聞いたんですが、そのあたりのことはご存じではありませんか？」

「そんな話は知らないわね。つき合いといっても、パトロンの奪い合いでもしてたんじゃないの？」

　椿由実が皮肉っぽく言い、紅茶を啜《すす》った。

　そういうことも考えられる。三好麻美は石上彰の犯行と見せかけて、誰かに邪魔者の友紀を始末させたのだろうか。

　見城も紅茶を飲んだ。

　そう考えれば、麻美が自分の動きを探《さぐ》りたがった説明がつく。

「わたしの写真を撮《と》らなくてもいいの？」

「後日、カメラマンを伺わせますので、その節はよろしくお願いします」

「できたら、いらっしゃる前に連絡をちょうだいよ。こちらにも、いろいろスケジュールがあるから」

「わかりました」

「それじゃ、このへんで……」

　椿由実が先に立ち上がった。

　見城は礼を言って、そのまま辞去した。ローバーに乗り込むと、彼は松丸勇介の携帯電話を鳴らした。

「はい」

松丸の声は暗く沈んでいた。

「おれだよ」

「見城さんっすか。こないだは、醜態《しゅうたい》を見せちゃって……」

「石上彰の葬式に出られなくて、悪かったな。松ちゃん、少しはショックが薄らいだかい？」

「まだ無理っすよ」

「少し仕事をしたほうがいいな。実は、松ちゃんの手を借りたいことができたんだよ」

見城は言った。

「盗聴器外《はず》しっすか？」

「いや、逆なんだ。成城に住んでる美人社長宅の電話外線に高性能の盗聴器を取り付けてほしいんだよ」

「今回の事件絡《がら》みの仕事っすね？」

「そう」

松丸が訊き返してきた。

「それなら、ぜひ手伝わせてください」

「一時間後に成城大学の正門前で合流できるか？」

「ええ、大丈夫っす」

「詳しい話は、会ったときにな」

見城は電話を切り、シートベルトを掛けた。

4

闇が濃い。

成城の邸宅街はひっそりと静まり返っている。

三好麻美の自宅には、門灯と玄関灯だけが点《つ》いていた。大きな二階家の窓は真っ暗だった。夜になると、門灯と玄関灯だけが自動的に灯《とも》るようになっているのだろう。

見城は、中層マンションの非常階段の踊り場に屈《かが》んでいた。五階だった。

ほぼ斜め前に、三好邸がある。敷地は百坪前後だろうか。三方には、目隠しの高い樹木が植えられている。

見城は旧ソ連軍の暗視望遠鏡《ノクト・スコープ》を手にしていた。ソ連邦が解体してから、日本の貿易商が正規ルートで輸入した物だ。

武骨で少し重いが、性能は悪くない。レンズの向こうの風景は、真昼と同じように見える。昔の赤外線スコープのように、背景が赤く見えることもない。

値段は十数万円だった。探偵社の調査員やアマチュア天文家に引っ張り凧《だこ》で、いつも品薄気味らしい。覗き魔たちも愛用しているという話だ。

見城は左手首の時計を見た。

午後九時二十七分過ぎだった。この踊り場に立ったのは、ちょうど七時だ。すでに二時間半近く経過しているが、『マリアージュ』の女性社長が戻ってくる気配はなかった。

松丸が電話の引き込み線に高性能の盗聴器を仕掛けたのは、まだ陽《ひ》の高いうちだった。

彼はセーターの上に作業ジャンパーを羽織ると、堂々とコンクリートの電信柱によじ登った。取り付け作業は、わずか数分で完了した。

通行人が何人も通りかかったが、松丸に不審な目を向ける者はひとりもいなかった。

電信柱から降りると、彼は三好邸に赤外線感知装置がセットされていることを告げた。しかし、何も心配はないと付け加えた。

事実、松丸は夕方には赤外線感知装置に細工をし、作動しないようにしてくれた。それも、たいして手間はかからなかった。

その松丸は、三好邸から三百メートルほど離れた路上にワンボックスカーを駐《と》め、電話盗聴のチャンスをうかがっているだろう。

今夜は空振りに終わるのか。見城は、かじかんだ指先に息を吹きかけた。

猛烈に寒かった。レザーブルゾンのファスナーを首まで引っ張り上げていたが、寒風は容赦なくセーターの下まで忍び込んでくる。

煙草を喫《す》えないのも辛かった。

ヘビースモーカーの見城は幾度も、ロングピースをくわえた。しかし、火は点けなかった。非常階段の踊り場で煙草の火が明滅したら、近所の住人に怪しまれることになる。

十時まで粘ってみることにした。それでも、美人社長が帰宅しないようだったら、今夜の張り込みは打ち切りだ。

三好邸の前に一台のタクシーが横づけされたのは、九時五十分ごろだった。

見城はレンズの倍率を最大にした。タクシーを降りたのは三好麻美だった。シックな黒っぽいスーツに、毛皮のコートを抱えていた。チンチラだろう。

タクシーが走り去った。

麻美はハンドバッグから鍵《かぎ》を取り出し、門の潜《くぐ》り戸のロックを外した。アプローチを進み、ほどなくポーチに立った。

その美しい横顔には、妖艶《ようえん》さがにじんでいた。よく光る瞳は、猫のそれに似ていた。ふわりと膨らんだウェービーヘアが女っぽかった。

麻美が玄関の中に入った。

待つほどもなく、家の電灯が次々に灯った。お手伝いさんは雇っていないようだ。

麻美は風呂にでも入って、侘《わ》び寝をするだけなのか。それとも、親しい仲の男が訪ねてくることになっているのだろうか。

見城は、もう少し様子をうかがう気になった。

レザーブルゾンの中で、小型無線機が放電音を洩《も》らした。十時六分過ぎだった。

見城はファスナーを引き下ろし、トランシーバーを摑み出した。

「おれっす」

松丸の声が響いてきた。

「誰かから、美人社長に電話があったんだな?」

「そうっす。年配の男の声でした。二、三十分後に成城に回るから、風呂の用意を頼む。男はそう言って、すぐに電話を切っちゃったんすよ」

「話の内容から察すると、三好麻美のパトロンだろうな」

「そうみたいっすね」

「松ちゃん、そこで待っててくれ。いったん、そっちに行くよ」

見城は交信を切って、トランシーバーと暗視望遠鏡をブルゾンの中に隠した。

靴音を殺しながら、マンションの白い鉄骨階段を下《くだ》る。一階の上り口は柵《さく》で封じられていた。

見城は柵を乗り越え、マンションの裏門から通りに出た。

松丸の車は二筋《ふたすじ》ほど後ろに駐めてあった。ワンボックスカーの中に入ると、見城は真っ先に煙草をくわえた。車内はヒーターで、ほどよく暖められていた。

「寒かったでしょ？」

松丸が缶入りのコーヒーを差し出した。

「ずいぶん気が利くな」

「おれも飲みたかったんすよ。だから、ついでにもう一缶買っといたんす。少し冷めたかもしれないっすけどね」

「まだ充分に温かいよ」

見城はプルタブを引き上げ、コーヒーを飲んだ。生き返った心地がした。

「これ、盗聴テープっす」

松丸がレシーバーを差し出した。

見城はレシーバーを耳に当てた。男の声は六十代に聞こえた。麻美は、わかりました、と短い返事をしたきりだった。

それでも二人が特別な関係であることは、遣《や》り取りで感じ取れた。

見城はレシーバーを松丸に返した。松丸がマイクロテープを停止させる。

車内には、大型の電波探索機、数種の広域電波受信機、電圧テスターなどが積み込まれていた。組立式のアンテナもあった。

「さっき退屈しのぎに、電波探索機をいじってみたんすよ。そしたら、この通りだけで三箇所に盗聴器が仕掛けられてました」

松丸が言った。

「この街には成功者たちが多く住んでるからな。出世した分だけ、他人に妬《ねた》まれたり恨まれたりしてるんだろう」

「そうみたいっすね」

「疲れたろ、松ちゃん？」

「たいしたことないっすよ。この後《あと》、どうするんすか？」

「車を三好邸の前の通りに回してくれないか。麻美のパトロンをこいつで隠し撮りしたいんだ」

見城は短くなった煙草を灰皿に捨て、シートから望遠レンズ付きのカメラを摑み上げた。

カメラには、高感度の赤外線フィルムが入っていた。ストロボを焚《た》かなくても、夜間撮影は可能だった。

「了解！」

松丸がワンボックスカーを走らせはじめた。

見城のローバーは、成城大学の近くの路上に駐めてあった。二台の車で張り込んでいると、どうしても人目につきやすい。そんなわけで、ローバーは使わなかったのだ。

やがて、松丸の車が三好邸のある通りに入った。見城は中層マンションの近くにワンボックスカーを停めさせ、ヘッドライトもエンジンも切らせた。

「しばらく松ちゃんは横になっててくれ」

「いいんすか。悪いっすね」

松丸はリクライニングシートを倒し、仰向けになった。

見城は、運転席と後部座席の間にあるカーテンを拡げた。サイドウインドーは、すでにカーテンで覆われていた。カーテンの合わせ目に、望遠レンズを突っ込む。

見城はレンズを三好邸の門に合わせ、じっと待った。

おおかた麻美のパトロンは自ら高級車を運転して、愛人宅にやってくるのだろう。見城はカメラを構えながら、耳に神経を集めた。だが、車の走行音はいっこうに響いてこない。

遠くから靴音が響いてきたのは十時半ごろだった。

見城はカーテンを少し横に払い、右手の暗い道を見た。中折れ帽を被った六十過ぎの男が、やや前屈《まえかが》みに歩いていた。細身だった。

チャコールグレイのオーバーコートのポケットに両手を突っ込んでいる。マフラーで、頬《ほお》と顎を隠していた。

パトロンだろうか。

見城はシャッターに指を添えた。

男が三好邸の前で足を止めた。見城はシャッターを切った。男は潜《くぐ》り戸を押し開け、邸内に入った。物馴《ものな》れた動作だった。

見城は連続して、男の写真を撮った。モータードライブだった。男は踏み石をたどって、玄関に吸い込まれた。

男の顔は、どこかで見ている。見城は、記憶の糸を手繰《たぐ》った。

だが、どうしても男の名前を思い出せなかった。新しいフィルムを詰めていると、松丸がむっくりと身を起こした。

「パトロン、どんな奴だったんす？」

「六十過ぎのおっさんだったよ。どこかで見た顔なんだが、どうも思い出せないんだ」

「おれ、庭の中に忍び込んでもいいっすよ」

「そういうことは、おれのほうが馴《な》れてる。松ちゃん、もう帰っていいぞ」

見城は言った。

「おれ、朝までつき合うっすよ」

「気持ちは嬉《うれ》しいが、後はおれひとりでやれる」

「見城さんは、これからどうするんすか？」

「庭に忍び込んで、麻美が男といるところを盗み撮りするつもりなんだ」

「だったら、おれ、ここで見張り役をやりますよ」

「せっかくだが、ひとりのほうがやりやすいんだ」

「そういうことなら、おれは先に帰ります」

松丸が言った。屈託《くったく》のない口調だった。

見城は暗視望遠鏡とカメラを懐に入れ、そっと車を降りた。トランシーバーは、松丸に預かってもらうことにした。

ワンボックスカーのエンジンが唸りはじめた。

見城は暗がりに走り入った。車が発進するときは、人の耳目《じもく》を集めるものだ。用心にこしたことはないだろう。

松丸の車が走り去った。

見城は五分ほど動かなかった。あたりに人影がないのを確かめてから、三好邸の門に近寄った。

潜り戸のノブは、なんの抵抗もなく回った。素早く邸内に入る。

見城は中腰になって、家屋の裏側に回った。裏庭の中央に西洋芝が植えられ、それを取り囲むように灌木《かんぼく》の植え込みがあった。

見城は繁みの陰まで這《は》い進んだ。

ほぼ正面に、広い居間があった。電灯が点いているが、室内の様子はわからない。レースとドレープのカーテンで閉ざされていた。

見城は暗視望遠鏡を目に当て、背後を見回した。

隣接する家々に、動く人影はなかった。見城は家屋に接近した。外壁に耳を押し当てる。左端の方から、かすかに人の話し声が聞こえてきた。

見城は建物に沿って、横に移動した。

すると、左角に浴室があった。通風孔《つうふうこう》から、湯気と嬌声《きょうせい》が洩れてくる。どうやら麻美は、パトロンと戯《たわむ》れているらしい。

見城は浴室の窓の下に、吸盤型の盗聴マイクを貼《は》りつけた。受信機は懐に入っていた。耳栓型のレシーバーを左耳に嵌《は》める。厚さ五メートルのコンクリートの向こうの会話まで鮮明に拾える高性能盗聴器だった。俗に〝コンクリート・マイク〟と呼ばれている。

「いい色艶《いろつや》しとる。麻美のここは、何度見ても飽きんな」

男が息を弾ませながら、喘《あえ》ぐように言った。

「いやねえ。一週間前に、たっぷり見たばかりでしょ」

「毎日、拝みたくなるような観音さまだ」

「ねえ、少し寒いわ。もう湯船に沈ませて」

麻美が甘えるように言った。

「もう少し立っててくれ」

「パパったら」

「もう、たまらん！」

男が麻美の腰を抱き寄せ、舌を鳴らしはじめた。

麻美の短い呻き声と湯の音が一緒に聴《き》こえてきた。いい気なものだ。

見城は屈《かが》んだまま、あたりを見回した。

脚立《きやたつ》や梯子《はしご》の類《たぐい》は見当たらない。見城は、通風孔の隙間から盗み撮りする気だった。

浴室の真横に太い樹木が立っている。樹《き》の種類はわからなかったが、落葉樹ではなかった。太い枝が左右に伸び、小枝は樹葉《じゆよう》を繁らせている。

見城は姿勢を低くしたまま、その大木に近寄った。

幹《みき》は大人の胴よりも、はるかに太かった。見城は樹幹に抱きつき、よじ登りはじめた。子供のころから、木登りは得意だった。あっという間に、風呂場の通風孔を見下ろせる高みまで登った。

見城は太い枝に両足を掛け、カメラのレンズを向けた。

ズームアップする。麻美は浴槽の中に立ち、男に秘部を舐められていた。男の顔は半分しか見えない。麻美が男の頭を両手で抱え込んでいるからだ。

見城はシャッターを切りはじめた。

レシーバーから、麻美の喘ぎ声と男の激しい息遣いが流れてくる。

麻美は豊満な乳房をゆさゆさと揺らしながら、自ら腰を小さく動かしていた。

顎はすっかりのけ反っている。眉根《まゆね》は淫《みだ》らに歪み、口は半開きだった。そして時折、舌の先で乾いた唇に湿りを与えていた。

男の顔が上下左右に動いている。その動きはリズミカルだった。

「パパ、駄目ーっ」

麻美が憚《はばか》りのない声を放ち、全身を痙攣《けいれん》させた。震えながら、彼女は自分の性器を男の鼻に擦りつけた。

数分後、男は湯船の底にべったりと尻《しり》を落とした。

両脚を投げ出す恰好《かっこう》だった。麻美がへなへなと洗い場に坐り込んだ。男が両手で湯を掬《すく》い、顔を洗った。

そのとき、見城は男のことを不意に思い出した。〝価格破壊の王者〟の異名をとる大型アウトレットストア『エコマート』の寺沢一成《てらさわかずなり》会長だった。

もともと寺沢は、全国に三十数店舗を持つディスカウントチェーン店のワンマン経営者として知られていた。生活雑貨、家電製品、眼鏡《めがね》などの安売り量販業界にしばしば話題を提供している人物だ。

商才のある寺沢はこれまでの安売りをやめ、衣料、貴金属、靴、カメラ、スポーツ用品の各メーカーの売れ残り品《アウトレット》や傷物製品を専門に超安値で売る商売に切り替えた。

不況ということもあって、『エコマート』は驚異的な発展を遂げた。わずか五年ほどで店舗は六十八店に増え、年商は準大手スーパーに迫る勢いだ。

合理主義の徹底したアメリカの衣料メーカーなどは自社の売れ残り品《アウトレット》を郊外の専門店などで堂々と処分している。しかし、日本の大手メーカーは在庫品や傷物製品を堂々とは売りたがらない。正規ルートの商品の値崩れと企業のイメージダウンを恐れるからだ。

といって、売れ残り品《アウトレット》をいつまでも倉庫に眠らせておくだけの余裕はない。各社とも、泣く泣く安売り量販店に卸《おろ》しているのが現状だ。

そうした不合理さを鋭く衝《つ》き、寺沢は各メーカーに売れ残り品《アウトレット》や傷物製品の大量放出を説いて回った。それに共鳴したメーカーの協力があって、『エコマート』は急成長したわけだ。

確かに寺沢の経営する店の商品は、従来の安売り量販店よりも二割は安い。傷物製品は、正価の二割程度の価格だ。それも靴や衣料にわずかな染めむらがあるという程度の傷なのである。

長引く不況で、いまや消費者の意識はすっかり変わった。人々は〝安くて、品質のよい商品〟を求めている。寺沢は時代のニーズを的確に摑み、ニュービジネスの旗手として、しばしばテレビや週刊誌に登場していた。

少し老けて見えるが、寺沢一成はまだ六十一、二歳のはずだ。

見城はファインダーを覗いた。

いつの間にか、寺沢と麻美は浴槽の中で交わっていた。体位《ラーゲ》は対面座位だった。寺沢は胡坐《あぐら》をかき、その上を麻美が跨《また》ぐ恰好《かっこう》だ。細身の寺沢も、腹だけは迫《せ》り出していた。

麻美が激しく腰を使いはじめた。

寺沢が後ろ手で自分の体を支え、下から突き上げる。麻美がパトロンの首にしがみつき、なおも動いた。

数分経《た》つと、寺沢が左手で胸部を押さえて湯の中に崩れるように沈んだ。

麻美が慌《あわ》てて結合を解き、寺沢の上体を抱え起こした。

「パパ、心臓が苦しいの？」

「ああ。急に息ができんようになって……」

「主治医の先生に、ここに来てもらう？」

「いや、じっとしてれば、発作は治まるやろ」

「胸、どうなの？」

「少し休んだんで、だいぶ楽になったわ。けど、息子が寝てしもうた。麻美、ちょっと起こしてくれないか」

寺沢がそう言い、股間を迫り上げた。

麻美が萎《な》えたペニスを揺さぶりたて、赤い唇を被せた。濃厚な舌技を施しはじめる。

見城は耳栓型レシーバーを耳から抜き取り、シャッターを押しつづけた。モータードライブのかすかな唸りが快かった。

これで、美人社長の弱みを押さえることができた。

見城はフィルムが切れると、地上に滑り降りた。

第四章　汚れた番犬刑事

1

受付嬢が追ってきた。

見城は足を速《はや》めた。『マリアージュ』の一階エントランスロビーだ。

「お客さま、困ります。社長の許可をもらってからでないと、わたし、叱《しか》られてしまいます」

「きみに迷惑はかけないよ」

「でも……」

「きみがトイレに立った隙《すき》に、おれが無断で入り込んだことにする」

見城は受付嬢に言い、エレベーターの函《ケージ》に乗り込んだ。

焦茶《こげちゃ》のスエードジャケットに、下はグリーングレイのスラックスだった。上着の内ポケットには、昨夜、盗み撮りした写真のプリントの束が入っている。

社長室は最上階にあった。

見城はエレベーターを降りると、ホールの左手にある社長室に急いだ。ノックをせずに、いきなりドアを開けた。

三好麻美は桜材の光沢のある大きな机に向かって、何か書類に目を通していた。プリント柄のスーツをまとっている。ベルサーチの服だった。

「昨夜は、お愉《たの》しみだったな」

見城は机の前まで進んだ。麻美が椅子《いす》ごと退《さ》がり、弾かれたように立ち上がった。

「なんなの、あなた！」

「おとぼけは通用しないぞ」

「あなた、頭がおかしいのね」

「帝都探偵社におれの行動を調査させた理由は何なんだっ。そいつを聞きに来たんだよ」

見城は切れ長の両眼を攣《つ》り上げた。

「あなたは誰なんですっ」

「下手な芝居はやめろ。そっちは、おれのことを知ってるはずだ。おれの写真を速達で帝都探偵社に送ってるんだからな」

「あなた、総会屋か何かなのね。お気の毒だけど、わが社にはなんの弱みもないわよ」

「そうかな」

「帰ってちょうだい！　帰らないと、警察に通報するわよ」

麻美が腰に両手を当て、毅然《きぜん》と言い放った。

見城は薄く笑い、スエードジャケットの内ポケットを探《さぐ》った。写真を一枚だけ引き抜き、それを机の上に投げ落とした。

印画紙の中には、三好邸のポーチに立つ寺沢一成が写っている。麻美が、猫のような瞳《ひとみ》を静止させた。だが、すぐに写真から目を逸《そ》らした。

「パトロンから月々、いくら手当てを貰《もら》ってるんだ？」

「わたしには、そんな男性はいないわ」

「写真の男を知らないって言うのか？」

「知ってはいるわ。でも、寺沢さんは単なるゴルフ仲間よ。お友達が家に遊びに来たって、別に変じゃないでしょ？」

「手間をかけさせやがる」

見城は口の端を歪《ゆが》め、写真の束をそっくり机上にぶちまけた。

五十葉《よう》を超える枚数だった。浴室の通風孔越しながら、麻美と寺沢一成の痴戯《ちぎ》がくっきりと写っている。さすがの美人社長もうろたえ、両腕でプリントを掻《か》き集めた。その上に、慌《あわ》てて社名入りの封筒を重ねた。

「住居侵入罪で訴えてやるわ」

「好きにすればいい。その代わり、成城署の連中に淫《みだ》らな写真を見られることになるぞ」

「お金が目的なんでしょ？」

「おれは、そのへんのチンピラじゃない。あまり甘く見ないほうがいいよ」

見城は優しい声音《こわね》になった。

人を威《おど》す場合は大声を張り上げるだけでは、あまり効果がない。威したり、すかしたりする。それが相手を戸惑わせる。同時に、不気味さも与えるものだ。

「お金が目的じゃないとしたら、何が狙いなの？」

「なぜ、おれの動きが気になった？」

見城は問いかけ、ロングピースに火を点《つ》けた。

「わたし、有森友紀に脅迫されてたのよ。昔のちょっとしたスキャンダルのことでね」

「男関係のスキャンダルか？」

「ええ。酔った弾みで、プロサッカー選手と一度だけ寝たことがあるの」

「相手は誰だったんだ？」

「小暮泰彦よ。きっと小暮が、有森友紀に喋《しゃべ》ったにちがいないわ。わたし、どうかしてたのよ。小暮みたいな男と……」

麻美が溜息《ためいき》をついた。

「有森友紀は金を？」

「ええ。口止め料として、五千万円出せって言ってきたの。だけど、わたしは脅しに屈しなかったわ。あんな小娘の言いなりになるほどの甘ちゃんじゃないわよ」

「だろうな」

「有森友紀が誰かに殺されたと知ったときは、赤飯を炊きたいような気持ちだったわ」

「そっちにも、殺しの動機はあるな」

見城は大理石の灰皿を引き寄せ、喫《す》いさしの煙草《たばこ》を捨てた。

「わたしは実業家よ。人殺しをするほどばかじゃないわ。七日の晩は、会社の役員たちとずっと一緒にいたわよ」

「ちゃんとしたアリバイがあるのに、なぜ、おれの動きが気になったんだ？　話に矛盾があるな」

「警察にわたしが有森友紀に脅迫されていたことを調べ上げられたら、疑われるかもしれないって思ったのよ」

麻美は滑らかに答えた。しかし、色素の淡い猫のような瞳は忙《せわ》しなく動きつづけていた。何かを糊塗《こと》しようとしていることは、はっきりと読み取れた。

「帝都探偵社の調査員に警察の動きを探《さぐ》らせるというのなら、話はわかる。しかし、このおれをマークさせたのは……」

「帝都探偵社の調査員から、妙な男が事件のことを嗅《か》ぎ回っているという報告があったのよ」

「そいつは、おかしいな。調査員の種本民夫は、サクラアイコと名乗る若い女が電話でおれの行動をチェックしてくれと依頼してきたと言ってる。そして、おれに関する情報と写真を速達便で送ってきたんだとな」

見城は麻美の顔を直視した。麻美は少しも怯《ひる》むことなく、すぐに言い返してきた。

「その何とかいう調査員が、でたらめを言ってるのよ」

「おれは、桜井愛からも話を聞いてるんだ。調査員の種本の話と桜井愛の話は、ほぼ合致してた」

「桜井愛が嘘《うそ》をついたんだわ。いま、はっきりさせます」

麻美は封筒の上に灰皿を載《の》せると、インターカムに苛《いら》ついた声を送った。桜井愛を呼びつけたのだ。見城は麻美に声を投げた。

「何もそこまでやってくれとは言ってないぞ」

「わたしの気持ちがすっきりしないんですよ。どうぞあちらに」

麻美が高価そうな桜材の机を回り込み、総革張りの赤茶の応接ソファセットに歩み寄った。

見城は窓際の長椅子に腰かけた。少し遅れて、麻美が正面のソファに浅く坐った。

それから数十秒後に、社長室のドアがノックされた。桜井愛だった。愛は見城の顔を見ると、ひどく驚いた。見城は小さく笑いかけた。

「こっちにいらっしゃい」

麻美が愛に命令した。

愛は緊張した面持《おもも》ちで、おずおずと歩み寄ってきた。女社長の斜め後ろにたたずんだ。

「あなた、いい加減なことを言わないでちょうだいっ」

麻美が半身を捩って、切り口上で言った。

「なんのことでしょうか？」

「わたしがあなたにサクラアイコという偽名を使って、帝都探偵社に調査依頼をしてもらったことは事実だわ。それから、調査の着手金を先方さんの口座に振り込んでもらったこともね」

「ええ」

「だけど、速達便を出してほしいなんて頼まなかったわよ」

「でも、社長……」

愛が何か反論しかけた。しかし、すぐ口ごもった。

「あなたは何か勘違いしてるのよ」

「いいえ、わたし、確かに写真入りの速達便を社長から渡されました」

「そんな物は渡していないわ」

「ですけど、社長……」

「渡してないものは渡してないのっ」

麻美がヒステリックに叫んだ。

愛が竦《すく》み上がって、口にしかけた言葉を呑《の》んだ。大きな目は涙で潤《うる》みはじめていた。

見城は見かねて、美人社長に顔を向けた。

「もういいじゃないか。速達便のことは、どっちでもいいんだ」

「納得していただけたのかしら？」

麻美が訊《き》いた。

見城は無言でうなずいた。麻美が皮肉っぽい笑いを漂わせ、桜井愛を下がらせた。

ドアが閉まると、見城は言った。

「赤坂署か、本庁の捜一に誰か知り合いがいるようだな」

「そんな方がいるなら、わざわざ探偵社に警察の動向を探らせたりなんかしませんよ」

「まあ、いいさ。それにしても、必要以上に警察の動きを気にしてるな。まさかそっちが有森友紀を……」

「何をお疑いなの？　さっき、わたしにはアリバイがあると申し上げたでしょ！　なんなら、あの晩、午前一時過ぎまで一緒だった役員たちをここに呼びましょうか？」

麻美が挑《いど》むような口調で言った。

「威勢のいい女社長の前では、役員たちも反論はできないんじゃないのか」

「いやだわ。まだ疑ってらっしゃる」

「そっちは何かを隠してる。おれは、そう直感したんだ」

「そんなの、偏見に満ちた独断だわ」

「いや、そうじゃないな」

見城は言い切った。麻美が視線を外して、話題を変えた。

「さっきの写真、どうするおつもりなの？」

「さあ、どうするかな」

「ネガごと売っていただけません？　わたしは独身だから、別にどうってことないけど、寺沢のパパは困ると思うの」

「だから？」

「一千万円で、どうかしら？」

「ずいぶん安い値をつけたな」

見城は、せせら笑った。

「一千万円だって、大金よ。普通のサラリーマンなら、中間管理職にならなければ、それだけの年収は稼げないわ」

「おれはサラリーマンじゃない」

「他人の弱みにつけ込んで、悪党ねえ。でも、アウトローって、ちょっと魅力的ね」

麻美が立ち上がり、見城のかたわらに腰かけた。

「色仕掛けで、大幅に値切ろうって魂胆《こんたん》かい？」

「ばかねえ。そんなんじゃないわ」

「どうだかな」

見城は麻美の肩を引き寄せた。

香水の匂《にお》いが鼻腔《びこう》を甘くくすぐる。麻美がしなだれかかってきた。右手の人差し指で見城の頬《ほお》をすーっと撫《な》で、左手を見城の左腿《ひだりもも》に置いた。

見城は体を斜めにし、唇を重ねた。

すぐに麻美が熱い舌をねっとりと絡《から》ませてきた。見城は舌を閃《ひらめ》かせながら、ブラウスのボタンを外した。

ブラジャーはフロントホックだった。

ホックを上下にずらすと、豊かな隆起が顔を覗《のぞ》かせた。釣鐘型《つりがねがた》の乳房だった。指の間に淡紅《たんこうしょく》色の乳首を挟みつけ、交互に揉《も》む。

麻美は舌を舞わせながら、口の中で切れ切れに呻《うめ》いた。乳首は、捥《も》ぎたての小梅のように固く張り詰めている。

見城は足を使って、麻美の微妙な色合のハイヒールを脱がせた。

麻美が見城の内腿を何度か愛撫し、股間をまさぐりはじめた。

フィンガーテクニックに無駄《ロス》はなかった。見城は、にわかに猛《たけ》った。足でコーヒーテーブルを押しやる。

麻美は、見城の気持ちをすぐに理解した。

床にひざまずき、せっかちな手つきで見城の昂《たか》まりを剝《む》き出しにした。見城は、こころもち脚《あし》を開いた。

麻美がペニスを含んだ。

見城は片手で麻美の髪の毛を梳《す》きながら、もう一方の手で胸の蕾《つぼみ》を代わる代わる慈《いつく》しんだ。麻美の舌は、さまざまな物に変化した。刷毛《はけ》になり、昆虫になり、蛇になった。這《は》いずり回り、絡みつき、滑走した。吸いつけ、弾き、こそぐる。

見城は昂まりきると、麻美を長椅子に俯《うつぶ》せにさせた。

スカートを捲《めく》り上げ、夾雑物《きょうざつぶつ》をひとまとめに引きずり下ろした。レース付きパンティーは、光沢のあるエメラルドグリーンだった。

「早く入ってきて」

麻美がせがんだ。

見城は、まだ体を繋ぐ気はなかった。麻美が焦《じ》れったそうにヒップを振り、ほどなく極みに駆《か》け昇った。長く唸《うな》り、彼女は体をひとしきり震わせた。形よく突き出した臀部《でんぶ》には、波紋に似たものが幾重《いくえ》にも走った。

「せっかく最上階にいるんだ。景色を眺めながら、エンジョイしよう」

見城は麻美を掴《つか》み起こし、反対側の窓際に立たせた。

斜めに傾いたブラインドの隙間から、原宿のビル群が見える。車や人の動きが慌《あわ》ただしい。まだ午後二時を回ったばかりだ。

「ここで立って愛し合うの？」

麻美が訊いた。

「そう」

「外から丸見えだわ」

「見たい奴には見せてやろうじゃないか」

見城はスカートを腰のあたりまで捲《まく》り上げ、麻美の腰を引き寄せた。ペニスを挿入する。

「強引なんだからあ」

麻美が小娘のように言い、尻を振った。

見城は麻美の瓜《うり》のような乳房とクリトリスを愛撫しながら、スラストを繰り返しはじめた。捻《ひね》りも加えた。

麻美の喘《あえ》ぎ方は激しかった。見城は突きまくった。

果てたのは十数分後だった。麻美はエクスタシーを得られなかった。

二人は体を離した。

麻美がポケットチーフを引き抜き、見城の体を拭《ぬぐ》った。

絹のポケットチーフだった。肌に優しかった。麻美はポケットチーフを自分の股に挟み、スカートの裾《すそ》を引き下ろした。上半身の身繕《みづくろ》いをしはじめる。

見城はスラックスの前を整えた。

「ねえ、写真のネガはどこにあるの？」

麻美が立ち上がって、探るような眼差《まなざ》しを向けてきた。

「ある場所に保管してあるんだ」

「プリントしたのは、机の上にあるだけなの？」

「ああ」

「だったら、ネガを五百万円で買い取るわよ」

「一気に半額になったな」

見城は言葉に棘《とげ》を含ませた。

「さっき、お金が目的じゃないと言ってたじゃないの」

「そうだったかな。最近、急に物忘れがひどくなってね」

「わかったわ。一千万、きれいに払います。ネガは、いつ持ってきてもらえる？」

麻美が諦《あきら》め顔で訊いた。

「じっくり時間をかけて、商談を進めようや」

「まさかネガを寺沢のパパのところに持ち込むんじゃないでしょうね？」

「そういう手もあったな」

「お願いだから、それだけはやめて」

「ずいぶんパトロンを庇《かば》うじゃないか」

「パパには、寺沢にはいろいろ世話になったのよ。だから、迷惑をかけたくないの」

「なるほどな」

「ネガを一千万円で譲ってくれるんだったら、あなたにもう一度抱かれてもいいわ」

「そのうち、成城のお宅にお邪魔するよ。さっきのプリントは、そっちにやる。好きなようにしな」

見城は麻美の乳房を軽く揉んで、大股で社長室を出た。

2

目の前で、信号が赤に変わった。

見城は車を停《と》めた。神宮外苑の裏通りだった。麻美と別れてから、六分ほどしか経《た》っていない。これから、四谷の『レインボー企画』に回るつもりだ。

見城は耳にカーフォンを当てていた。

少し前に、横浜にいる小暮泰彦に電話をかけたのである。小暮は練習を終え、シャワールームにいるらしかった。コールサインが鳴りつづけている。

ようやく電話が繋がった。

「先日はわざわざ長崎まで来ていただいて、申し訳ありませんでした。追加取材ですか？」

小暮が訊いた。

「いや、きょうは別の話なんだ。記事にする気はないんだが、ちょっと訊きたいことがあってね」

「なんでしょう？」

「きみ、三好麻美って女を知ってるかな？『マリアージュ』ってブライダルサロンを経営してるんだが」

見城は質問した。

信号が青になった。ローバーを走らせはじめる。

「何かのパーティーで一度だけ会ってますよ」

「その晩、麻美とベッドを共にしたんじゃないのか」

「えーっ、どっから洩れたんです⁉」

小暮が声を裏返らせた。

「やっぱり、寝たことは寝たのか」

「あの女に誘われたんですよ。お互いに一晩限りの遊びって割り切ってたのに、三好麻美はいまごろになって、何か言い出してるんですか？」

「別に、そういうわけじゃないんだ。きみは、麻美と寝たことを有森友紀に喋ったことがある？」

「いいえ、話したことはありません」

「それは間違いないんだな？」

見城は念を押した。

「ええ。記者さん、どういうことなんです？」

小暮が訝《いぶか》しがった。

「麻美とのことは、絶対に書かないよ」

「何がどうなってるんです？　そのへんをきちんと説明してくださいよ」

「うるさいこと言ってると、きみがアメリカから取り寄せた危《ヤバ》い殺人ビデオのことを書くぞ」

「そ、そんなことまで知ってるのか⁉」

「まあ、元気でやってくれ」

見城はカーフォンをコンソールボックスに戻した。

スピードを上げる。麻美が友紀に脅迫されてたというのは、作り話だったのだろう。

見城は車を左折させた。

国立競技場の脇《わき》を抜け、信濃町に出る。それから間《ま》もなく、『レインボー企画』の本社ビルに着いた。

見城は受付に急ぎ、杉谷淳子に面会を求めた。

あいにく淳子は新人タレントに付き添って、東日本テレビに出かけたという話だった。

その民放局は、車で十分そこその場所にあった。

見城はローバーに戻ると、東日本テレビに向かった。

いくらか道路が混雑していたが、それでも局まで十五分はかからなかった。広い駐車場にローバーを入れ、局の玄関に向かう。

ホテルと似たような造りの玄関だった。車寄せに近づくと、ロビーから唐津誠が走り出てきた。見城は控え目に唐津の名を呼んだ。

「おう、おう」

唐津が駆け寄ってきた。

長崎で会ったときの服装と同じだった。ネクタイだけが異《こと》なっている。

「妙な場所で会いますね。いつから文化部の遊軍記者になったんです？」

「厭《いや》な男だね。おたくこそ、なんでこんな所に来たんだい？」

「後学のため、テレビ局の見学に来たんですよ」

見城はにやつきながら、そう言った。

「喰《く》えない奴だな、まったく」

「唐津さんは、まだ小暮に張《は》りついてると思ってたが……」

「奴はシロだな。アリバイは崩しようがなかったよ。状況証拠は、濃い灰色だったんだがね」

唐津が残念そうに言った。

「シロっぽいのか」

「ああ。おたくも、有森友紀が劇場公開映画の製作を考えてたって話の裏付《ウラ》けを取りに来たんだろう？」

「見抜かれちゃったか」

見城は内心の驚きを隠し、話を合わせた。

「やっぱり、そうだったか。だったら、調査の手間を省《はぶ》いてやろう」

「その話は、はったり《ブラフ》じゃなかったんですね？」

「ああ。この局のチーフプロデューサーに確認したんだが、単なるはったりじゃなかった。有森友紀は総製作費五億円の映画を撮る気だったらしい。現に友紀は人気シナリオライターの香取亮《かとりりよう》に映画用脚本の執筆依頼をしてたんだ。もちろん、監督と主演は彼女自身が務める気だったそうだよ」

「もうシナリオを依頼してたんなら、本気だったんだろうな」

「本気も本気さ。香取には資料代という名目で、すでに二百万円渡してあったんだよ。それから、実績のあるカメラマン、照明マンなんかにも打診中だったらしいんだ」

唐津が小声で言った。

「友紀自身が五億円の借り入れはできないだろうから、当然、スポンサーがいたんでしょ？」

「その人物がわからないんだよ。邦画はかなりの大作でも興行収入がよくないから、出資者が本当にいたのかどうか……」

「しかし、製作費の目処《めど》が立たないうちにシナリオを依頼したり、カメラマンたちに打診したりするだろうか」

見城は異論を唱《とな》えた。

「映像の世界じゃ、そういう見切り発車はそれほど珍しいことじゃないらしいんだよ。しかし、有森友紀は自信ありげだったそうなんだ」

「リッチなパトロンがいたんだろうか」

「おれも、それは考えてみたよ。しかし、金持ちってのは、どっかで損得勘定をしてるものだ。道楽で演劇や音楽活動に銭を出してるように見えても、その実、ちゃんと商売《ビジネス》にプラスになるかどうかを計算してる」

「有森友紀がどういう映画をプロデュースする気だったのか知らないが、おそらくスポンサーにメリットを与えるような作品は……」

「製作できないだろうね。友紀が考えてたのは、『エデンの東』の焼き直しのようなストーリーだったらしいから」

唐津が鼻先で笑った。

「素人《しろうと》の思いつきに五億円も出資する人間はいないだろうな」

「ああ。しかし、友紀がかなりの悪女なら、五億円の製作費は捻出《ねんしゅつ》できるかもしれないぞ」

「唐津さんは、友紀が誰かを脅迫して、五億円をせしめるつもりだったのではないかと？」

「そうも考えられるんじゃないか」

「若い女に、そんな度胸があるかな」

見城は否定的な言い方をしたが、あり得ないことではないだろう。

友紀が五億円もの巨額を強請《ゆす》り取る気でいたとしたら、その相手はパトロンか、それに近い存在の人物と思われる。いったい誰なのか。

「これはヒントになるかどうかわからないが、有森友紀はアウトレットストアの『エコマート』のテレビCFに出てたらしいんだ」

「へえ。しかし、そんなCFは観《み》た記憶がないな」

「おれも観てないんだ。そのCFは西日本だけで放映されてたんだってさ。それも、わずか半年ぐらいの間だけね」

「半年とは、ずいぶん短いな」

「婦人団体から、そのCFにクレームがついたらしいんだよ。制作者が友紀を有能だが、男運の悪い女性に仕立てて、売れ残り品《アウトレット》に引っかけたとかでね」

唐津が言った。

「そりゃ、ストレートすぎるな」

「ああ。クレームつけられても、仕方ないね」

「そのＣＦは、『博通堂』が制作したのかな？」

「いや、大阪の準大手クラスの広告代理店だったそうだよ」

「そう」

見城は口を噤《つぐ》んだ。

そのとき、唐津の懐で携帯電話が鳴った。毎朝日報の社会部からの連絡らしかった。

「それじゃ、また！」

見城は片手を軽く挙げ、東日本テレビの玄関を潜《くぐ》った。

有森友紀は『エコマート』のＣＦ出演をきっかけに、寺沢一成の愛人になったのか。そして、映画の製作費を無心しようとしたのだろうか。

しかし、寺沢ににべもなく断られてしまった。それで友紀は寺沢と三好麻美の関係を嗅《か》ぎ当て、それを強請《ゆすり》の材料にしたのか。

そのため、パトロンの寺沢を怒らせてしまった。寺沢は殺しのプロを雇って、友紀を抹《まっ》殺《さつ》させたのだろうか。そう推測すると、三好麻美が帝都探偵社に自分の動きを調べさせていたことが腑《ふ》に落ちる。

「あのう、ご用向きは？」

受付嬢の声で、見城はふと我に返った。いつしか受付カウンターの前に立っていた。

「『レインボー企画』の杉谷淳子さんがタレントと一緒に、この局にいると聞いてきたんですがね」

「失礼ですが、どちらさまでしょう？」

「赤坂署の者です」

見城は、模造警察手帳を短く呈示した。受付嬢の顔が強張《こわば》る。

「別に杉谷さんを捕まえにきたんじゃないんだ。彼女に訊きたいことがあってね」

「そうなんですか。杉谷さんはGスタジオで、冬木透《ふゆきとおる》のリハーサルに立ち会っているはずです」

「冬木透っていうのは、タレントだね？」

「はい。『レインボー企画』が売り出しはじめた男の子です。ちょっと中性的なマスクで、どこか淋《さび》しげなんです。いまは、ドラマのちょい役だけですけど、いまに人気タレントになると思います」

「勉強になったよ。どうもありがとう」

見城は右手の通路を進んだ。

Gスタジオは、一階の奥まった場所にあった。スタジオの鉄扉《てっぴ》は開け放たれ、アシスタント・ディレクターらしい若い局員たちが忙《せわ》しげに出入りしていた。

いまは休憩時間らしい。

杉谷淳子は二十歳《はたち》ぐらいのハンサムな青年と通路のベンチに腰かけ、何か小声で話している。美青年は冬木透だろう。中性的な容貌だった。見る角度によっては、男にも女にも映る。

見城は二人の前まで歩いた。

かつて友紀のマネージャーだった淳子が見城に気づき、すっくと立ち上がった。

「先日は、ご苦労さまでした」

「また、あなたにうかがいたいことがありましてね。お忙しいとは思うんですが、少し時間を割《さ》いていただきたいんですよ」

「十五分ほどでしたら、都合がつきます」

「周《まわ》りにあまり人がいないほうがいいでしょう」

見城は先に歩きだした。

淳子が美青年に何か耳打ちし、小走りに追ってくる。砂色のニットのアンサンブルに身を包んでいた。スカートの丈《たけ》はロングだった。

二人は少し先にある大きなスタジオの中に入った。学生っぽい男たちが、パイプ椅子を孤《こ》を描く形に並べていた。

「夕方、公開番組の録画撮《ど》りがこのスタジオで……」

淳子がそう言い、パイプ椅子を勧めた。

見城は腰かけた。淳子は、隣の椅子に坐ろうとしなかった。

「どうも捜査が捗《はかど》りませんでね」

見城は切り出した。

「石上さんがあんな亡くなり方をしたので、とても驚いています」

「そうでしょうね。ところで、あなたはこっちに嘘をついたな」

「なんのことでしょう？」

「小暮に会ったんですよ。彼は友紀さんと恋人同士の振りをしてただけだと言ってた。そのことは、あなたもご存じだったとも言ってましたよ」

「えっ」

淳子は下を向いてしまった。

「友紀さんには石上彰以外に男がいましたね？　それは誰なんです？」

「そういう男性はいませんでした。本当です」

「小暮がさも友紀の新しい恋人のような言い方をしたのは、パトロンの名を出したくなかったからなんでしょ？」

「それは……」

「友紀さんは、アウトレットストアの『エコマート』のテレビCFに出てましたね？」

見城は質問した。

「ええ、放映されたのは西日本だけでしたけれど。もう一年ほど前の話です」

「それがきっかけで、寺沢一成の世話を受けることになったのかな？」

「違います！　それは絶対に違いますっ」

淳子が強く否定した。居合わせた男たちの視線が淳子に注《そそ》がれる。

「坐ったほうがいいな」

見城は、かたわらの椅子のシートを掌《てのひら》で軽く叩《たた》いた。

淳子がためらってから、隣の椅子に腰かけた。

「パトロンが寺沢一成ではないと言い切れるのは、友紀さんの面倒を見てた男のことを知ってるからだね？」

「いいえ、そういうわけではありません」

「杉谷さん、協力してもらえないか」

「友紀がどなたかと密かに交際していることは薄々、気づいておりました。その方からの電話を何度か受けたこともあります。しかし、峯原《みねはら》とおっしゃる方で、三、四十代の声だったということぐらいしかわからないんですよ。友紀も、その方のことになると、徹底的に秘密主義者になってしまったものですから」

「くどいようだが、小暮と友紀さんが恋仲だと匂わせたのは、なぜなんです？」

見城は詰問した。

「彼氏とパトロンでは、イメージがまるで違います。これから本格的に女優をめざそうとする友紀にパトロンがいたとあっては、ファンや仕事関係の方々は積極的に応援してやろうという気持ちにはなれませんでしょ？　ですので、つまらない嘘をつくことに……」

「そのことはわかりました。しかし、友紀と一日の大半を過ごしていた杉谷さんが、一度もパトロンを見ていないなんてね」

「本当に、峯原さんにはお目にかかったことがないんです」

淳子が縁なし眼鏡《めがね》に細い指を添え、きっぱりと言った。

「そう。それはそうと、友紀さんは劇場用映画を自分でプロデュースし、主役も演じる気でいたようですね」

「ええ。それが友紀の大きな夢だったんです。しかし、友紀の夢に会社が社運を賭《か》けるはずはありません。うちの社長の協力を得られないとわかると、友紀は自分の力で資金を集めると言いだしたんですよ」

「それで、峯原なるパトロンらしい男に相談してみた？」

　見城は先回りして、そう口にした。

「ええ、多分。しかし、五億円の製作費なんて、おいそれと出していただけませんよね。当然、色よい返事はいただけなかったんだと思います」

「それでも、友紀さんはどうしても諦められなかった。それで、そのパトロンと思われる男の弱みを摑んで、友紀さんは五億円を強請り取ろうと企《たくら》んだ。それで、逆に殺されることになってしまった。そんなふうに推測することもできるんじゃないだろうか」

「友紀は野心家でしたけど、そんな大それたことをやれる娘《こ》ではありません」

　淳子が一笑に付した。

「しかし、人間は切っ羽《せっぱ》詰まったら、思いがけないことを考えるものです。峯原が寺沢一成の連絡係だとは考えられないだろうか」

「刑事さんは、何が何でも寺沢一成氏を友紀のパトロンにしたいようですね」

「何が何でもというわけじゃありませんよ。これまでの情報を分析すると、そういう道筋になるんです」

「友紀は年配の男性には、まるで関心がなかったんです。ですから、刑事さんのおっしゃる話にはとてもうなずけません」

「そうですか。ところで、友紀さんは何千万円もする指輪を持ってたそうですね。それから、どこかにリゾートマンションも所有していたとか？」

見城は訊いた。

「多くの芸能人がそうですけど、友紀も見栄を張りたがるタイプでした。指輪とリゾートマンションの話は、はったりだったんだと思います」

「しかし、パトロンがいたんなら、その程度の贅沢《ぜいたく》はさせてもらってたんじゃないかな」

「その二つのことに関しては、わたしはまったく知りませんでした」

淳子がそう言い、腕時計にちらりと目をやった。

「もう時間があまりないようだね」

「ええ、あと数分でリハーサルが……」

「話は違うが、杉谷さんは動物が好きなようだな」

見城は言った。小暮から聞いた話の真偽を探る気になったのだ。

「わたし、動物の臭気《しゆうき》をまとわせてます？」

「ちょっとね。ペットは犬や猫じゃないな。猿を飼ってるようですね？」

「ええ、まあ」

淳子の頰が赤らんだ。耳朶《みみたぶ》まで赤く火照《ほて》っている。

インドネシア領ボルネオ産の猿をペットにしているという話は、どうやら事実のようだ。顔を赤く染めたのは、ペットと淫《みだ》らな行為をしているからなのか。

「ペットの臭《にお》いが体に移《うつ》らないよう、朝晩、お風呂に入っているのですけど。それから外出時には、微香性のコロンを必ず使っています」

「猿の移り香《が》、そんなに気になるほどじゃありませんよ。こっちも動物好きなんでね」

「そうなんですか」

「機会があったら、あなたのペットを見せてもらいたいな」

「お見せするわけにはいかないんです」

「もしかしたら、輸入が禁じられてる猿なんでしょ？　でも、大丈夫ですよ。そんな軽微な法律違反をいちいち取り締まろうなんて、生真面目な警察官はひとりもいませんから」

「それを聞いて、ちょっと安心しました。わたしが飼ってるボルネオ産の黄金色の猿はワシントン条約で売り買いが禁じられているんです。だから、他人に見られないかと、いつもびくびくしてるんですよ」

「かわいいペットは家族と同じだからな。そう簡単に手放せるものじゃない」

「ええ、そうですね」

「そろそろリハーサルの時間でしょ？　急ぎましょう」

見城は淳子を促《うなが》し、先に立ち上がった。

二人はGスタジオの前で別れた。見城は玄関ロビーに足を向けた。

ロビーの隅にある煙草の自動販売機の前に、冬木透がいた。ラークマイルドを買っているところだった。

見城は、中性的な妖《あや》しさを持つ美青年に歩み寄った。

「やあ」

「ああ、どうも！　有森友紀さんの事件を調べてる刑事さんだそうですね？」

「そう。ちょっと妙なことを訊くが、杉谷さんはどこかエキセントリックなところがないかな？」

「エキセントリックと言えるのかどうかわからないけど、彼女、性的におかしいんですよ」

「どんなふうにおかしいの？」

「具体的には、ちょっとね」

冬木透が言い澱《よど》んだ。見城は、際《きわ》どい賭けを試みた。

「彼女、新人タレントの男女を自分のマンションに招いて、セックスさせてるんだろ

「まあ、いいじゃないか。それで、彼女は覗《のぞ》き見しながら、自分の体を慰《なぐさ》めてるんだって？」

「えっ、危《ヤバ》ーい。なんで知ってるんですか⁉」

う？」

「おたく、ほんとに刑事さんなの⁉」

美青年が怪しむ表情になった。

「ああ、現職だよ。で、どうなんだ？」

「そんなことまで答える必要はないでしょ！」

「坊や、粋《いき》がると、テレビに出られなくなるよ。叩けば、少しぐらいは埃《ほこり》が出るだろうかな」

見城は片目だけを攣《つ》り上げた。

「ヤー公みたいな刑事さんだな。おたくがさっき言った通りですよ」

「やっぱり、そうか。杉谷マネージャーは猿とも戯《たわむ》れてるんだろう？」

「そうみたいですね」

「きみもだいぶライブショーを観《み》られたくちなんじゃないか？」

「おれは、たったの二回ですよ」

冬木透が言って、すぐに後悔する顔つきになった。

「おれとの遣り取りを杉谷淳子に喋ったら、きみの体を叩いて無理にでも埃《ほこり》を……」

「何も言いませんよ」

「頑張って、人気者になるんだな」

見城は、美青年の長髪を掻き乱した。

冬木透が一瞬、気色《けしき》ばんだ。だが、すぐに顔を背《そむ》けた。負け犬のようにうなだれ、Gスタジオに足を向けた。

杉谷淳子は、友紀のパトロンを知っている様子だった。夜になったら、ちょっとアブノーマルな趣味の件をちらつかせてみるか。

見城はそう思いながら、テレビ局の建物を出た。

駐車場に行くと、ローバーの真ん前に覆面パトカーが停まっていた。所轄署の車だ。家弓を含めて三人の私服警官がいた。

「覆面《メン》パトをどけてくれ」

見城は駆け寄って、家弓刑事に怒鳴った。

「きさまを殺人未遂で逮捕する」

「殺人未遂だと⁉」

「ああ。きさまは一昨日の夜十一時四十分ごろ、青山霊園内で帝都探偵社の種本民夫にアーチェリーの矢を放ち、全治二カ月の怪我を負わせた」

「ふざけるな」

「種本が被害事実を認め、二人の通行人がきさまの犯行を目撃してるんだ。これが令状《オフダ》だよ」

家弓が懐から逮捕状を抓《つま》み出し、すぐに押し開いた。

二人の若い刑事が抜け目なく、見城の両脇を固める。

ひとりは手錠、もうひとりはニューナンブM60（現在は使用されていない）を手にしていた。ともに三十歳前後だ。

「きさまの車には、うちの若いのが乗っていく。早く車のキーを出せ！」

「欲しけりゃ、自分で取りやがれ」

見城は悪態をつき、唾《つば》を吐いた。

家弓が部下に目配《めくば》せした。左にいる男が見城の手首を摑み、手錠を掛けた。足を飛ばしかけると、右の男が銃口を強く押しつけてきた。

「ばかどもが！」

見城は、ふたたび唾を吐いた。

3

咳《せき》が止まらない。

見城は烈《はげ》しくむせた。家弓に煙草の煙をまともに吹きかけられたせいだ。

赤坂署刑事課の取調室1である。室内は狭い。中央と隅《すみ》にスチールデスクがあるきりだった。採光窓はなかった。

見城は中央の机を挟んで、家弓と向き合っていた。長谷部《はせべ》という刑事が家弓の横に立ち、多田《ただ》と呼ばれた刑事が隅の机で弁解《べんかい》調書を執《と》る準備をしていた。

見城は手錠は掛けられていなかったが、腰に灰色の捕縄《ほじょう》を巻かれていた。

捕縄の色には、紺と灰色の二種類がある。色そのものに、特別な意味はない。被疑者が複数の場合、縄の色が異《こと》なったほうが何かと便利だからだ。

取調室1の仕切り壁には、マジックミラーが嵌《は》められている。目撃者や事件関係者たちが、隣室から被疑者の顔を確認するための窓だ。

その行為は、警察用語で〝面通し〟と呼ばれていた。大きな所轄署には、面通し室が設けられている。

「なんだって、種本民夫を殺《や》る気になったんだ？　そいつから自白《ウタ》ってもらおうか」

家弓が煙草をせっかちに喫《す》いつけ、また黄ばんだ煙を吹きつけてきた。

「汚ねえことはやめろ！」

見城は横を向いた。むせそうになったが、なんとか堪《こら》えた。

「早く答えろよ」

「おれは種本にアーチェリーの矢なんか向けた覚えはない」

「おい、あれを持って来てくれ」

家弓が長谷部に指示した。

長谷部が取調室1から出ていった。気まずい沈黙が落ちた。家弓が短くなったセブンスターの火を灰皿の底で揉み消した。

そのすぐ後、長谷部が戻ってきた。

東日本テレビの駐車場で、三十八口径の輪胴型拳銃《リボルバー》を引き抜いた男だ。スポーツ刈りで、頭は悪そうだった。

長谷部が二つのビニール袋を机の上に乱暴に置いた。証拠品保管袋だった。

片方には、三つに折れた洋弓と矢筒《やづつ》が入っている。もう片方には、二十八インチの矢が三本納めてあった。そのうちの一本は、先で二つに折れている。

「アーチェリーと矢筒は、『渋谷レジデンス』から数百メートル離れた公園の繁みから発見された。三本の矢は青山霊園内にあった。二つに折れてる矢は、種本民夫の肩に突き刺さってた物だ。医者が手当てをするときに切断したんだよ」

「それがどうだってんだ」

見城は家弓を睨《にら》みつけた。

「どっちも、きさまの物だなっ」

「洋弓の矢に、おれの指紋《モン》が付着してたのか？」

「いや、どっちにも人間の指紋や掌紋は付いてなかった。元刑事なら、弓や矢に指紋を遺《のこ》すような下手《へた》は打たんだろう」

家弓が薄ら笑いをにじませ、鰓《えら》のあたりを撫でさすった。

「こんな茶番につき合ってられるかっ。どうせ種本の弱みを押さえて、あんたがおれを陥《おとしい》れようとしてるんだろうが！」

「種本は、はっきりときさまに射抜《いぬ》かれたと言ってる。それに、二人も目撃者がいるんだよ」

「目撃者は、そっちの親類か知り合いなんじゃないのか」

見城は取り合わなかった。

「二人とも、ちゃんとした市民だよ。彼らは、きさまがアーチェリーの弓に矢を番《つが》えて、弓弦《ゆづる》をいっぱいに引き絞ってるところも見てるんだ。ひとりは、照準《サイト》の大きさや色まで鮮明に記憶してた」

「青山霊園には、そう照明は多くないぞ。よくそこまで見えたな」

「目撃者がそう言ってるんだ。後で照準を見たら、その通りだったんだよ」

家弓が喚《わめ》いた。それにつづいて、調書係の多田が言った。

「おたく、五年前まで赤坂署にいたそうだな。かつては警察官《サツカン》だったんだから、男らしく罪を認めたらどうなんだっ」

「警察官《サツカン》に男らしい奴なんかいるのか？　どいつもこいつも、上司の顔色をうかがってるような茶坊主ばかりだろうが」

見城は言い返した。

「おたく、恥ずかしくないのかっ。昔の職場に、しょっ引かれたんだぞ」

「おれは何もしちゃいない。だから、ちっとも恥ずかしいなんて思ってないぞ。むしろ、無罪の人間に手錠《ワッパ》打つ刑事が警察にいることが恥ずかしいよ」

「シロだって言うなら、その証拠を見せてみろ！」

「おまえ、まだ私服になったばかりだな。安手の刑事ドラマじゃあるまいし、そんな台詞《せりふ》を吐くなっ」

「な、なんだと！」

多田が調書を机に叩きつけ、憤然と立ち上がった。

「奥多摩《おくたま》あたりの所轄署から回ってきたんだろうが、もう少しスマートになれよ」

「くそっ！」

「くそは、おまえだ」

見城は軽くいなした。

逆上しかけた多田をなだめ、家弓が声をかけてきた。

「無罪を主張するなら、おれたちが納得できる説明をしてみろ！」

「一昨日《おととい》の晩、おれは自宅で友人と夕方から夜半過ぎまで一緒に酒を飲んでたんだ」

「ほう。友人って、どこの誰なんだよ？」

「新宿署の百面鬼竜一だ」

見城は言った。悪徳刑事なら、口裏を合わせてくれるにちがいない。

「そいつは剃髪頭《スキンヘッド》のおかしな奴だな。いろいろ悪い噂《うわさ》は聞いてるよ」

「向こうも同じことを言ってた」

「そうか」

「百《どう》さんに確認してみてくれ」

「どうせ無駄になるだろうが、問い合わせてやろう」

家弓が厭味たっぷりに言い、長谷部を目顔で促した。

長谷部が、あたふたと取調室1から出ていった。見城は家弓に顔を向けた。

「おれとじゃれ合っててもいいのか。捜査本部事件で点数稼ぎたいんだろう?」

「捜査本部は、近いうち解散になる。目鼻がついたんだよ」

「真犯人《ホンボシ》がわかった⁉」

「まあな」

「はったり嚙《カ》ませやがって」

「いまにわかるさ、きさまにも」

「もう犯人《ホシ》の身柄《ガラ》を押さえたっていうのか?」

「検挙《アゲ》たくたって、身柄は押さえられんさ。真犯人《ホンボシ》は一昨日の晩、新宿の職安通りで車に撥《は》ねられて死んじまったんだからな」

家弓が言って、セブンスターを口の端にくわえた。

「まさか嶋耕次が……」

「ほう、よくわかるな。ひょっとしたら、きさまが嶋を車道に突き飛ばしたんじゃねえのか。新宿署の話じゃ、嶋は誰かに追っかけられてたようだったというからな」

「嶋が有森友紀を殺《や》ったというのか⁉」

見城は頭が混乱しそうだった。

「ああ。奴《ヤマ》が犯行を踏んだんだよ。美人テレビレポーターだけじゃなく、石上彰を毒殺したのも嶋さ」

「もう少しリアリティーのある嘘を考えろ。そんな話は誰も信じないぞ」

「いや、嶋の犯行に間違いないな。奴は有森友紀の熱狂的なファンだったんだ。いい年齢《とし》こいて、非番の日は、きまって友紀の追っかけをやってたんだよ」

「まさか⁉」

「黙って聞け！　嶋は友紀に毎回プレゼントをしてたらしいが、先方は奴には素っ気なかった。それで嶋は腹を立てて、友紀の私生活を調べ上げた。その結果、友紀に石上彰という彼氏がいることがわかった。嶋は何らかの方法で石上の精液を手に入れ……」

「嶋は石上の犯行《ヤマ》に見せかけて、有森友紀を殺《や》っちまったってわけか。話としちゃ、面白いな」

「いちいち茶々《ちゃちゃ》を入れるなっ」

家弓が喚《わめ》いて、すぐに言い重ねた。

「嶋耕次の血液型はB型だったんだよ。それに奴の高円寺の自宅マンションには友紀の写真の切り抜きがたくさんあった。押入れの奥には、ハードSM雑誌やスプラッター雑誌が堆《うずたか》く積んであったな」

「DNAも一致したのか？」

「いや、それは合致しなかった。しかし、嶋は充分に怪しい」

「そんな状況証拠だけで、奴をクロと決めつけたのか。まるで大正時代の捜査みたいだな」

「まだ話は終わっちゃいねえ。つべこべ言うな。嶋の部屋の天袋の奥から、血糊《ちのり》の付着したフード付きのレインコート、シューズカバーなんかが発見されたんだよ。血痕《けっこん》は友紀のものと鑑定された。それからな、奴はパソコンで日記をつけてたんだが、七日の晩の犯行を克明に綴《つづ》ってたんだ。さらに流し台の下には、エーテル液が隠されてた」

「そういうことだけで、奴の犯行と決めるのは無理があるな。嶋の留守中に、誰かがそういう証拠品を部屋に運び入れることもできるじゃないか。手書きの日記なら別だが、パソコンで打った日記なんか物証にはならない」

「確かにな。しかし、犯人しかわからない犯行時の状況が細かく描写されてたんだよ」

「たとえば、どんなことだ？」

見城は訊いた。

「友紀の胸部にナイフを突き立てたときの感触や鮮血の拡《ひろ》がり方なんかだよ。刈り取った恥毛を捨てた場所もそうだし、小陰唇を削いだこともな。嶋は現場検証に立ち会ってもいないし、友紀の死体写真も見てないんだ」

「真犯人がそういうパソコン日記を用意しといて、こっそり嶋の部屋に持ち込んだ可能性もあるぜ」

「屁《へ》理屈を言うんじゃねえ！」

家弓が大声を張り上げ、火の点いた煙草を指の爪で弾き飛ばした。

それは見城の右肩を掠《かす》め、後ろの壁にぶち当たった。多田が慌《あわ》てて立ち上がり、靴の底で煙草の火を踏み消す。抓《つま》み上げた吸殻は、自分のデスクの灰皿に落とした。

「戦前の特高警察だって、いまみたいなことはやらなかったんじゃないのか。おれは根が執念深いから、いまのことはちゃんと頭にインプットしておくからな」

見城は家弓を見据えた。家弓が気圧《けお》されたらしく、横を向いた。

「きさまがおれに逆《さか》らうからだ。とにかく、嶋が友紀を殺《や》ったんだっ」

「赤坂ロイヤルホテルの九〇三号室のカードキーと石上のキャメルのウールコートは、どう説明する？」

「おそらく嶋は知り合いのホステスか誰かに頼んで、石上をラブホテルにでも誘い込んでもらったんだろうよ。そうして手に入れたウールコートを着て、奴は犯行現場に行ったんだろう」

「石上彰を犯人に仕立て損なったんで、嶋は留置中のＣＦディレクターの自弁食に亜砒酸《あひさん》の溶液を混入したと……」

「ああ、その通りだ。嶋は最初、石上が自分で毒物を呷《あお》ったと見せかけたかったんだろう。それだから、死ぬ前の夕方に石上が『本当のことを何もかも話すから、担当の検事に会わせてくれ』と言ったと嘘をついたり、独居房に亜砒酸の粉末の付着したカプセルがあったなんて言ったにちがいない」

「嶋の部屋に毒物があったのか？」

見城は問いかけた。

「ああ、亜砒酸の粉が二グラムほどあった。奴の親戚《しんせき》で病院指定の調剤薬局を営んでる者がいるんだ。亜砒酸は、その薬局から盗み出したようだな」

「ちゃんと裏《ウラ》付けを取ったわけじゃないんだな」

「その調剤薬局は毒物の管理がちょっと杜撰《ずさん》で、あまり残量チェックをしてなかったんだよ。だから、嶋が盗んだかどうかはっきりしねえってわけさ。けどな、奴が亜砒酸をくすねたことは、ほぼ間違いねえ」

「あんた、嶋耕次と親しかったようだな」

「何か含みがあるような言い方するじゃねえか。気に入らねえなっ」

家弓が目を尖《とが》らせた。

「歌舞伎町の『グローバル』って白人ホステスばかりを揃えたクラブは、あんたの馴染《なじ》みの店なんだろ？」

「そんな店、知らねえな」

「とぼけるなって。あの店のホステスが、あんたの羽振りのよさを教えてくれたよ。あんた、十二人のホステス全員に一万円ずつチップをやってるんだってな。嶋を『グローバル』に連れてってやったのは、あんたなんだろ？」

「きさま、何を言ってるんだっ。おれは、そんなクラブなんて知らない。嶋を連れてったこともないぞ」

「カトリーヌってフランス系のカナダ人ホステスは、あんたのことをよく知ってた。ホステスを手当たり次第に口説《くど》いてるんだって？　それも体を欲しがるんじゃなくって、足をしゃぶりたがるんだってな」

見城は揺さぶりをかけた。

　家弓は多田の様子を気にかけながら、明らかに落ち着きを失いはじめていた。子供のように喚《わめ》き散らし、意味もなく立ったり坐ったりした。

「あんた、派手な遊びをしてるそうじゃないか。そんなに金回りがいいのは、何か悪さをしてるからだろうな。嶋もサラ金に世話になってたはずなんだが、急に金回りがよくなったらしいんだ」

「き、きさま、何が言いてえんだっ。はっきり言ってみろ！」

「あんたと嶋はつるんで、何か危《ヤバ》いことをやってたんじゃないのかっ」

「何か危《ヤバ》いことって、何なんだよ。そこまで言うんだったら、具体的に言ってみろ」

「いいだろう。おれは、あんたが嶋に命じて石上彰の弁当に亜砒酸を混入させたと考えてる」

　見城は言った。

「何か証拠があんのか、証拠がよ」

「まだ物証は摑んじゃいないが、おれの勘は正しいと思うよ」

「きさま、証拠もねえのに、人を犯罪者扱いしやがって」

「いまの言葉をそっくりあんたに返そう」

「この野郎、ぶっ殺すぞ！」

家弓が声を荒らげ、スチールデスクの脚を蹴《け》っ飛ばした。床が耳障《みみざわ》りな音をたてた。

目の前にいる汚れた刑事は嶋が事故死したのをいいことに、奴を二件の殺人《コロシ》の犯人《ホシ》に仕立てたのだろう。見城は胸底で呟《つぶや》いた。

そのとき、長谷部が戻ってきた。

「遅くなって、すみません。百面鬼竜一の居所がなかなかわからなくて」

「で、どうだったんだ？」

家弓が早口で問う。

「見城は嘘を言ってますね。百面鬼刑事は、一昨日の夜は練馬区内にずっといたと……」

「やっぱり、そうか」

「見城にアリバイはなかったわけですよ」

長谷部が、わかりきったことを口にした。

それにしても、百面鬼は鈍感すぎる。長谷部の問い合わせに、どうして素直に答えてしまったのか。

いつもの彼なら、長谷部の言葉の裏にあるものを敏感に読み取ったはずだ。そして、うまく口裏を合わせてくれただろう。昨夜も練馬の未亡人と娯《たの》しみすぎて、頭がぼんやりとしていたのか。

「これで、もう吐く気になったよなっ」

家弓が椅子の背凭《せもた》れを反転させ、逆《さか》さまに腰かけた。

「百《どう》さんは何か勘違いしてるんだろう」

「ふざけるな。きさまがその気なら、朝まで留置場《トリカゴ》に行かせねえぞ。もちろん、餌《えさ》も喰わせねえ！」

「深夜の取り調べは禁じられてる」

「そんなの、関係ねえっ」

「こいつは不当逮捕だ。弁護士に連絡させろ」

「まだ取り調べ中だ」

「正当な権利まで無視すると、後で法廷に引っ張り出されるぞ」

「けっ。誰を呼んでほしいんだ？」

「西新橋の人権派弁護士だよ。外山先生に下手なことをしたら、あんたのクビは飛ぶぞ」

「後で呼んでやる」

「いま、すぐに連絡しろ！　さもないと、あんたが昔、竜神会から毎月のように小遣い貰ってたことをバラす」

見城は反撃した。

「いい加減なことを言うな。そんな事実はないっ」

「それじゃ、竜神会の大幹部を誰かここに呼んでもらおうか」

「外山弁護士の電話番号は？」

家弓が視線を外して、大声で訊いた。

見城はテレフォンナンバーを教えた。長谷部が手帳に書き留《と》め、黙って取調室1から出ていった。家弓と多田が相前後して、煙草に火を点けた。

見城は無性に煙草が喫《す》いたくなった。しかし、頭を下げて願い出るような真似はしたくなかった。取調室1は重苦しい静寂に支配された。

数分で、長谷部が戻ってきた。外山弁護士は、すぐに接見に訪れるという話だった。

「もう五時を回った。見城、天丼でも喰うか。え？」

家弓が唐突に猫撫で声で訊いた。

「百万円の天丼があるんだったら、喰ってやってもいいな」

「あんまり昔の同僚をいじめるなよ。おまえとはいろいろあったが、かつて同じ釜《かま》の飯を喰った仲じゃねえか。殺人未遂といっても、種本民夫の怪我はたいしたことないんだから、場合によっては傷害で送検してやっても……」

「泣き落としは人を見てやるんだな。くそ野郎が！」

見城は嘲笑《ちょうしょう》した。

「きさまを刑務所《ムショ》に送ってやるっ」

「やれるかな?」

「必ず送り込んでやらあ」

家弓は額に青筋を立て、取調室1から出ていった。刑事課に戻って、ひと息入れるつもりなのだろう。

長谷部が正面に坐り、射《い》るような目を向けてきた。ひどく神経を逆撫《さかな》でする。

「うっとうしい目つきをしやがって。まだ迫力不足だな」

「うるさい」

「てめえのほうが、うるせえんだよ」

見城は言い返し、目をつぶった。長谷部と多田が交互に声をかけてきたが、黙殺しつづけた。

外山弁護士が駆けつけたのは、およそ三十分後だった。

見城は面会室に移された。拘置所や刑務所にあるような接見室ではない。アクリル製の厚い仕切りボードの通話孔越しに会話を交わすわけではなかった。仕切りは鉄格子と金網だ。

すでに金網の向こうに、外山が坐っていた。

見城は一礼し、老弁護士と向かい合った。二人だけだった。弁護士面会には、刑事も看守も立ち会えない。

「殺人未遂容疑だって？」

外山が言った。

「濡衣《ぬれぎぬ》ですよ。ちゃんと調べれば、こっちがシロだってことはすぐにわかるはずです」

「とにかく、経緯《いきさつ》を聞かせてもらおう」

「はい」

見城は少し考えてから、一昨日の晩は百面鬼と自宅で飲んでいたことにした。口を結ぶと、老弁護士が諭《さと》すように言った。

「隠しごとはいかんよ。妙な細工をすると、後で必ず矛盾を衝《つ》かれることになる」

「そうですね」

見城は事実を打ち明けた。

「きみは救急車が到着する前に現場から離れたわけだ？」

「ええ、そうです。時刻は十一時五十分前後だったと思います」

「そう。きみをアーチェリーの矢で射抜こうとした細身の男の人相は？」

「暗かったんで、それはわかりません。ステーションワゴンで待機してた男は、がっしりとした体つきでした。車のナンバーは読み取れなかったんですよ」

「そうか。ひとりぐらい、きみか二人組の姿を見かけた者がおるだろう。冬でも青山霊園には、カップルの車がよく駐《と》まっとるから」

「外山先生、よろしくお願いします」

「たとえ送検されても、起訴されるようなことはないだろう。今夜は肚《はら》を括《くく》って、古巣に泊めてもらうんだね。それじゃ、また会おう」

老弁護士は先に立ち上がり、飄然《ひょうぜん》と歩み去った。

見城は取調室1に戻らされた。家弓が憮然《ぶぜん》たる表情で紫煙をくゆらせていた。すぐに取り調べが再開された。だが、見城は黙秘権を行使しつづけた。事実を話したところで、無駄に思えたからだ。

取り調べが打ち切られたのは午後八時だった。

見城は同じ階にある留置場に導かれた。入口は鉄扉《てっぴ》だ。長谷部がブザーを押すと、覗き窓から中年の看守が顔を出した。

見城は家弓に背を押され、新入調室《しんいりしらべしつ》に入った。

中年の看守が待ち受けていた。見城は素っ裸にさせられた。頭のてっぺんから足の爪先まで入念に調べられ、尻の穴まで覗かれた。さすがに惨《みじ》めだった。

「棹師《さおし》にしちゃ、道具は貧弱なんだな」

家弓が意外そうな顔をした。

「あんた、女の修業が足りねえな」

「どういうことなんだ？」

「色の道がわかってないってことさ。セックスはペニスの大きさじゃなくて、テクニックなんだよ」

見城はレクチャーし、いったん脱いだ衣服をまといはじめた。

留置場では、私服の着用が認められている。ただし、腕時計や現金などは居房《きょぼう》には持ち込めない。ベルトと靴の着用も認められていなかった。

ベルトの使用を認めないのは、被疑者がそれで自殺を図る心配があるからだ。ベルトの代わりに、紙紐《かみひも》を与えられる。

履物《はきもの》は、ぶかぶかの草履《ぞうり》型のスリッパだ。それだと、逃亡しにくい。

見城は腰から上の写真を前と横から撮られたが、指紋採取は省《はぶ》かれた。すでに彼の指紋は、警察庁刑事局鑑識課指紋センターのファイルに登録されている。

といっても、前科歴があるわけではない。

警察庁の指紋ファイルには被疑者や犯罪者の指紋だけではなく、警察官、自衛官、海上保安官、パイロットなどの分も登録されている。その数は八百万人近い。一般市民も希望すれば、指紋カードを作ることができる。元刑事の見城の指紋は、現職時代に大型コンピューターにインプットされていた。

「石上彰がくたばった居房に入れてやるからな」

家弓が喉《のど》の奥で笑った。

看守に促され、見城は歩《ほ》を進めた。閉じ込められたのは、湿っぽい独居房だった。

床の平面は台形に近かった。五畳ほどの広さだ。

床はカーペット敷きだった。古い警察署は、いまだに板張りの留置場を使っている。

居房の右の隅に、水洗の和式便器がある。コンクリートの低い目隠し板があるきりで、ドアも天井もない。用便後、自分では水を流せない造りになっている。いちいち大声で看守に願い出て、看守席にある流水ボタンを押してもらうわけだ。

通路側は、鉄格子と金網が一面に張り巡らされている。反対側にある小さな採光窓も、鉄格子入りの金網だ。

真冬ながら、火の気はまったくない。

壁際に、折り畳まれた毛布が五枚あった。その上に、ぺっちゃんこの垢塗《あかまみ》れの枕《まくら》が載っていた。マットレスや掛け蒲団《ぶとん》もない。

消灯時間が訪れたら、被疑者たちは毛布の間に冷えきった体を滑り込ませることになる。

寒くて、とても眠れないだろう。石上彰はどんな思いで、ここで辛い時間を過ごしたのか。そして、どう苦しみながら、死の刻《とき》を迎えたのだろうか。

仇《かたき》は必ず討ってやる。見城は床に尻を落とし、カーペットの表面を静かに撫ではじめた。

4

護送車が停まった。

霞《かすみ》が関《せき》にある検察庁合同庁舎北側の護送車専用駐車場だ。まだ朝の八時前だった。

見城は目を開けた。

両手錠と捕縄を打たれ、六人の被疑者と数珠繋《じゅずつな》ぎにされていた。赤坂署に二晩《ふたばん》留置され、きょうは検事の取り調べを受けることになったのだ。

送検されたのは、きのうの午後だった。

正午過ぎに百面鬼が赤坂署を訪れ、前夜の証言を翻《ひるがえ》し、見城のアリバイを立証しようと働きかけてくれた。しかし、すでに見城は青山霊園にいたことを供述している。手遅れだった。

「さあ、立つんだ」

護送警官のひとりが命令した。

二人の警官は拳銃を携行していない。しかし、逃亡は無理だろう。乗降口のドアは内側からは開けられない構造になっていた。運転席に乗り込んだ護送警官が外側から解錠するわけだ。

外からドアが開けられた。

見城たち七人の被疑者は連結されたまま、ひとりずつマイクロバスを降りた。そのまま合同庁舎に入り、地下一階の仮設留置場に導かれた。

そこには、百人前後の人々がいた。

警視庁管内の各警察署や小菅《こすげ》の東京拘置所から護送されてきた男女だった。女の数は少なく、十数人しかいない。

見城たちは整列させられてから、木のベンチに坐らされた。手錠も捕縄も外してもらえない。私語は厳禁だった。自分の取り調べが済んでも、夕方五時まで仮設留置場にいなければならない。ベンチは四列で、三カ所に衝立《ついたて》がある。

見城は、ふと誰かに見られている気がした。

顔を上げると、数列離れた席に面識のある筋者《すじもの》が坐っていた。赤坂一帯を縄張りにしている暴力団の準幹部だった。

見城は、その男を恐喝罪で刑務所に送り込んだことがあった。

男は薄ら笑いを浮かべていた。心の中では、ざまあみろ、と毒づいているにちがいない。

見城はうっとうしくなって、瞼《まぶた》を閉じた。伸びた髭《ひげ》を退屈しのぎにしごく。

少し経《た》つと、右隣に坐った若い男が小声で話しかけてきた。

「おたくさん、だいぶ落ち着いてますね。初犯じゃないんでしょ？」

「初犯だよ」

「へえ。度胸が据《す》わってますね。おれは前科《マエ》を二つしょってるけど、ここに来ると、いつも落ち着かなくなる」

「何をやらかしたんだ？」

見城は小声で訊いた。

「いつも婦女暴行《ツッコミ》（現・強制性交等）でさあ。おれ、死にもの狂いで暴《あば》れる女を姦《や》るときがたまらなく好きなんですよ」

「病気だな」

「そうかもしれませんね」

「ペニスをちょん斬《ぎ》っちまえ」

「なんだ、てめえは！」

男が息巻《いきま》いた。

見城は無言で、男の肋骨《ろっこつ》を肘《ひじ》で撲《う》った。男が呻く。見張りの看守が吹っ飛んできた。

「どうしたんだ？」

「横の男、自分の罪を悔《く》いて泣きはじめたんですよ」

見城は平然と嘘をついた。

「いい心掛けだ」

「そうですね」

「おまえも少し見習え」

看守が横柄に言い、自分の持ち場に戻っていった。男が唸りながら、弱々しく抗議した。

「ひでえじゃねえか。なんで急に……」

「てめえの面《つら》が気に喰わないからさ。もう二度とおれに話しかけるなっ」

見城は正面を向いたまま、低く凄《すご》んだ。

男が黙ってうなずく。見城は、ふたたび瞼を閉じた。

検察庁合同庁舎には東京区検、東京地検、東京高検、最高検の四つが同居している。一階を事務部門、二階は区検が使用していた。三階から五階が地検、六階は高検、七・八階に最高検がある。花形的存在の東京地検特捜部は、四階と五階を占めていた。

赤坂署は殺人未遂で自分を送検したが、その疑いはすぐに晴れるだろう。しかし、種本民夫を蹴り倒している。最悪の場合は傷害罪で起訴されることになるかもしれない。

見城は少し気が重くなった。

裁判で有罪判決が下《くだ》ったとしても、執行猶予《ゆうよ》がつくだろう。有罪判決を恐れる気持ちは少しもなかった。しかし、判決が下るまでに、かなりの時間がかかる。その間、女っ気なしで拘置所で過ごさなければならなくなる。

それが辛かった。むろん、有森友紀や石上彰を葬った者に早く迫りたいという気持ちも強かった。

だが、女っ気のない生活は辛い。辛すぎる。

見城は関わりのあった多くの女たちの顔と裸身を思い起こしはじめた。

どの女にも、それぞれ思い出があった。最もいとおしく感じたのは、言うまでもなく里沙だった。多分、百面鬼が自分が赤坂署に留置されていることを彼女に話しただろう。里沙のことだから、すぐに面会を申し入れたにちがいない。しかし、家弓に拒絶されてしまったのだろう。

家弓が何らかの形で、二つの殺人事件に関わっていることは間違いない。挙動のひとつひとつが怪しかった。金回りがよさそうなことも引っかかる。

そのうち、奴の化けの皮をひん剝《む》いてやる！　見城は胸の奥で吼《ほ》えた。

長い苦痛な時間がのろのろと流れ、やがて正午になった。官給の固いパンを喉に送り込み、ひたすら呼び出しを待つ。

自分の順番が回ってきたのは午後三時過ぎだった。

見城は赤坂署の護送警護員に急《せ》かされ、護送専用エレベーターに乗り込んだ。手錠は外してもらえなかった。

警護員は、見城に巻きつけた腰紐をしっかりと握りしめていた。エレベーターが三階に停まるまで、二人はひと言も口を利かなかった。

エレベーターホールの先には、検事調室《しらべしつ》がずらりと並んでいる。

広さ約二十二平方メートルの小部屋だ。見城は刑事時代に何度もこの階に降りていた。

そのときは容疑者の捜査報告だった。いまは立場が逆になっている。さすがに妙な気分だった。

警護の赤坂署員が足を止めた。

見城は何気なく検事の名札を見た。桐生渉検事と記《しる》されていた。老弁護士の弟子筋に当たる検事だ。見城は、強運に感謝したい心持ちだった。

検事調室のドアは二重になっていた。警護員と一緒に調室に入る。

すぐ正面に衝立《ついたて》があり、担当検事と検察事務官の姿は見えない。手前の右側には、スチールロッカーがあった。

衝立の向こう側に回ると、正面に検事の机が据えられている。桐生検事は、確かに雁擬《がんもど》きを連想させる顔立ちだった。目は柔和《にゅうわ》そのものだ。

検察事務官の机は左横にある。色白の二十八、九歳の男が坐っていた。検察事務官が被疑者の供述書を筆記する。

「お掛けなさい」

桐生検事が穏やかに言った。

見城は、検事席の前に置かれた折り畳み式のパイプ椅子に腰かけた。警護員が引き縄を器用に椅子のパイプに巻きつけ、斜め後ろに坐った。

「説明する必要はないだろうが、警察と同じように黙秘権も行使できるからね」

「はい」

「それでは、氏名や本籍地など型通りの質問をさせてもらうよ」

桐生検事がそう前置きして、人定尋問《じんていじんもん》に移った。

見城は素直に答え、事件との関わりもありのままに語った。すると、桐生検事が言った。

「こちらの捜査ときみの供述は、ほぼ一致している。ただし、一点だけ喰《く》い違いがあるね」

「なんでしょう？」

「きみは被害者の種本民夫を蹴り倒したと警察で供述したね？」

「はい」

「しかし、種本は被害事実を認めていない。きみに肩を叩かれて、呼び止められただけだと言っているんだ。その点は、どうなのかな？　事件当夜のことをよく思い出してくれないか」

「は、はい」

見城は桐生を見た。

検事は警察調書を摑み上げるとき、わずかに目を細めた。事務官や警護員には覚《さと》られないような小さなサインだった。

おおかた、外山弁護士が違法すれすれの圧力を偽証した種本にかけたのだろう。桐生検事はそのことを承知で、事件当夜のことをよく思い出せと言っているにちがいなかった。

若い検察事務官がボールペンをくるくると回している。

「どうなんだね？」

検事が問いかけてきた。

「おっしゃるように、わたしは種本氏の肩を叩いて呼び止めただけでした。一昨日、いきなり逮捕されたんで、頭がパニック状態になってしまって……」

「そういうことはよくある。警察の取り調べが厳しかったりすると、身に覚えのないことまで口走ってしまう例がね。きみの場合も、そうだったんだろうな」

「ええ、多分」

見城は話を合わせた。

「種本民夫は、アーチェリーの矢が墓地の暗がりから飛んできたと前証言をはっきりと否定した。つまり、きみに射《い》られたのではないとね」

「そうですか。彼は、やっと事実を話す気になってくれたんだな」

「種本がなぜ事実を歪《ゆが》め、虚偽の証言をしたのか。その点については、徹底的に捜査するつもりだ」

「ぜひ、そうしてください」

「それから、きみが救急車を呼んであげたこともわかった。さらに十一時五十分ごろ、きみが自分の車に何も持たずに乗り込んだのを一組の男女が目撃していたんだよ」

「そうだったんですか」

「公訴の必要はまったくないね。ただちに不起訴の手続きを取ろう。きみは夕方には釈放されると思う」

「ありがとうございました」

「ご苦労さまでした」

桐生検事がポーカーフェイスで言い、警護の赤坂署員を目顔で促した。

警護員が信じられないといった顔つきで、パイプの引き縄をほどいた。見城は立ち上がり、深く腰を折った。警護員に引かれて、地下一階に戻る。

護送のマイクロバスに乗せられたのは、五時半ごろだった。赤坂署に戻ったのは六時前だ。二階の刑事課の前に、家弓《パイ》が立っていた。

「きさまは釈放だ。桐生って検事、いったい何を考えてやがるんだっ。まったく頭にくるぜ」

「細工がラフすぎたな」

見城は言った。

「どういう意味なんだっ」

「自分の胸に訊いてみるんだな。早くおれの手錠《ワッパ》を外せ！」

「また、すぐに逮捕《パク》ってやる」

家弓が負け惜しみを言い、警護の署員に目配せした。両手錠と腰縄が外された。

見城は自分の私物を受け取り、駐車場に急いだ。

埃塗《ほこりまみ》れのローバーの横に、里沙が立っていた。手提《てさ》げ袋を手にしている。差し入れにやってきて、家弓に追い払われたのだろう。

「里沙……」

見城は呼びかけた。

里沙は見城の名を口にしながら、駆け寄ってくる。見城は里沙をしっかりと受けとめ、強く抱きしめた。

「きのうもきょうも面会させてくれなかったの。無罪放免なんでしょ？」

里沙が涙声で訊いた。

「ああ。おれは濡衣を着せられただけだよ」

「よかったわ。でも、少し驚いてるの」

「何に驚いてるんだ？」

「見城さん、五年前まで刑事だったんだってね。赤坂署の鰓《えら》の張ってる刑事が、そう言ってたわ」

「そいつは、家弓ってスッポン野郎だよ。家弓がおれを陥れようとしたようなんだ」

「なぜ、そんなことを？」

「いつかゆっくり話してやるよ。それより、おれが留置されてることは百《どう》さんから聞いたんだな？」

「ええ、そうなの。百面鬼さんって、強面《こわもて》だけど、いい人みたいね」

「ああ。ただ、女癖が悪くてな。里沙も気をつけたほうがいいぞ」

見城は軽口をたたいて、里沙の髪を撫でた。

そのとき、近くで口笛が鳴った。そう遠くない場所に、百面鬼と松丸が立っていた。松丸が小さく拍手していた。

「二人ともなんだよ。ヤー公の出所じゃないんだぞ」

見城は里沙の肩を抱きながら、百面鬼たちのいる場所まで歩いた。

「見城ちゃん、謝るよ。おれが失敗《ドジ》踏んだばっかりに……」

百面鬼が真顔で詫《わ》びた。

「長谷部って刑事が問い合わせたとき、百《どう》さん、どこにいたの？」

「新宿中央公園の横っちょに覆面《メン》パト駐《と》めて、ひと眠りしてたんだよ。前の晩、ちょっといい、夜なべ仕事があったんでな」

「例の練馬の若い未亡人宅で……」

「ああ。そんなことで、頭がうまく働いてくれなかったんだ」

「気にしないでくれよ。外山弁護士がうまくやってくれたんで、こんなに早く釈放されたんだから」

見城は剃髪頭《スキンヘッド》刑事の厚い肩を軽く叩いた。

百面鬼がきまり悪そうに笑い、急に声をひそめた。

「家弓に嵌《は》められたんじゃねえの？」

「ああ、おそらくね」

見城は百面鬼に言って、松丸の手を握った。

「松ちゃんまで来てくれてるとは思わなかったよ。心配かけたな」

「新宿署のやくざ刑事が電話してきて、おまえも来いって言ったんすよ」

「一昨日《おととい》ときのうの晩、おれ、成城の美人社長の家の近くで三時間ばかり電話の盗聴を……」

見城は里沙に断って、松丸のそばまで歩いた。たたずむと、松丸が低く告げた。

松丸がそう言い、数メートル横に移動した。

「見城さん、ちょっといいっすか」

「そうだったのか」

「それは悪かったな。で、どうだった？」

「一昨日の夜九時半ごろ、カユミと名乗る男から、麻美に電話があったんすよ」

「そいつは、ここの家弓だろう」

見城は、赤坂署を振り仰いだ。

「そうか、見城さんを逮捕した刑事だったんすね？」

「ああ。それで、家弓と麻美はどんな会話を交わしてた？」

「家弓って奴は『明日からは晴天がつづきますよ』なんて謎《なぞ》めいたことを言っただけで、後は何も喋らなかったすね」

「麻美の返事は？」

「『それなら、そのうちドライブしましょう』と答えて、すぐ電話を切っちゃったんすよ。二人は、なにか暗号の遣り取りをしたんじゃないっすかね？」

「多分、そうなんだろう」

「それからっすね、きのうの夜八時ごろ、ムネユキという男から美人社長に電話がありました。その名前に心当たりないっすか？」

松丸が訊いた。

「ないな。ムネユキは姓なのか、それとも名のほうなんだろうか。どっちとも考えられるが、なんとなく下の名っぽいな」

「おれも、そう思います。というのは、二人はなんとなくいい、いい、ムードだったんすよ。美人社長はパトロンに内緒で、適当にやってんじゃないっすか？」

「その男の声から察して、年齢は？」

「割に落ち着いた声でしたけど、多分、三十代の前半でしょうね」

「なら、麻美と年恰好の釣り合いは取れてるな。松ちゃんの言うように、二人は惚《ほ》れ合ってる仲なのかもしれないな」

見城は言った。

「二人の会話も短かったんすよ。ムネユキが『明日の晩、いつもの場所でいつもの時間に』と言うと、麻美は『わかりました』と答えて、先に電話を切っちゃったんす」

「そういう会話を交わす男女は、もうできてるな」

「おれ、美人社長を尾行して、ムネユキって奴の正体を突き止めてもいいっすよ」

「そのうち、そうしてもらうかもしれない。それまでは勝手に動かないでくれ」

「わかりました」

松丸が大きくうなずいた。

そのとき、百面鬼が怒鳴った。

「松、おめえ、感じ悪いぞ。見城ちゃんをいくら口説いたって、おめえみてえにゲイにゃならねえよ」

「誤解っすよ、それ！　おれ、ゲイなんかじゃないし、見城さんに変なことも言ってないすよ。百《どう》さん、そういう冗談はやめてよね」

「女に興味がない奴は、みんな、ゲイさ」

「そういうのって、偏見っすよ。おれ、女は嫌いじゃないっす。だけど、男が男に惚れるってこともあるじゃないっすか」

松丸が必死に言った。すかさず百面鬼が口を開いた。

「男が男に惚れる？　やっぱり、おめえはゲイだな」

「言葉のニュアンスが違うっしょ！　何年、人間やってんすかっ」

松丸が苛立《いらだ》ちを剝《む》き出しにした。

見城は苦笑しながら、二人の飲み友達に言った。

「その続きは、『沙羅』で見せてもらうよ。二人とも先に行って、飲んでてくれないか。世話になった弁護士の先生に挨拶したら、すぐに駆けつける」

「それまで里沙ちゃんを〝人質〟に取らせてくれねえか」

「何で、そんなことを？」

「見城ちゃんは女が一緒だと、平気で男との約束を破るからな」

「それは、自分じゃないか。里沙は、これから仕事があるんだよ」

「こんな日に仕事なんかしてられないわ。わたし、百面鬼さんたちと先に『沙羅』に行ってる」

里沙が言った。百面鬼が嬉《うれ》しがった。

「それじゃ、そうしてもらおうか」

「ええ。これ、着替えよ。電気シェーバーも入ってるから、無精髭《ぶしょうひげ》を剃ったほうがいいんじゃない？」

里沙がそう言い、差し入れの手提《てさ》げ袋を差し出した。

見城は礼を言って、それを受け取った。里沙は、百面鬼のギャランに乗り込んだ。ギャランの後ろには、松丸のワンボックスカーが駐めてあった。

見城はローバーに走り寄った。

車をざっと点検する。電波発信器の類《たぐい》は仕掛けられていなかった。

運転席に入り、真新しいトランクスと靴下を身につける。頭髪が脂《あぶら》っぽくなっていた。この三日間、風呂に入れなかった。

留置場の入浴日は週に一回しかない。皮肉なことに、今夜が入浴日だった。

電気シェーバーで顔を当たると、気分がさっぱりした。手提げのビニール袋の中には、ローションも入っていた。里沙の濃《こま》やかな心配りが嬉しかった。

ほどなく見城は車を発進させた。

西新橋の外山弁護士のオフィスに着いたのは、およそ二十分後だった。老弁護士は姪の秘書とチェスに興《きょう》じていた。

「先生、すっかりお世話になりました」

見城は謝意を表し、古ぼけたモケット張りのソファに腰かけた。秘書がチェスを片づけ、茶を淹《い》れに立った。

「種本にちょっと威《おど》しをかけてくれたんですね？」

「なあに、偽証の罪も意外に重いってことを教えてやっただけさ。そうしたら、奴っこさん、赤坂外科病院の待合室で家弓刑事に偽証を頼まれたとすらすら喋ったよ」

老弁護士は、いたずら好きの少年のような目をしていた。

「わたしが種本を蹴り倒したことは不問になりましたが、どんなマジックをお使いになったんです？」

「それは、種本が自分でなかったことにしたいと言い出したんだよ。彼はきみが救急車を呼んでくれたことに深謝してた。それで、貸し借りなしってことにしたかったんだろうね」

「そうだったのか」

見城はスエードジャケットのポケットを探《さぐ》り、ロングピースと簡易ライターを摑み出した。

外山弁護士の秘書が二人分の緑茶を運んできた。姪が自分の机に向かうと、外山が言った。

「種本は帝都探偵社の飛び込み客を会社では体《てい》よく断って、こっそり個人で調査を引き受けてたんだよ。その弱みを家弓刑事に摑まれて、偽証を強《し》いられたようだ」

「そうだったんですか。家弓が用意した二人の目撃者は何者だったんでしょう？」

「二人とも『エコマート』というアウトレットストアの渉外部の人間だったよ」

「『エコマート』ですか⁉」

見城は唸って、煙草に火を点けた。

「何か思い当たることがあるようだね」

「ええ、ちょっと」

「二人に関する情報を少し集めておいたよ」

外山が長椅子から立ち上がり、自分の机に歩み寄った。メモの束を手にして、すぐに戻ってきた。

複写された顔写真を見て、見城は声をあげそうになった。青山霊園からステーションワゴンで逃げ去った二人組だった。

アーチェリーを使った長身の男は仲矢直道《なかやなおみち》という名で、三十一歳だ。外山のメモには、元陸上自衛隊のレンジャー隊員と記されている。

がっしりした体軀《たいく》の男は、大貫政臣《おおぬきまさおみ》という名だった。三十二歳で、元警視庁のＳＰ《セキユリティー・ポリス》だったらしい。

「二人とも入社三年目で、もっぱら営業上のトラブルの処理に当たってるようだな。総会屋などのなだめ役なんだろう」

外山が言って、茶を啜《すす》った。

「それだけではなく、寺沢一成会長の番犬も兼ねてるんでしょう」

「ああ、考えられるね。その寺沢って男のことは、雑誌の記事で読んだことがあるよ。なかなか目端《めはし》がきく人物のようだな。しかし、それだけじゃないみたいだね」

「先生、それはどういう意味なんです？」

見城は聞き逃さなかった。

「最近は、確かに一般消費者の財布の紐が固くなった。しかし、ユーザーが買い控えをしてるんだったら、衣料にしろ、靴にしろ、メーカーは生産量を抑えると思うんだ」

「それが経済の原則でしょうね」

「それなのに、『エコマート』には各メーカーの売れ残り品《アウトレット》や傷物製品が常にあふれている。しかも、その種の商品はなぜだか『エコマート』だけに集まってる。そこに何かあると考えるのは、下種《げす》の勘繰りだろうか」

老弁護士が意味ありげに笑った。

「先生は『エコマート』が各メーカーの弱みにつけ入って、強引に商品を安値で買い叩いているのではないかと……」

「そう断定はできないが、こういう前歴の男たちを社員にしてるということは、それなりに敵が多いという推理もできるんじゃないのか」

「そういうことは、充分に考えられますね。さすがは長いこと、人間の裏表を見てきた方の推察力は違うな」

「煽《おだ》てても、茶しか出んよ」

「そのあたりのことを少し調べてみます」

「そうしてみたまえ。二つの殺人事件の緒《いとぐち》が見つかるかもしれんよ」

「はい。ところで、わたしの弁護費用の計算はもうお済みでしょうか？」

見城は煙草の火を消し、そう問いかけた。

「金など貰えんよ。散歩を兼ねて赤坂外科病院に行って、桐生君からちょっと情報を流してもらっただけなんだから」

「しかし、それでは……」

「きみの気持ちが済まないと言うんだったら、どこかの地酒を一本いただこうか。それ以上のことはせんでくれ」

「わかりました。それでは、何かおいしい地酒を探しておきます」

「急ぐ必要はないからね」

外山が言った。

「はい。先生、桐生検事にお会いになることがありましたら、よろしくお伝えください」

「ああ、わかった。桐生君の印象はどうだったね？」

「なかなかのお方ですね。検察の良心とも言えそうな検事さんでした」

「彼のような人物がもっと多ければ、冤罪に歯止めがかかるんだろうがね」

「わたしも、そう思います。先生、そのお話は改めてゆっくりと伺います。実は人を待たせてますんで、きょうはこのへんで失礼させていただきます」

見城は老弁護士の話をやわらかく遮《さえぎ》って、勢いよく立ち上がった。外山は快く解放してくれた。

見城は階段を駆け下《お》り、大急ぎで車に乗り込んだ。

青山の馴染みの酒場に駆け込むと、ボックス席で里沙が所在なげにバーボンの水割りを傾けていた。

「百《どう》さんや松ちゃんは？」

見城は里沙のかたわらに腰かけた。

「表で二人に会わなかった？　ほんの少し前に帰ったの」

「帰った？」

「ええ。あの二人、気を利かせてくれたのよ」

「顔に似合わないことをやるな、百《どう》さんも」

「気を遣《つか》ってくれたのは、松丸さんのほうよ。百面鬼さんは朝まで一緒に飲もうなんて言ってたの。それを松丸さんが強引に立たせたのよ」

「やっぱり、そうか」

「あの二人、いいコンビね」

「そうだな。二人が気を利かせてくれたんだから、今夜は里沙とここでとことん飲もう」

「お酒なら、見城さんのお部屋でも飲めるわ」

里沙が囁《ささや》いた。

「そうか。早く愛し合いたいってわけだ」

「それもあるけど、見城さん、ちょっと体が……」

「臭《くさ》い？」

「ほんのちょっとだけね。だから、わたし、早く見城さんの体を洗ってあげたいの」

「よし、出よう」

見城は里沙のグラスを奪い、一気に飲み干した。

第五章　決死の罠《わな》狩り

1

吸殻《すいがら》が零《こぼ》れ落ちそうだ。

ウェイトレスは灰皿の交換にもやって来ない。コーヒー一杯で二時間も粘る客には、愛想も示せないということか。

見城は池袋《いけぶくろ》二丁目にある洒落《しやれ》たコーヒーショップで、百面鬼竜一と向き合っていた。

釈放された翌日の午後四時過ぎだ。

二人がこの店に入ったのは、二時になる少し前だった。それから見城たちは、嵌《は》め殺しのガラス窓越しに斜め前の九階建てのビルに目を向けつづけていた。『エコマート』の本社ビルである。

　渉外部の仲矢直道と大貫政臣が社内にいることは、偽電話で確認済みだった。

「元ＳＰの大貫って奴も、チンケな野郎だよな。スウェーデンの外交官夫人のネックレスを盗《ギ》ろうとして、桜田門から放り出されちまったんだからさ」

　百面鬼がシガリロを歯で挟みながら、小ばかにした口調で言った。

「さすがに現職だな。電話一本で、大貫の情報を集めてくれたんだから」

「どうってことねえさ。その当時、大貫は六本木のクラブホステスに入れ揚げてたらしいんだよ」

「その女の喜ぶ顔を見たくって、警護中にネックレスを盗む気になったわけか」

「まあ、魔が差したんだろうな。それにしても、ばかな男さ。ＳＰといやあ、エリートだぜ」

「若くして警部になったっていうのにな」

　見城は相槌《あいづち》を打った。

「女は魔物だな。おれだって、女好きじゃなけりゃ、それなりに出世してたと思うがね」

「人生、落とし穴だらけなんだろう」

「まさに穴だよな。女の穴ぽこ……」

　百面鬼が卑猥《ひわい》な笑い方をした。

「陸自《りくじ》のレンジャー隊員崩れの仲矢直道も、おそらく似たようなことで人生をしくじったんじゃないか」

「そうにちがいねえよ。仲矢って野郎、男の尻《けつ》の穴でしくじってたりしてな。警察官《サツカン》にもゲイが割にいるけど、自衛官《エイカン》にも多いらしいみてえだからな」

「そうらしいね」

見城はそう応じ、何気なく『エコマート』の地下駐車場に視線を移した。ちょうどスロープから旧型の黒いメルセデス・ベンツが上がってくるところだった。

ステアリングを握っているのは、元SPの大貫だ。助手席には仲矢が坐っている。

「百《どう》さん、奴らだ。黒いベンツに乗ってる」

「ほんとだ。それじゃ、おれは尾行を開始すらあ」

「よろしく！　できたら、二人が会った人間の雁首《がんくび》を隠し撮《ど》りしてもらいたいんだ」

「そのへんは抜かりねえよ。それじゃ、後で連絡すらあ」

百面鬼が急いで外に出ていった。覆面パトカーのギャランは、店の前に駐《と》めてあった。

黒いベンツが車道に首を突っ込み、割り込むチャンスをうかがっている。百面鬼がギャランに乗り込んだ。

そのとき、ベンツが車道に滑り込んだ。

池袋駅方向だった。百面鬼のギャランが数台後ろから、ベンツを追尾《ついび》していく。

見城はそこまで見届け、腰を浮かせた。

二人分のコーヒー代を払い、すぐにコーヒーショップを出た。ローバーは店の裏通りに駐めてある。七、八十メートル先だった。

見城は自分の車に乗り込むと、カーフォンを摑《つか》み上げた。

車内には、里沙の残り香がかすかに漂っていた。池袋に来る前に、彼女を参宮橋《さんぐうばし》のマンションまで送り届けたのだ。

昨夜《ゆうべ》は燃えた。

里沙にボディー洗いをしてもらっているうちに、見城は急激に昂《たか》まった。泡塗れのまま、二人は浴室で交わった。見城は里沙に二度ほどエクスタシーを与え、自分も放った。分身は暴《あば》れ馬のように、里沙の体内で十回あまり嘶《いなな》いた。

見城は甘やかな回想を断ち切って、『レインボー企画』に電話をかけた。

だが、あいにく杉谷淳子は休みだった。見城は赤坂署の刑事になりすまし、淳子の自宅を教えてもらった。女性マネージャーは文京《ぶんきょう》区の駒込《こまごめ》に住んでいた。賃貸マンション暮らしだった。

見城は車を走らせはじめた。東池袋、北大塚と抜け、数十分後に駒込に着いた。

淳子の借りているマンションは、造作なく見つかった。薄茶の磁器タイル張《ば》りの八階建てだった。

オートロック・システムにはなっていなかった。

管理人室もない。見城は勝手にエレベーターに乗り、六階で降りた。

淳子の部屋は六〇一号室だった。玄関ドアの隙間《すきま》から、芳香剤の匂《にお》いが洩《も》れてくる。ペットの体臭を掻《か》き消しているのだろう。見城はインターフォンを鳴らした。

ややあって、淳子の声が流れてきた。

「どなたでしょうか?」

「赤坂署の者です」

見城は、それだけしか言わなかった。

「少しお待ちください」

「せっかくのお休みなのに、申し訳ありません」

「いいえ」

スピーカーが沈黙した。

見城は三分近く待たされた。現われた淳子は、ざっくりとしたオフホワイトのセーターを着ていた。下はロング丈《たけ》のデニム地のフレアスカートだった。

「まだ何か？」

「ええ、またちょっとね。ついでに、ペットも見せてもらおうかな」

見城は素早く玄関に入った。

淳子が困惑顔になった。何か言いかけて、口を結んだ。

「お邪魔します」

見城は言って、奥に進んだ。

間取りは1LDKだった。リビングルームには、パイプと黒革で作られたモダンなソファセットが置かれている。ベランダ側に、すっぽりと黒い布で覆われた四角い箱のような物があった。猿の檻《おり》だろう。

見城はそこまで歩き、無断で黒い布を捲《めく》った。やはり、ペットの檻だった。

中には、首輪をつけた黄金色の猿がいた。日本猿よりも、ひと回り小さい。猿が歯を剝《む》き、鋭い鳴き声をあげた。

「サスケ、おとなしくしてなさい」

淳子が叱《しか》りつける。猿は、すぐに穏やかな表情になった。

「きれいな色をした猿だな。学名は？」

「とても長ったらしい名前で、なかなか覚えられないんです。ボルネオでは、ゴールデン・モンキーと呼ばれているそうです」

「黄金色で、なんか神々《こうごう》しい猿だな。高かったんでしょ?」

「知り合いのインドネシアの方から只《ただ》でいただいたんです、この子が生後数カ月のときにね」

「いま、何歳なんです?」

「四歳半です」

「サスケとは面白い名をつけたもんだな」

「忍者みたいに動きがすばしっこいので、そう名づけたんです」

「そう」

見城は黒い布を猿の檻に被《かぶ》せた。

二人はリビングソファに坐った。淳子が言った。

「コーヒー、お飲みになります?」

「どうかおかまいなく」

「そうですか。それで、どういったお話をすればいいのでしょう?」

「あなた、有森友紀のパトロンが誰だったのか、知ってるんじゃありませんか?」

見城は淳子の顔を正視した。

淳子がたじろいだのか、縁なし眼鏡を外した。近眼特有の潤《うる》んだような瞳が色っぽい。

「ご存じなんでしょ？」

「いいえ、知りません」

「話していただかないと、サスケが動物愛護協会に引き取られることになるんだがな」

「先日のお話と違うじゃありませんかっ。確か軽微な法律違反で動くお巡りさんはひとりもいないというようなことをおっしゃっていたはずです」

「ええ、あのときはそう言いました。しかし、いまは少し事情が違うからな。煙草、喫《す》わせてもらいますよ」

見城はロングピースをくわえた。

コーヒーテーブルの上に灰皿は見当たらなかった。淳子がいったん立ち上がって、ダイニングキッチンからクリスタルの灰皿を持ってきた。

「きょうは、おたくの事務所の若いタレントのカップルは来ないのかな」

「はあ？」

「とぼけても、無駄ですよ。あなたのちょっと変わった趣味のことはわかってるんだ」

「趣味って、なんのことなんです？」

「人間、誰しも他人《ひと》の秘めごとを覗《のぞ》きたいって気持ちはあると思いますよ。しかし、それを実行しちゃう者はそう多くないだろうな」

見城は言った。なんの返答もなかった。

「人の性行為を見なけりゃ、興奮しないってのも悲しいね。それで性具を使ったり、猿と戯《たわむ》れたりするのは悲しいというよりも哀《かな》しいよな」

「失礼なことを言うんだったら、お引き取りくださいっ」

淳子が怒りを露《あらわ》にして、憤然《ふんぜん》と立ち上がった。

「冬木透のセックスはどうでした？」

「えっ⁉」

「あなたの弱みを悪用する気はないんだ。ただ、友紀のパトロンの名を知りたいんですよ」

見城は煙草の灰を落とした。

淳子がソファの背後に坐り込み、ほっそりとした肩を震わせはじめた。声を殺しながら、泣いていた。

見城は一瞬、胸を衝《つ》かれた。

もう少しソフトに脅すべきだったか。しかし、気持ちが急《せ》いていた。悔やんでも、もう遅いだろう。いったん口にしてしまった言葉は、もはや消しようがない。

見城は淳子が泣き熄《や》むのを待った。

五分ほど過ぎると、淳子が涙声で訊《き》いた。

「わたしの秘密を誰から？」

「それは言えないな。相手に迷惑をかけたくないからね。それより、なんでアブノーマルな趣味をもつようになったのかな？」

「………」

「あなたほどの美貌《びぼう》なら、男には不自由しないと思うんだが」

「わたし、男性が怖いんです」

「なぜ、そんなふうになったの？」

「短大生のとき、五人の男に輪姦《りんかん》されたんです。それ以来、男性が怖くて怖くて」

「男性恐怖症に陥って、まともな恋愛ができなくなってしまったのか。不幸なことだ」

見城は煙草の火を消し、しみじみと呟いた。

「わたしだって、普通の女になりたいんです。でも、いざ男性に抱かれると、忌《いま》わしい過去が蘇《よみがえ》って、体が拒絶してしまうの」

淳子が悲痛な声で嘆《なげ》いた。

「その程度なら、治せるよ。おれが治してやろう」

「あなたが？」

「おれはセックスセラピストでもあるんだよ。騙《だま》されたと思って、おれの治療を受けてごらん」

「急にそう言われても……」

「まず大きく深呼吸するんだ」

見城はソファから離れ、淳子のそばにしゃがみ込んだ。肩に手を掛けると、淳子は全身を強張《こわば》らせた。見城は優しく笑いかけた。

「そんなに緊張しないで。心と体をリラックスさせて。瞼《まぶた》を閉じたほうがいいな」

「は、はい」

「昔、本気で惚《ほ》れてた男がいたんじゃないの？」

「ええ、ひとりだけ。いまは結婚して、二児の父親らしいけど」

「その彼の名は？」

「猪股功《いのまたいさお》です」

「いまから、おれを猪股と思うんだ。いいね？」

「はい」

淳子は催眠術にかかったように、素直な返事をした。

見城は淳子を両腕で抱き上げ、そのまま奥の寝室に運んだ。十畳ほどの洋室だった。

右の壁際にセミダブルのベッドがあった。淳子を花柄のベッドカバーの上に静かに降ろす。仰向けだった。

見城はパネルヒーターのスイッチを入れ、温度調節のダイヤルを最大にした。寝室のドアを閉め、ベッドに浅く腰かける。

「変なことはしないでくださいね」

淳子が目を閉じたまま、不安そうに言った。

見城はナイトスタンドだけを灯《とも》し、できるだけ低音で語りはじめた。

「きみとおれは、いま、サハラ砂漠を二人だけでさまよい歩いてる。少し前に砂嵐《すなあらし》に見舞われ、方向がわからなくなってしまったからだ。頭上には、灼熱《しゃくねつ》の太陽がぎらついてる」

「ええ、そういうシーンを思い描《えが》きました」

「いちいち答えることはないんだよ」

「す、すみません」

「足の下の砂は炎のように熱い。靴の底も焼け焦げかけてる。二人とも喉は渇《かわ》ききって、カラカラだ。空になった水筒はとうに捨ててしまった」

「…………」

「おれは自分の唾液《だえき》で、きみの喉を潤してやりたいと思ってる。きみも同じことを考えてるんだろう。しかし、それを実行するだけの体力はもはや失《う》せてしまった。熱い。猛烈に熱い。頭がぼんやりして、何も考えられない。ただ、機械的に歩いてる。しかし、オアシスも集落も見えない。死の予感が二人を包む」

「…………」

「ラクダの乾いた骨だけが点々と砂丘に散ってる。きみとおれも間もなく、息絶えることになるだろう。無念だ。もっともっと生きたい！」

「…………」

「熱くて死にそうだ。汗をぐっしょりと吸った服が重い。もう駄目だ。一歩も歩けない」

「が、が、頑張って！」

「淳子、先に行ってくれ。おれは、ここで朽《く》ち果てる。ああ、なんて熱いんだ。目が霞《かす》んできた」

見城は芝居っ気たっぷりに言って、黒革のジャケットを脱ぎ捨てた。

「熱いわ。わたしも熱くてクラクラする」

「裸になろう。どうせ助からないなら、きみと抱き合ったまま死にたい」

「ええ、功さん。脱ぐわ、わたしも生まれたままの姿になります」

淳子が譫言《うわごと》のように言った。ほとんどトランス状態だった。

思い込みの強い人間ほど、催眠術にかかりやすい。いつか読んだことのある催眠術の入門書には、そう記述されていた。実際、その通りだった。

見城はにんまりし、淳子に伝えた。

「おれは裸になったよ。ああ、少し涼しくなった気がする。いや、確かに涼しいな」

「早くわたしも……」

淳子が横たわったまま、セーターを脱いだ。ブラジャーも外した。白い果実のような乳房が上下に弾んでいる。椀型《わんがた》だった。

「きれいだ。きみの体は、とてもきれいだよ」

見城は称《たた》えながら、ロングスカートを脱がせた。

ガードルやパンティーストッキングも取り除く。パンティーは水色だった。見城はヒップの後ろに両手を回し、一気にパンティーを引き下ろした。

飾り毛は淡かった。

はざまの肉も鴇色《ときいろ》に近い。双葉に似た肉片は、身を寄せ合っている。清楚《せいそ》なたたずまいだった。性体験は少ないのだろう。

「功さん、どこ？　どこにいるの？　わたしのそばにいて！」

「ここにいるじゃないか」

見城は手早く全裸になり、分身に刺激を加えた。半分だけ頭をもたげていたものは、角《つの》笛《ぶえ》のように反り返った。

「功さん、抱いて。あなたに抱かれたまま死にたいわ」

淳子が両腕で宙を掻《か》いた。

見城は静かにのしかかり、淳子の唇を吸った。吸いつけながら、膝《ひざ》で淳子の腿《もも》を押し割る。いつもの癖で乳房をまさぐりそうになったが、前戯を施《ほど》こさずに静かに昂まりを沈めた。

その瞬間、淳子が上瞼を押し上げそうになった。慌《あわ》てて見城は、唇を上瞼に移した。

「功さんと一つになったのね」

淳子が感極《かんきわ》まったように言った。硬く尖り、秘部も熱くぬかるんでいた。

「淳子、おれはこのまま死にたい」

見城は甘く囁《ささや》き、恥骨で淳子の肉の芽を集中的に愛撫《あいぶ》しはじめた。

淳子の息が乱れ、すぐに喘《あえ》ぎと呻《うめ》きを洩らしはじめた。その手は見城の髪や肩をいとおしげに撫でていた。

見城は休みなく腰を動かしつづけた。突き、捻り、また突く。見城は、七浅一深《しちせんいっしん》のリズムパターンで抽送《ちゅうそう》しつづけた。

昨夜、タンクは空になった。いくら動きつづけても、不意に爆《は》ぜるような前兆はなかった。

十数分後、淳子が昇りつめた。

唸《うな》りながら、腰を大きく弾ませはじめた。かつて愛した男の名を呼びながら、魚のように裸身をうねらせる。

いつしか見城の体にも火が点いていた。

律動を速めると、弾ける前兆が訪れた。淳子が安全日かどうか確かめていない。

見城は射精直前に腰を大きく引いた。

乳白色の飛沫《しぶき》は、淳子の下腹に散った。淳子が夢から醒《さ》めたように、瞼を開けた。

「きみは、もう治ったよ」

見城はティッシュペーパーを何枚か抜き取り、自分が放った体液を拭《ぬぐ》い取った。

「わたし、あなたと……」

「ああ。きみは、おれの体を深々と受け入れた。それで、きみもクライマックスに達したんだ」

「信じられない、信じられません」

「これからは、まともな恋愛をして、ノーマルなセックスをするんだね」

見城はベッドを降り、衣服を身につけはじめた。ドア越しに、黄金色の猿のけたたましい叫び声が聞こえた。

飼い主が人間の雄と交わったことを本能的に感じ取り、猿は妬《ねた》ましさを覚えているようだった。見城は笑いそうになった。

淳子がベッドカバーで裸身を覆い、口を開いた。

「ありがとう。男性に対する恐怖心が少し薄らいだ気がします」

「おれの力じゃない。猪股功って男のおかげだよ」

見城は笑顔で応じた。

「ううん、あなたの催眠療法が効いたんだわ」

「そうかな。別に恩を着せるわけじゃないが、有森友紀のパトロンを教えてもらえないか」

「あなた、本当は刑事さんじゃないんでしょ？　警察の人が、こんなことをするわけないもの」

淳子が言った。詰《なじ》る口調ではなかった。

見城は偽刑事であることを明かし、事実を話した。語り終えると、淳子が言葉を発した。

「元刑事の私立探偵だったのね」

「そうなんだ。依頼人の石上彰はもう死んでしまったが、なんとしてでも彼の無実を証明したいんだよ」

「そう」

「友紀のパトロンは、『エコマート』の寺沢一成会長だったんじゃないのか？」

見城はベッドに斜めに腰かけ、淳子の頬《ほお》を撫でた。

「友紀は息子のほうに世話になっていたの」

「息子って、寺沢一成の……」

「ええ。長男の寺沢宗幸《むねゆき》よ」

「宗幸⁉」

「なぜ、そんなに驚いたんです？」

淳子が上半身を起こし、ベッドカバーを首の下まで引っ張り上げた。

「いや、なんでもない。寺沢宗幸のことをもっと詳しく教えてくれないか」

「わかりました。宗幸は三十二歳の独身ながら、『エコマート』の社長を務めてるの。でも、寺沢一成の実子ではないらしいんです。一成が若いときに一緒に事業をやっていた共同経営者の息子さんだそうよ。寺沢一成は事故死した宗幸の実父の妻と結婚して、いまの社長を養子として入籍したという話でした」

「そうなのか。で、友紀は寺沢宗幸とはどのくらいつき合ってたのかな？」

見城は問いかけた。

「一年弱の関係でした。社長は友紀と結婚する気はないようでしたけど、あの娘《こ》に三千万円もするピンクダイヤを買ってやったり、下田《しもだ》にあるリゾートマンションを買い与えていました」

「友紀が殺されたとき、寺沢宗幸の反応は？」

「立場上、通夜にも告別式にも現われませんでした。ですけど、ひどくショックを受けて、わたしの前で泣いてました。でも、彼は何を考えているのかわからないようなところがあるから……」

淳子が語尾を呑《の》んだ。

「きみはパトロンの名をなかなか言いたがらなかったが、ひょっとしたら、誰かに強く口止めされてたんじゃないのか？」

「ええ、そうです。わたし、宗幸に脅されてたの」

「何を材料《ネタ》に？」

「あなたが摑んだ秘密と同じよ。多分、友紀が喋《しゃべ》ったんだと思います。ここでセックスさせたタレントが、友紀にバラしてしまったんでしょう」

「だろうな。人の口にチャックは付けられないからね。おれも、友紀の男友達から聞いたんだ」

「あの娘《こ》ったら、小暮泰彦にまで喋ってたのね。呆《あき》れたわ」

「よく小暮だって、わかったな」

見城は言った。

「石上さんはたとえ知ってても、個人の秘密を他人に喋るような男性じゃなかったもの」

「なるほどな。友紀が殺される前、彼女とパトロンの関係はどうだったの？」

「仲違《なかたが》いしたような様子は見られませんでした。ただ、友紀は社長が映画の製作費を出してくれなかったので、少し拗《す》ねてた時期がありましたね」

淳子が答えた。

寺沢宗幸は養父の愛人の三好麻美とも他人ではないのかもしれない。宗幸が友紀を疎《うと》ましく感じはじめて、誰かに殺《や》らせたのだろうか。それにしても、寺沢宗幸は養父の愛人になぜ手をつけたのか。養父子の間に何か確執《かくしつ》があったのかもしれない。

見城は密かに思った。

「どうなさったの？　急に考えごとをされて」

「いや、なんでもない。寺沢一成と息子の宗幸はうまくいってたんだろうか」

「よくわかりませんけど、ちょくちょく父子でゴルフなんかやってたようですよ。住まいは別々なんだけど、社長はしばしば板橋《いたばし》の常盤台《ときわだい》にある実家に顔を出してたようですし」

「その実家には、宗幸の母親が住んでるんだね？」

「ええ、そう聞いています。社長のほうは、護国寺《ごこくじ》にある高級分譲マンションで独り暮らしをしてるの」

「なんて名のマンション？」

「『護国寺アビタシオン』です。立派な億ションよ」

「友紀の住まいは？」

「白山《はくさん》四丁目の賃貸マンションに住んでいました。四十九日《しじゅうくにち》が終わったら、部屋を引き払うつもりなの」

淳子が言った。

「きみ、部屋のスペアキーを預かってるんじゃないのか？」

「ええ、預かっていますけど」

「ちょっと貸してもらえないか。部屋の中を見たいんだ」

「それなら、わたしも一緒に行きます。いま、服を着ますから、リビングで待っててください」

「オーケー」

見城は寝室を出た。

リビングソファに向かいかけると、檻の中で猿が暴《あば》れはじめた。

見城は檻に歩み寄り、黒い布を半分ほど捲《まく》った。と、黄金色の猿が全身で鉄格子にぶつかった。歯を剝き、挑戦的な姿勢になった。

「おい、サスケ。そう怒るなよ」

見城は小声でなだめ、覆《おお》いを掛けた。

リビングソファに腰かけ、煙草に火を点ける。一服し終えたとき、身繕いを終えた淳子が寝室から現われた。さきほどの服装に、黒革のハーフコートを羽織っている。

二人は部屋を出た。

見城はローバーの助手席に淳子を乗せ、白山四丁目に向かった。友紀が住んでいた南欧風のマンションは小石川《こいしかわ》植物園のすぐ裏手にあった。

淳子の案内で、七階の部屋に向かった。

先に七〇七号室に入った女性マネージャーが驚きの声をあげた。傘立てやコートスタンドが倒れ、玄関マットは三和土《たたき》に滑り落ちていた。

「誰かに家捜《やさが》しされたらしいな」

「なぜ、そんなことを⁉」

「有森友紀は寺沢宗幸の弱みを握って、映画製作費の五億円を脅し取ろうとしてたのかもしれないな」

見城は先に玄関ホールに上がった。

2LDKの部屋は、ことごとく物色されていた。ありとあらゆる引き出しが抜かれ、衣服、雑誌、食器などが散乱している。

ベッドのマットレスも剝《は》がされ、刃物で何箇所も切り裂かれていた。

枕《まくら》や掛け蒲団《ぶとん》から羽毛《うもう》が食《は》み出し、歩《ほ》を運ぶたびに埃《ほこり》が舞い上がった。むせそうだ。

「録音音声とか写真のネガを捜そうと思ったのかしら?」

淳子が怯《おび》えた顔で言った。

「多分、そうだろうな。あるいは帳簿の類《たぐい》か」

「いま思い出したんですけど、友紀は殺される数日前に映画製作費の工面《くめん》ができそうだと言ってました。わたしはリアリティーのない話なんで、まともに聞いてませんでしたけど」

「それなら、やっぱり友紀は寺沢宗幸を脅してたんだろう。待てよ、養父の寺沢一成から五億円を強請《ゆす》り取る気だったとも考えられるな」

見城は言って、散らかった物を一つ一つ引っくり返してみた。淳子が手伝いはじめる。

しかし、寝室、和室、ＬＤＫにはテープやネガの類はなかった。

見城は家事室に入った。床には洗濯機の蓋《ふた》が落ち、洗剤がぶち撒《ま》けられている。キャビネットの中は空だった。

洗面室に移る。何もなかった。

見城は風呂場を覗き、トイレに回った。便器の横に白い扉の物入れがあった。予備のトイレマット、防臭剤、トイレットペーパーなどはそっくり棚から落とされていたが、生理用品はいくつか袋が切られているだけだった。

見城は箱の中に手を突っ込んでみた。

すると、指先に固い物が触《ふ》れた。抓《つま》んで引き出す。

ナプキンの間に挟まれていたのは、ネガフィルムのパトローネとマイクロテープのカセットだった。それぞれ一巻ずつだ。

見城はパトローネとマイクロテープ・カセットを黒革のジャケットの内ポケットに入

れ、ＬＤＫに戻った。

「何かありました？」

淳子が問いかけてきた。見城は、手がかりを得たことを黙っていることにした。

「いや、何もなかったよ。友紀は下田のリゾートマンションに強請の材料《ネタ》を隠したのかもしれないな」

「下田の部屋のスペアキーも預かってるんです」

「スペアキーを二、三日貸してもらえないか」

「いいですよ。でも、一つだけ条件があるの」

「なんだい？」

「催眠療法なしで、あなたに抱かれてみたいの。本当に男性と愛し合えるかどうか、まだ自信がないんです」

「喜んで実験台になるよ」

見城は淳子の手を取って、玄関に足を向けた。

淳子が身を寄り添わせてきた。

2

幻覚なのか。

見城は瞼を擦《こす》った。やはり、自分の部屋の前にたたずんでいるのは女性建築家の有坂佐世だった。

佐世はカシミヤのコートの襟《えり》を立て、寒そうに体を揺すっていた。吐く息が白い。

どうやら自分からお注射をせがみに来たようだ。それにしても、まだ夜が明けきっていなかった。

女は怖い。予想もしない行動をとったりする。ストーカーめいた行為ではないか。

見城はエレベーターホールの先にある階段の下り口まで抜き足で歩いた。

いましがた、杉谷淳子のマンションから戻ったところだった。午前五時前である。

見城は一ラウンドだけこなして、淳子の寝室を出るつもりだった。

しかし、男の味を覚えてしまった彼女は手脚を蔓《つる》のように絡《から》ませ、容易に見城を放さなかった。成り行きから、あと二ラウンドこなすことになってしまったのだ。淳子は幾度も吼《ほ》えながら、見城の体を貪《むさぼ》り尽くした。

見城は地下駐車場に下り、ローバーに乗り込んだ。

このまま駐車場にいたら、有坂佐世に見つけられる心配がある。車を静かにスタートさせ、見城は自宅マンションから五、六百メートル離れた。

東の空が、斑《まだら》に明るみはじめている。

本格的な朝焼けを迎える前に、佐世に消えてもらいたかった。見城はシートを倒し、深く凭《もた》れかかった。瞼が重ったるい。

うとうとしているうちに、朝陽が輝きはじめた。自宅マンションに戻ると、佐世の姿は消えていた。

見城は安堵《あんど》し、自分の部屋に入った。

室内は冷え冷えとしていた。二基のガス温風ヒーターを作動させ、友紀の部屋で見つけたマイクロテープ・カセットを小型録音機にセットする。

見城はリビングソファに腰かけ、再生ボタンを押した。すぐに年配の男と若い女の会話が響いてきた。

——用件は何なんや？

——関西育ちでもないのに、そんな喋り方をなさって。出世払いで、五億円をお借りりできません？

——そんな大金、どないするねん？

——映画を製作したいんですよ。わたしが製作、監督、主演を受け持つんです。売れっ子の脚本家にシナリオを頼んであるんで、大ヒット間違いないわ。

——あかん、あかん。そんなお遊びに金は出せん。

——会長、わたしを怒らせないほうがいいんじゃありません？　おたくの会社が急成長したのは、だいぶ危ないことをしてきたからですよね。

——わ、わしを脅す気なんか⁉　怖い女《おなご》やなあ。

——ほんとに、こっちは知ってるのよ。ダーティーなビジネスのことだけじゃなく、プライベートなこともね。三好麻美は相当な女狐《めぎつね》よ。

——女狐？　どういうこっちゃ？

——会長さん、あなたは麻美にきっと寝首を掻かれるわ。

——わしは、そんなやわな男じゃないわい。あんたが心配せんでもええ。

——おめでたい男ね。あなたは身近な敵に気づいてないんだから。

——身近な敵？　家族か、会社の役員がなんぞ企《たくら》んどる言うんか。え？

——その質問には答えられないわ。とにかく、スキャンダルの主人公になりたくなかったら、わたしに協力することね。近いうちに、会長さんが震え上がるような物を会社にお届けするわ。お楽しみに！

――わしに妙なことをしたら、あんたは若死にするで。それでも、ええんか？

――わたし、自分の映画を創《つく》りたいのよ。そして、死にかけてる邦画界を活性化させたいの。それが、わたしの夢なんですよ。

――寝言みたいなことを言うとらんで、自分が死なんよう気ぃつけろや。

電話を切る音がして、音声は熄《や》んだ。

見城はテープを停止させ、手早く巻き戻した。どうやら有森友紀は、寺沢一成を脅迫していたらしい。

友紀は会長の女関係だけでは心許《こころもと》ないと判断し、ビジネス面の弱みも押さえたのだろう。その情報は、パトロンの宗幸から探《さぐ》り出したのか。

麻美を女狐と言ったのは、彼女がパトロンの息子とも関係を持ったことだけを語ったのか。それとも、美人社長が寺沢宗幸とつるんで、会長を窮地に追い込むつもりでいるからなのだろうか。

見城は立ち上がり、物入れを改造した暗室に入った。

すぐにネガフィルムを焼き、次々に紙焼きをプリントした。印画紙には、麻美が三十二、三歳の男と密会しているシーンが二十数コマ写っていた。男は寺沢宗幸だろう。知的な風貌で、上背もあった。いかにも女に好かれそうなタイプだった。

見城は生乾きのプリントを持って、リビングルームに戻った。

寺沢父子がひとりの女を愛人にしているというスキャンダルだけでは、とても五億円は強請《ゆす》れないだろう。

きっと有森友紀は、『エコマート』のビジネス面の弱みを裏付ける写真か密談音声をどこか別の場所に隠したにちがいない。考えられるのは、彼女の実家や下田のリゾートマンションだ。

友紀が自分で、それを集めたとは考えにくい。

寺沢宗幸が養父を追い込むため、そうした物を密かに手に入れて、愛人の有森友紀に預けたのではないか。友紀はそれを使い、先に寺沢一成に脅しをかけたのだろう。

そうだったとしたら、『エコマート』の会長が誰かに友紀を始末させたのかもしれない。

見城はそこまで推理を巡らせ、煙草に火を点けた。眠かった。煙草を喫《す》い終えたら、ベッドに潜り込むつもりだ。

奥の部屋に向かいかけたとき、インターフォンが鳴った。

有坂佐世が引き返してきたのか。大急ぎで電灯を消そうとしたとき、ドア越しに男の野《の》太《ぶと》い声がした。

来訪者は百面鬼だった。見城は玄関に急ぎ、ドアを開けた。

「カーテン越しに灯《あか》りが見えたんで、上がってきたんだ」

「百《どう》さん、きのうの尾行は？」

「うまくいったよ。見城ちゃん、どこにいたんだい？　おれ、カーフォンを何遍も鳴らしたんだぜ」

「それは悪かったね。とにかく、上がってよ」

「徹夜だと、朝の冷え込みがきついなあ」

百面鬼は手の甲をさすりながら、蛇革の靴を脱いだ。

いつも目立つ物を身につけていたが、センスは悪かった。まるで田舎《いなか》の地回りだ。頭にボルサリーノを載せていないだけ、まだましだろう。

見城はサイドボードから、テキーラの罎《びん》を取り出した。

「百《どう》さん、少しは体が温まるよ」

「おう、悪いな」

百面鬼はテキーラをラッパ飲みして、リビングソファにどっかと腰を下ろした。見城も坐った。

「なんだい、この写真は？」

百面鬼が目敏《めざと》く卓上のプリントを抓《つま》み上げた。

見城は手短に説明し、煙草に火を点けた。

「この麻美って美人社長、男を蕩《とろ》かしそうだな。見城ちゃん、もう手ぇつけたんじゃねえの？」

「おれは百《どう》さんとは違うよ」

「こういう猫みてえな目をした女は、たいがい淫乱なんだよな。生唾が湧《わ》いてきたぜ」

「百《どう》さん、写真に涎垂《よだれ》らさないでくれよ。それはそうと、尾行の結果を……」

「そうだったな。仲矢と大貫が最初に会った男は、東京国税局の査察官《マルサ》だったよ」

百面鬼が言って、またテキーラを呷《あお》った。

「そいつから、大口の脱税をしてる法人のブラックリストでも買ってたの？」

「いい勘してるな。その通りだったよ。国税局が査察をかけることになってる衣料、貴金属、靴メーカーなんかのリストをな。リストと引き換えに厚みのある封筒を渡してた」

「中身は札束だな」

「ああ、間違いねえよ。あの厚みだと、三百万だろうな」

「写真と録音音声は？」

見城は訊いた。

「どっちも、ばっちりよ」

「そいつはありがたい」

「はいよ」

百面鬼が上着のポケットから、ドイツ製の超小型カメラと超小型録音機を取り出した。

どちらも、見城が貸し与えた物だった。

「『エコマート』は、やっぱり各メーカーの弱みにつけ入って、正規の商品を売れ残り品《アウトレット》として安く買い叩いてたんだな」

「そりゃ、間違いねえよ。元ＳＰたちは国税局のＧメンと別れると、総会屋の大物の事務所に行ったぜ」

「そいつの名は？」

「重富是清《しげとみこれきよ》だよ。総会屋のナンバーワンさ。見城ちゃんも知ってんだろう？」

「よく知ってるよ。現職のとき、ある国会議員の殺人未遂事件が重富の圧力《アツ》で捜査打ち切りになったことがあるんでね」

見城は短くなった煙草の火を揉《も》み消した。胸には、苦いものが拡《ひろ》がっていた。

「仲矢たちは重富を銀座の高級クラブで接待してたよ。いつも企業の弱みを教えてもらってるんで、接待したんだろう。クラブでも盗み撮《ど》りして、テープを回しといたぜ」

「その後、仲矢と大貫は？」

「重富を十一時ごろにハイヤーに乗せると、二人は別のクラブに行ったんだ。それで、奴らは店の女とそれぞれホテルにな」

「なら、徹夜仕事じゃないじゃないか」

「おれもヘルプのホステスをホテルに誘って、仲矢や大貫の情報集めを……」

「女とホテルにしけ込んだにしては、朝が早いな」

「無理やりに喪服を着せようとしたら、その女、怒って帰っちまったんだよ。だから、ここに来たんだ」

百面鬼が、ばつが悪そうに太い首を縮めた。

見城は苦笑しながら、約束の謝礼を払ってやった。十万円だった。百面鬼は金を受け取ると、早々に引き揚げていった。

見城は小型カメラと超小型録音機を机の引き出しに仕舞うと、奥の居室《きょしつ》に足を向けた。

ジャケットと靴下だけを脱ぎ、寝具の中に潜り込む。

固定電話の着信音で眠りを突き破られたのは午後三時過ぎだった。

受話器を耳に当てると、三好麻美の声が流れてきた。

「一千万円を現金《キャッシュ》で用意しました。パパとわたしの恥ずかしい写真のネガを持って、夕方の五時に成城の家に来て」

「一千万円で譲るのは、ちょっと惜しい気もするな」

「それ以上のお金は出せないけど、わたしを好きなだけ……」

「なんだい？」

「意地悪ねえ。わかってるでしょ？　あなた、香水の好みは？」

「別にないよ」

見城は電話を切って、夜具を頭から引っ被《かぶ》った。

もう少し寝るつもりだったが、頭の芯《しん》は冴《さ》えてしまった。煙草を一本喫《す》って、起き上がる。見城は百面鬼が隠し撮りしてくれたフィルムを現像し、密談音声を聴いた。どちらも強請の材料になりそうだった。

見城は湯を張り、ゆったりと浸かった。風呂から出ると、レトルト食品を電子レンジに入れた。シーフード・ピラフだった。

腹ごしらえをすると、見城は外出の用意をした。いつものくだけた服装だった。

麻美が素直にネガフィルムを一千万円で買い取るとは思えなかった。自宅のどこかに、荒っぽい男を潜《ひそ》ませているにちがいない。

見城はレザーブルゾンの内ポケットに淫らなネガフィルムを突っ込み、さらに超小型盗聴器とレシーバー付きの受信機を滑り込ませた。

部屋を出る。ローバーを玉川通りに進め、池尻大橋《いけじりおおはし》のレンタカー営業所に寄った。見城は白のマークⅡを借り、成城に向かった。

麻美の自宅の周《まわ》りを何度も巡《めぐ》った。怪しい人影は見当たらなかった。

見城は五時きっかりにレンタカーを三好邸の前に停めた。

門柱のインターフォンを鳴らすと、麻美がわざわざ門扉《もんぴ》まで迎えに現われた。

芥子《からし》色のワンピースを着ていた。ウエストが細い。香水が甘く匂う。ニナ・リッチだった。

見城は広い応接間に通された。

コーヒーテーブルの上には、蛇腹《じゃばら》の書類袋が置かれている。中身は札束だろう。

向き合うと、見城はネガフィルムの入った袋を卓上に投げ落とした。

「これで全部なんでしょうね？」

麻美が確かめた。

見城は無言でうなずいた。しかし、持ってきたネガフィルムは半分に過ぎなかった。書類袋の中を覗く。帯封の掛かった百万円の束が、ちょうど十束入っていた。

「よし、これで取引成立だ」

「これで安心だわ」

麻美が卓上ライターを点け、ネガフィルムを次々に焼いた。ネガフィルムは異臭と青っぽい炎を放ち、灰皿の底で燃え尽きた。

「静かだな。誰もいないってことはないんだろう？」

「なにを言ってるの。わたしひとりよ。ね、寝室に行きましょ？」

「ちょっと香水の匂いが鼻につくな。悪いが、シャワーを浴びてきてくれないか」

「さっき、隅々まで洗ったのに」

「おれは石鹸《せっけん》の香りが好きなんだよ」

見城は言った。

麻美が肩を竦《すく》め、ゆっくりと立ち上がった。スリッパの音が遠ざかると、見城は大急ぎで一階の各室をくまなく検《しら》べた。誰も潜んではいなかった。

二階に上がり、同じように四つの部屋を覗く。やはり、人の気配はうかがえない。

見城は応接間に戻った。

少し待つと、麻美が現われた。黒いナイトウェアをまとっていた。シルクだった。

「寝室にご案内するわ」

「ああ」

見城は札束の入った書類袋を抱え、おもむろに腰を上げた。

十五畳ほどの寝室は、浴室の近くにあった。キングサイズのダブルベッドが中央にあり、左側はウォークイン・クローゼットになっていた。

右側の壁際には素木《しらき》のチェストとドレッサーが置かれている。ドレッサーの鏡はベッドをそっくり映す位置にあった。

寝室は明るかった。暖房も効いている。

見城は一千万円の入った書類袋をチェストの上に置き、麻美の前に立った。

「こないだは社長室だったから、なんか落ち着かなかったけど、ここなら、思いっきり愛し合えるわ」

麻美がそう言いながら、見城のレザーブルゾンを脱がせた。

見城も黒いナイトウェアをはだけさせた。麻美は一糸もまとっていなかった。黒々とした恥毛が淫蕩《いんとう》に映った。見城はセーターと長袖《ながそで》シャツをかなぐり捨てた。

麻美が伸び上がって、キスを求めてきた。見城は麻美を抱き寄せ、舌を絡めた。

ひとしきり濃厚なくちづけがつづく。見城は舌を乱舞させながら、乳房をまさぐった。

麻美が急にひざまずき、せっかちに見城のベルトを外した。コーデュロイ・ジーンズとトランクスは一緒に引きずり下ろされた。ソックスも脱がされた。

麻美は両手で、見城の性器を刺激した。煽《あお》られ、たちまち膨れ上がった。麻美が伸ばした舌で、先端を掃《は》くように舐《な》めはじめた。

見城は突き入れた。熱い舌が巻きついてきた。見城はイラマチオをたっぷり愉《たの》しんでから、麻美をベッドに寝かせた。

両脚を掬《すく》い上げ、V字形に押し開く。早くも二枚の花びらは、だいぶ肥厚《ひこう》していた。舟形の合わせ目は、半ば綻《ほころ》んでいる。透明な雫《しずく》がにじみ、うっすらと光っていた。

見城は麻美の脚を大きく割り、はざまに顔を近づけた。息を吹きかけ、唇でついばむ。膨らんだ二枚の肉片を擦り合わせると、麻美は顔を左右に振りはじめた。

見城は、陰核を吸いつけた。舌を細かく震わせると、麻美は不意にのけ反った。短い言葉も発した。

見城は上目遣《づか》いに、麻美を見上げた。

釣鐘型の乳房がぶるぶると震え、下腹から脇腹《わきばら》にかけて漣《さざなみ》が走った。

見城は麻美を抱き起こしてから、体を繋《つな》いだ。

体位を四、五回変えてから、仕上げに取りかかる。

正常位だった。武道は礼に始まり、礼で終わる。性は正常位に始まり、正常位で終わる。見城は、そういうスタイルを守っていた。

二人は、ほとんど同時に極みに達した。

互いに後戯を施《ほどこ》し合ってから、体を離す。麻美はシャワーを浴びにいった。見城は腹這《はらば》いになって、紫煙をくゆらせはじめた。情事の後の一服は、いつも格別にうまかった。

荒っぽい男は潜んでいなかった。リッチな人間にとっては、一千万円など端《はし》た金なのだろう。もう少し毟《むし》るべきだったか。

見城は煙草の火を消し、仰向けになった。

ややあって、麻美が戻ってきた。パーリーピンクのネグリジェを着ていた。下着はつけていなかった。透けて見える繁みが悩ましかった。

「ね、わたしのわがままにつき合ってくれる？」

麻美が顔を上げ、ためらいがちに言った。

「わがままって？」

「実はわたし、ちょっとマゾっ気があるの。いじめられて、ワイルドに扱われると、狂ったように燃えちゃうのよ」

「ＳＭごっこをやろうってわけか」

見城は左目を眇《すが》めた。

「抵抗ある？」

「いや、別にない」

「だったら、ちょっと協力してほしいの」

麻美はそう言うと、ウォークイン・クローゼットの中に入っていった。

待つほどもなく戻ってきた。彼女はスカーフ、銀色の鎖、折り畳み式の西洋剃刀《せいようかみそり》などを持っていた。

「それは寺沢一成が揃えたのか？」

「パパはノーマルよ」

「それじゃ、息子のほうだな」

「えっ、パパに息子さんがいるの⁉　知らなかったわ」

「そう」

とぼけやがって。見城は、心の中で罵《ののし》った。

「スカーフで猿轡《さるぐつわ》をかませて、両手首を後ろ手に鎖できつく縛ってほしいの。それからゾーリンゲンの刃をおっぱいやシークレットゾーンにそっと寄り添わせて」

「そうすると、感じるのか？」

「ええ、恥ずかしいほどね」

麻美が蠱惑《こわく》的な眼差しで見城を見つめ、ベッドの上で四つん這《ば》いになった。

見城は希望を叶《かな》えてやる気になった。猿轡をかませ、後ろ手に縛る。西洋剃刀の刃を起こすと、麻美は頰を長い枕に当ててヒップを突き出した。張りと弾みのある尻だった。

「おとなしくしてねえと、血だらけになるぜ」

見城は芝居っ気を出し、ネグリジェの裾《すそ》を大きくはぐった。

白桃を想わせる尻が電灯の光に晒《さら》された。陶器のように、すべすべとしている。

麻美がくぐもった声で何か言い、抗《あらが》う真似《まね》をした。迫真の演技だった。

見城は歪んだ欲情をそそられ、ネグリジェの裾をゾーリンゲンで切り裂いた。

麻美が恐怖に戦《おのの》いた表情で振り向き、童女のように首を烈《はげ》しく振った。名演技だ。

見城は西洋剃刀を麻美のはざまに潜《くぐ》らせた。

刃は上向きだった。麻美が体をわななかせ、泣き真似をしはじめた。見城は膨らみを増した小陰唇の片方を引っ張り、そっと刃を寄り添わせた。

麻美が喉の奥で悲鳴をあげた。

見城はゾーリンゲンでヒップの肉をぴたぴたと叩きはじめた。そうしながら、合わせ目を指でなぞる。意外にも、秘めやかな場所は乾いていた。恐怖が頂点に達したとき、急激に潤むのかもしれない。

見城はゾーリンゲンでネグリジェの後ろ襟《えり》の部分に切れ目を入れた。

肩口のあたりを摑んで、ネグリジェを乱暴に引き破る。両肩と背中が露《あらわ》になった。

寝かせた刃を滑らせながら、見城は麻美の胸を荒っぽく揉《も》んだ。麻美は全身を硬直させ、静かに泣きはじめた。

見城は分身の先を潜《くぐ》らせてみた。依然として、蜜液は少なかった。

だが、見城は強引に分け入った。麻美が呻き、スカーフの下から叫んだ。

「いや、やめて！　赦《ゆる》して、お願いだから……」

「おい、ちょっと演技過剰だろうが」

「帰って！　やめてちょうだいっ」

「どうなってるんだ。わけがわからない」

見城は西洋剃刀をベッドの下に投げ捨て、麻美の貝殻骨に唇を寄せた。片手で小さなピラミッドを抓み、もう一方の手で二つの乳首を交互に愛撫しはじめた。

その直後、ドア・ノブの回る音がした。

罠《わな》だったようだ。見城は麻美を突き転がし、素早くベッドを降りた。

西洋剃刀を拾い上げたとき、家弓刑事が寝室に躍《おど》り込んできた。ニューナンブM60（現在は使用されていない）を握りしめていた。撃鉄《ハンマー》は起こされている。

「こりゃ、弁解の余地のねえ婦女暴行《ツッコミ》（現・強制性交等）だな」

「てめえが仕組んだハニートラップだろうが！」

見城は麻美を楯《たて》にする気になった。ベッドに寄ろうとしたとき、家弓が両手保持の姿勢をとった。

「それ以上、社長に近寄ったら、撃つぞ」

「てめえなら、やりかねないな」

「見城、剃刀を遠くに捨てろ」

「くそったれめ！」

見城はゾーリンゲンをドレッサーに投げつけた。鏡が割れて、その破片が垂直に落ちた。

「社長のスカーフと鎖を外すんだっ」

家弓が怒鳴った。見城は命令に従った。

麻美が鎖で、見城の腰を撲《なぐ》った。

「一千万円はやらないわよ。これからも脅迫する気なら、クローゼットに仕掛けといたビデオカメラの映像を成城署に届けるわ」

「警察だって、ばかばかりじゃない。レイプされたと訴え出た女が映像データなんか差し出したら、仕組まれた罠だと見抜くさ」

「なら、試《ため》してみる？」

「好きにしろ」

見城はトランクスを穿《は》き、衣服をまといはじめた。

「おれは、きさまを住居侵入罪で現行犯逮捕《ゲンタイ》もできるんだぞ」

家弓が声を張った。

「また送検したら、てめえの悪さを洗いざらい喋る！」

「おれが何をしたって言うんだ？」

「どうする？」

「きさまの面《つら》なんか見たくもない。今回は見逃してやるから、とっとと失《う》せやがれ！」

「てめえがそう言うんなら、きょうのところは引き分けってことにしといてやらあ」

見城は言いざま、肘《ひじ》でナイトスタンドを弾いた。

スタンドは壁まで飛び、電球が砕けた。室内が暗くなった。見城は、その隙に高性能の盗聴マイクをベッドの下に転がした。

「見城、動くな！　一歩でも動いたら、きさまの頭をミンチにしてやる」

家弓が大声を張り上げた。

「わかったよ。もう何もしない」

「家弓《ユミ》さん、早く電気のスイッチを」

麻美が言った。家弓が短く返事をして、壁を手探りした。

すぐに天井の埋め込み照明が煌々《こうこう》と灯った。

「銭は諦《あきら》めたよ」

見城はレザーブルゾンを小脇に抱え、そそくさと寝室を出た。

家弓は、見城が玄関を出るまで離れなかった。見城は小走りに三好邸を出た。

3

周波数が合った。

チューナーの針は百八メガヘルツの目盛りを指《さ》している。輸出用のＦＭラジオから、雑音《ノイズ》が消えた。

見城はイヤフォンを手で押さえた。

レンタカーは、三好邸の裏通りに駐《と》めてあった。邸《やしき》を追い出されてから、まだ三分しか過ぎていない。ＦＭ受信機には、マイクロテープ・レコーダーが組み込まれていた。

見城は録音のスイッチを入れた。

受信機のアンテナは、車窓から外に突き出していた。密室状態だと、受信能力が低下することがあった。

少し経《た》つと、麻美と家弓の会話が聴こえてきた。

「二百万も貰《もら》っちゃっていいんですか？」

「家弓《ユミ》さんのおかげで、変な写真のネガを押さえられたんだから、安いもんだわ」

「いつも気を遣《つか》ってもらっちゃって、すみませんね」

「いいのよ。危うく宗幸さんと結婚できなくなるところだったわ」

「結婚したら、おれ、麻美さんのそばに寄れなくなるんだろうな」

「そんな遠慮しなくてもいいのよ。家弓《ユミ》さんのことは、彼も知ってるんだから」

「でもなあ」

「いいのよ。別に、あなたはセックスを求めるわけじゃないんだから。宗幸さんだって、大目にみてくれるわ」

「嬉しいな、その言葉。おれ、お二人の番犬になりますよ」

「ええ、よろしくね」

「石上を友紀殺しの犯人にうまく仕立てられなくて、申し訳ないと思ってます。それから嶋の奴がうまく偽装できなくて、結局、石上の弁当に亜砒酸《あひさん》を混入することになってしまったことも……」

「嶋って看守が石上彰が自分で毒物を呷《あお》ったように工作してくれてたら、何もかもうまくいったんだろうけど」

「奴に三百万円と亜砒酸入りのカプセルを渡したんですがね」

「でも、確かに自殺に見せかけて毒殺するのは難しいんでしょうね」

「ええ、まあ」

家弓の声に雑音が重なった。

見城はチューナーをわずかに回した。音声は、すぐに安定した。

「嶋が都合よく事故死してくれたんで、よかったわよ」

「そうですね。ただ、本庁の連中が嶋とおれの関係を怪しみはじめてるんですよ。それから、さっきの見城って野郎もね」

「でも、渡した遺留品や毒物をちゃんと嶋の自宅マンションに……」

麻美の語尾は不鮮明だった。

「もちろん、それは完璧《かんぺき》にやりました。一応、鑑識は納得してます」

「だったら、そうびくつくことはないわね」

「ええ。だけど、おれ、なんとなく不安なんですよ。早く依願退職して、『エコマート』の保安課長になりたいな。高卒のおれがどんなに頑張っても、警察では偉くなれっこないですから」

「家弓《ユミ》さんの気持ちはわかるけど、いま、退職するのはまずいわ。ほとぼりが冷めるまで、何喰《く》わぬ顔をして働いてて。ね、家弓《ユミ》さん！」

「わかりました。それはそうと、宗幸さんの復讐《ふくしゅう》のほうはどうなってるんです？」

家弓が小声になった。

「もう準備は完了したわ」

「それじゃ、近いうちに寺沢会長は……」

「地獄に堕《お》ちることになるでしょうね。当然よ。共同経営者だった宗幸さんの父親を裏切ったんだから」

「ええ。しかし、寺沢会長が本当に宗幸さんの父親を殺したんでしょうか？」

「証拠はないわね。それに、殺人の時効は十五年（現在は時効がない）だから、寺沢一成を法的に裁くことはできないわ」

「そうですね」

「でも、一成が宗幸さんの実父を葬ったことは確かよ。宗幸さんは子供のころに養父の一成が悪夢に魘《うな》されて、『畑《はた》君、赦《ゆる》してくれ。どうか恨まんでくれ』と口走ったことを聞いてるんだから」

「畑というのが、宗幸社長の昔の姓でしたね？」

「ええ、そうよ」

麻美が言葉を切って、すぐに言い重ねた。

「わたしもパパが、寺沢一成が似たような寝言を洩らしたのを耳にしてるの。多分、宗幸さんのお母さんだって……」

「そうでしょうね。で、会長の始末は例の彼女に？」

「ええ。宗幸さんの恨みは、それだけ深かったわけよね。寺沢一成と血の繋がりのある彼女に、手を汚させようとしてるわけだもの」

「彼女も、それだけの仕打ちを受けたんでしょ？」

「そうらしいわ。家弓《ユミ》さん、もうじき何もかも終わるのよ」

「そうですね。ただ、おれは見城がかなりのことまで探《さぐ》ってるんじゃないかと思うと、なんか落ち着かなくてね」

家弓は心底、不安そうだった。

「あの男のことは宗幸さんに報告してあるから、きっと何か手を打ってくれるわよ」

「そうですよね。宗幸社長は頭の切れる方だから」

「ええ」

「麻美さん、宗幸社長とは何がきっかけで？」

「あら、その話はしなかったかしら？　彼に体を奪われたのよ。そのときは彼が寺沢一成の実の息子と思ってたから、冗談じゃないと思ったわ」

「そうですよね」

「家弓《ユミ》さんのことは、ずっと大切にしたいわ」

麻美の声には、媚《こび》が含まれていた。

「社長、そんな色っぽい目でみつめないでください。おれ、二年前に覆面《メン》パトの横っ腹に車をぶつけられたときから、痺《しび》れちゃってるんですから」

「うふふ。あのときは、当て逃げされたってことにして、このわたしを庇ってくれたんだったわね」

「ええ、まあ」

「家弓《ユミ》さん、ごほうびが欲しいんじゃない？」

「わかりますか？」

「わかるわよ。いいのよ、好きなだけしゃぶっても」

「それじゃ、お言葉に甘えて……」

家弓がうずくまる気配が伝わってきた。

「きょうは、どっちの足からにする？」

「右足から舐めさせてください」

「はい、どうぞ」

「なんて美しい足なんだろう。こうして触ってるだけで、どぎまぎしてきます。おお、この踝《くるぶし》がセクシーでたまらないんですよ」

「本当は、蒸《む》れた足のほうがいいんでしょ？　きょうは、あまり汗の匂いがしないかもしれないわ。ごめんなさいね」

麻美がおおらかな口調で言った。聖母にでもなったような気分なのだろう。

舌の湿った音が響いてきた。家弓は喘《あえ》ぎながら、喉を鳴らしていた。麻美は呻き声ひとつ洩らさない。

どうやら家弓は麻美の右足の指を一本ずつ舐め回し、指の股にも舌の先を這わせている様子だ。フット・フェティシズムだろう。蒸れ臭い女の靴にも欲情を催《もよお》すにちがいない。

家弓は、異常性欲の魔力に憑《つ》かれているようだ。

見城は盗聴しながら、家弓を憐《あわ》れんでいた。

「はい、今度は左足よ。足の裏は舐めないでね。くすぐったくて、笑っちゃうから」

「麻美さんのいやがることは、おれ、絶対にしませんよ。ほんとは土踏まずのところを舐めたいんだけどね」

「それは我慢して。後で、家弓《ユミ》さんの顔を踏んづけてあげるから」

「はい、お願いします」

家弓が息を弾ませながら、足の指をしゃぶりはじめた。

数分が流れたころ、麻美が訊いた。

「家弓《ユミ》さん、感じてきた?」

「もうブ、ブ、ブンブンです」

家弓が、くぐもった声で答えた。もうビンビンです、と言ったのだろう。

「それじゃ、そろそろ顔とお股を踏んづけてやろうかな」

「もったいないことです」

「でも、して欲しいんでしょ?」

麻美が訊いた。

家弓が何か言い、床に仰向けになったようだ。麻美も立ち上がり、家弓の顔面に足を載せたらしい。家弓が女のような呻き声を洩らしはじめた。鰓《えら》の張った男の声とは、とても思えなかった。

何分か経《た》つと、麻美は足の裏を家弓の股間に移したようだ。家弓のよがり声が一段と高くなった。

「家弓《ユミ》さん、気持ちいい?　もっと強く踏んで欲しいの?」

「は、はい。ううっ、もう駄目だ。ああっ、菩薩《ぼさつ》さま、観世音《かんぜおん》菩薩さまーっ」

家弓が大声で唱《とな》え、短く呻いた。下着の中で射精したのだろう。

見城はせせら笑った。

麻美がティッシュペーパーの箱を渡す気配が伝わってくる。家弓が体を拭いながら、甘えるように言った。

「これで、気持ちが落ち着きました」

「よかったわね」

「ええ。おれ、麻美さんのためなら、なんでもやりますよ」

「ありがとう。頼りにしてるわ」

「はい。おれ、そろそろ帰ります」

「お金、持って帰ってね」

麻美が優しく声をかけた。家弓が優等生のような返事をして、勢いよく立ち上がった。

最初に家弓にこの録音音声を聴かせて、まず二百万円を取り返そう。その後、残りの八百万を麻美からせしめるか。

見城はマイクロテープを停止させ、FM受信機のアンテナを縮めた。イヤフォンを外し、パワーウインドーを上げる。

そのとき、ふと警戒心が生まれた。

見城はマッチ箱ほどの大きさのマイクロテープ・カセットを取り出し、靴下のゴムの部分に挟みつけた。イヤフォンの付いた受信機はグローブボックスの奥に隠した。念のために、ウエスを被《かぶ》せておく。

見城はレンタカーを発進させた。

マークⅡを三好邸の前の通りに回し、家弓を追走するつもりだ。

少し走ると、四つ角から不意に荷物室と車が一体になったアルミバンが飛び出してきた。ヘッドライトが短く灯《とも》り、すぐに消された。

見城は急ブレーキを踏んだ。

のめりそうになった上体を両腕で支える。

アルミバンは停まったまま、走ろうとしない。見城は短くクラクションを鳴らした。それでも、アルミバンは動かなかった。

見城はギアをＲ《リヴァース》レンジに入れ、勢いよくバックしかけた。すぐ後ろに、車が見える。オフホワイトのビスタだった。

運転席に人影が見えるだけだ。若い男のように見えるが、顔の造作はおぼろだった。

ビスタのドライバーが、いきなりパッシングした。見城は、むかっ腹を立てた。車を降り、ビスタに走り寄ろうとした。

そのとき、背後で足音が響いた。

見城は立ち止まった。振り向くと、元ＳＰの大貫政臣が立っていた。

丸腰ではなかった。消音器を装着した自動拳銃《オートマチック》を握っていた。ワルサーP5か、ヘッケラー&コッホP7のようだ。

「一緒に来てもらおう」

大貫が言った。

見城は、大貫との距離を目で測《はか》った。

三メートル弱だった。二段蹴《げ》りで、相手の鼻の下と鳩尾《みぞおち》を狙《ねら》えそうだ。空手道では鼻の下を人中《じんちゅう》、鳩尾を水月《すいげつ》と呼んでいる。どちらも人体の急所だった。

地を蹴ろうとしたとき、大貫の拳銃が小さな銃口炎《マズル・フラッシュ》を吐いた。橙色《だいだいいろ》を帯びた赤色だった。当然のことながら、銃声は聞こえなかった。圧縮空気が抜けただけだった。

衝撃波が右耳のそばを駆け抜けていった。見城は一瞬、聴覚を失った。頭髪も薙《な》ぎ倒された。

「逆らうんなら、残弾をあんたの体にすぐにぶち込むことになる」

「人違いじゃないのか」

「往生際が悪いな、見城豪さんも」

「わかった。言う通りにしよう。おれをどうしたいんだ?」

「アルミバンの助手席に乗るんだ。早くしろ」

「いいだろう」

見城は足を踏み出した。

早く間合いを詰めて、突き技《わざ》か打ち技で元ＳＰを倒す気でいた。しかし、大貫は不用意に見城を近づけようとしなかった。

アルミバンの運転席から、仲矢が降りてきた。武器は手にしていない。

いまは反撃しないほうがよさそうだ。見城は、そう判断した。

仲矢が荷室の後ろに回り込み、観音開きの扉を開けた。庫内灯《こないとう》が点いた。

荷室には、何も積まれていなかった。ガスボンベなども見当たらない。荷室に閉じ込められても、危険はなさそうだ。

見城は荷室に這い上がった。

すぐに扉を閉められ、庫内灯が消えた。外錠が掛けられた。

見城は手探《てさぐ》りで歩き、金属壁に耳を押し当てた。大貫と仲矢がアルミバンの運転台に乗り込んだ。

運転席に坐ったのは、仲矢のようだった。

エンジンが重く吼《ほ》えた。見城はライターを点け、左手首のコルムを見た。午後七時七分過ぎだった。

アルミバンが走りはじめた。

見城は助手席側の壁に背を預け、床に両脚を投げ出した。さきほど麻美が、見城の扱いについて、すでに寺沢宗幸が手を打ってあると喋っていた。

『エコマート』の若き社長は、元SPと陸自のレンジャー隊員崩れに見城を殺せと命じたのだろう。

盗聴した話によると、寺沢宗幸は養父の一成に実父の畑某《なにがし》を殺されたと確信しているようだ。そして近々、復讐を果たす気でいるらしい。

麻美と家弓の遣り取りに出てきた彼女とは、いったい何者なのか。話の流れから察すると、どうもその謎《なぞ》の女が石上彰になりすまして、赤坂ロイヤルホテルの九〇三号室に忍び込んで有森友紀を殺害したようだ。

七日の晩、石上を江戸川のモーテル『ナイトドリーム』に誘い込んだユーノス・ロードスターに乗っていた女ではないのか。

その女は石上がシャワーを浴びている間に、彼のキャメルのウールコートと使用済みのコンドームを持ち去っている。コートのポケットには、部屋のカードキーが入っていた。

赤坂ロイヤルホテルのメイドキャプテンは、九〇三号室の前で見かけた人物が石上彰だったとは断言していない。その根拠も曖昧《あいまい》だった。

中腰だったとはいえ、ウールコートの裾が脛《すね》まで達していたことを考えると、やはり目撃された人物が女である可能性は高い。道路清掃車のドライバーが見たカローラの運転席にいた者も同一人物と思われる。

友紀の膣内から検出された石上彰のものと思われる精液は、女がスポイトで注入したにちがいない。男の犯行と見せかけるため、女はわざわざ友紀の乳房や性器を傷つけた。

鮮血に塗れたレインコート、シューズカバーなどを脱ぎ、そっと九〇三号室から出た。そして地下駐車場から、まんまとホテルの外に逃れた。

手袋などは処分せずに、麻美に渡した。あるいは、大貫か仲矢のどちらかが受け取ったのかもしれない。

いずれにしても、それらの証拠品を家弓が嶋耕次のアパートにこっそり運び入れた。嶋が事故死したのを幸いに、家弓たちは借金だらけの看守を友紀と石上殺しの犯人に仕立てることを思いついたのではないか。

友紀を殺害した彼女は若いらしい。しかし、女は髪型や化粧でだいぶ印象を変えることができる。

脈絡もなく見城の脳裏に、杉谷淳子の顔が浮かんだ。

彼女はショートボブだ。少し手を加えれば、殺された石上のようなヘアスタイルにまとめられるのではないだろうか。

淳子は、友紀のパトロンが寺沢宗幸であることを最初はなかなか明かそうとしなかった。その理由は、一応、辻褄《つじつま》が合っている。しかし、疑おうと思えば、疑えなくもない。意地悪く考えれば、淳子は寺沢宗幸のスパイだったとも思えてくる。しかし、それは考えすぎだろう。

問題の彼女は、寺沢一成と血の繋がりのある人物らしい。淳子が一成の愛人だった気配もうかがえないし、血縁者という線も薄いだろう。

淳子を疑うとは、どうかしている。

見城は自分を窘《たしな》め、頭から淳子の残像を追い払った。

アルミバンは、いつしか大通りに出ていた。ビスタは、きっとアルミバンの後ろを走っているにちがいない。

数十分走ると、アルミバンはたびたび徐行運転をするようになった。外のざわめきも高い。走行距離と所要時間から割り出すと、用賀《ようが》ランプのあたりか。

やがて、アルミバンはスロープを登りはじめた。登りきると、にわかに速度をあげた。東名高速道路の下《くだ》り線か。

しばらく走ると、カーブが多くなった。

上り線は緩やかに蛇行している。やはり、下り線のようだ。

小一時間が経過したころ、アルミバンはＩＣ《インターチエンジ》から一般道路に降りた。御殿場《ごてんば》ＩＣか、沼津《ぬまづ》ＩＣだろう。アルミバンは時速五十キロ前後で、さらに走りつづけた。

見城は床に耳を押し当ててみた。

すぐ後ろに、一定した走行音が聞こえる。ビスタだろう。

ドライバーは男のように見えたが、女が男装していたとも考えられなくはない。男にしては、肩が細すぎるような気もしてきた。

アルミバンが幾度か右左折し、ゆっくりと停まった。少し後方で、別の車が停止した。

アルミバンのエンジンが切られた。

運転台から大貫と仲矢が降りた。見城は立ち上がって、左側の扉にへばりついた。荷室の扉が開かれたら、反撃に打って出るつもりだ。

閂《かんぬき》が外され、解錠された。

その瞬間、見城は扉を力任せに押し放った。扉が敵のどちらかを撥《は》ね飛ばした。砂利《じゃり》の上に倒れたのは、仲矢のようだ。

見城は横に跳《と》んで、右の扉に両手を掛けた。

ほとんど同時に、荷室に銃弾が撃ち込まれた。弾《たま》が見城の腰の横を掠《かす》め、金属壁に当たった。その跳弾が、反対側の壁と床を鳴らす。

「じたばたしないで、降りるんだっ」

大貫が喚《わめ》いた。庫内灯の淡い光が、二十センチほどの長さの消音器を鈍く照らしている。

フランスのユニーク社のサイレンサーだった。十個前後のゴムバッフルの間にスプリングが挟まれ、消音効果は高い。

拳銃はワルサーP5だった。全長十八センチで、弾倉《マガジン》には九ミリ弾が八発入る。予《あらかじ》め初弾を薬室《チャンバー》に送り込んでおけば、装弾数は九発だ。

見城は荷室から飛び降りた。

すぐ目の前に、倉庫のような建物があった。左右を見回しても、民家や工場はない。周囲は雑木林だった。闇《やみ》が濃かった。

「案外、やるな」

仲矢が薄く笑って、先に建物の中に入った。

電灯が点けられた。大貫がワルサーP5を無言で横に振った。

見城は小さく振り返った。

ちょうどビスタから、ドライバーが降りた。黒ずくめで、サングラスをかけている。中性的で、性別は判然としない。

「早く入るんだっ」

大貫が苛立《いらだ》った。背広の上に、黒革のロングコートを羽織っていた。

仲矢はセーターの上にフード付のダウンパーカを重ね着している。下は起毛《きもう》のチノクロスパンツだった。

見城は建物の中に入った。

何かの倉庫だったらしい。ところどころに支えの鉄柱があり、隅の方に段ボール箱が積み上げられている。空箱のようだった。

百畳ほどのスペースだ。

床はコンクリートの打ち放しだった。何カ所かに、油の染みがあった。フォークリフトから、オイルが漏れたのかもしれない。煤《すす》けた蛍光灯は弱々しく瞬《またた》いている。グローランプが故障し、地虫が鳴いているような音をたてている管もあった。

「少し遊んでやるか」

大貫が拳銃を仲矢に渡し、黒いレザーコートを脱いだ。コートは無造作に足許《あしもと》に落とされた。

近くで見ると、元SPの上半身は驚くほどに筋肉が発達していた。ことに肩、胸、二の腕《にのうで》の筋肉が厚く盛り上がっている。大貫はネクタイの結び目を緩めると、両手の関節をほぐした。SPは全員、柔道と剣道の有段者である。大貫も腕力には自信があるのだろう。

見城は自然体を崩さなかった。

早く特定の構えをとると、相手に次の技《わざ》を読まれてしまう。両手も、だらりと下げたままだった。

二人は睨《にら》み合った。

睨み合いは短かった。十秒も経《た》たないうちに、大貫が迫ってきた。駆け足だった。羆《ひぐま》が人間に襲いかかるような恰好《かっこう》だ。間合いが詰まった。

大貫は見城の右奥襟《みぎおくえり》を摑んで、払い腰か体落《たいお》としをかけてくる気か。あるいは、そう見せかけて、送り足払いか小内刈りを狙っているのか。

見城は、仲矢を素早く見た。四、五メートル離れた場所に立っていた。

銃口は見城に向けられている。

出入口の所には、サングラスをかけた性別不明の者がいた。体つきは女に近かった。

大貫の右腕が伸びてきた。

見城は左足を半歩退《ひ》き、右足を飛ばした。空気が揺らぐ。前蹴りは相手に届いた。だが、大貫が膝頭を合わせて完璧にブロックした。

見城は、ブルゾンの左襟をむんずと摑まれた。

相手から見れば、右襟ということになる。見城は右の正拳《せいけん》を繰《く》り出した。順突《じゅんづ》きだった。ボクシングのストレートに当たる基本的な突き技だ。手応えがあった。

大貫の鼻柱が重く鳴った。

だが、摑んだ襟を放そうとしない。引き込もうとしている。見城は腰を捻《ひね》って、今度は逆突《ぎゃくづ》きを見舞った。逆さまに構えた拳《こぶし》が相手の水月にめり込んだ。

大貫が呻く。わずかに腰が砕《くだ》けた。

見城は左肩を引くと同時に、振り猿臂《えんぴ》打《う》ちを大貫のこめかみに放った。肘当《ひじあ》ては、みごとに極《き》まった。大貫が腰を沈めながらも、見城の襟と袖を摑んだ。そのまま尻を落とした。捨て身の巴《とも》え投げだった。

見城は投げ飛ばされた。

横受け身で、衝撃を和らげる。痛みは、それほど強くなかった。半身を起こしたとき、大貫が背後から組みついてきた。

見城は顎《あご》を引き、脇を絞めた。上体を反らせて、左右の猿臂打ちを放つ。

大貫は短く呻いたが、離れなかった。荒い息を吐きながら、送り襟絞めに入った。固め技のうちでも、基礎的な絞め技だった。見城は凄《すさ》まじい力で絞めつけられた。顎の下に半《なか》ば潜《もぐ》っている大貫の右手は見城の左襟をしっかと摑み、左手は腋《わき》の下を潜《くぐ》って右襟に伸びていた。

見城は両脚で胴を挟まれ、踵《かかと》で内腿を強く押さえられていた。肘当ては空を打つばかりだった。焦《あせ》りを抑える。

「ずっとおんぶしてくれるのかな？」

大貫が揶揄《やゆ》して、体を左右に振った。

その揺れを利用し、見城は自ら横に転がった。固め技が緩んだ。

見城は振り向き、腕刀《わんとう》を一閃《いっせん》させた。

大貫が後ろに倒れる。見城は右の五本指の先を揃えて、鳥の嘴《くちばし》の型にした。鷲手《わしで》という特殊な技だ。

鷲手で大貫の喉と目を突き、別名、嘴突《しづ》きとも呼ばれている。見城は立ち上がった。

大貫も身を起こそうとした。

見城は二本貫手《ぬきて》で相手の両眼を突き、掌底《しょうてい》で顎を掬《すく》い上げた。大貫が仰向けに引っくり返った。後頭部を打ちつけ、長く呻いた。

見城は急《せ》かなかった。

大貫が両の瞼を押さえながら、よろよろと立ち上がった。

見城は反動をつけて飛び上がり、充分に引き寄せた右膝を一気に伸ばした。鋭角的な飛び蹴りは、秘中《ひちゅう》に極まった。喉笛のあたりだ。

見城は大貫が倒れる前に、中段回し蹴りを放った。

外さなかった。相手の骨と肉が軋《きし》んだ。

大貫は突風に吹き飛ばされたように横倒しに転がり、四肢《しし》を縮めた。

口から血の条《すじ》が垂れている。起き上がりかけたが、立てなかった。床に頽《くずお》れた。

一匹、片づけた。見城は仲矢に顔を向けた。

「ちょっと見直したぜ」

「陸自のレンジャー隊員崩れが、拳銃を使うのかっ。サバイバル・トレーニングで、素手による白兵戦《はくへいせん》をさんざん教え込まれただろうが」

「おれに勝てると思ってるのか。いいだろう、相手になってやろう」

仲矢が消音器付きの自動拳銃を性別不明のサングラスに渡し、まっすぐ歩いてくる。

歩きながら、小豆色のダウンパーカを脱いだ。闘牛士のようにパーカを左右に振って、喉の奥で低く笑った。

「茶目っ気があるな。それとも、余裕がある振りをしたかったのか?」

見城はせせら笑った。レザーブルゾンは脱がなかった。

仲矢がダウンパーカを宙に放った。水平に拡《ひろ》がったパーカは、鱏《えい》のように見えた。見城は身構えた。

仲矢が高く跳《と》ぶ。全身が発条《ばね》になっていた。恐るべき跳躍力だ。

見城は怯《ひる》まなかった。退《さ》がらない。

仲矢が宙で、前蹴りと横蹴りを見せた。デモンストレーションだった。着地し、仲矢はにやりとした。

動きは、実にしなやかだった。

若い草食獣を想《おも》わせた。脚《あし》は矢のように伸びきっていた。空手の蹴り技とは、明らかに型が異《こと》なった。

少林寺拳法や中国拳法でもない。インド拳法や韓国の跆拳道《テコンドー》でもなさそうだ。

見城は気持ちを引き締めた。

そのとき、仲矢が不意にスライディングした。見城は左の脛《すね》をキックされた。

強烈なキックだった。筋肉が痺《しび》れた。衝撃は骨まで響いた。

見城は前蹴りを返した。

風が湧き上がった。狙ったのは顎だった。空手では、三日月と呼ばれている急所だ。

蹴りは届きそうに見えた。

しかし、あっさり躱《かわ》されてしまった。仲矢が床で丸めた背をスピンさせ、足で払ったのだ。電光のような速さだった。

見城は体をふらつかせた。

倒れはしなかったが、仲矢が手強《てごわ》い相手であることを思い知らされた。これまで多くの男たちと素手で闘ってきたが、初めて体験する格闘術だった。

仲矢が肩口で支え、逆立《さかだ》ちのような恰好になった。

しかも、二本の長い脚はくねくねと旋回している。顔は自分の胸を覗き込む形だった。

見城は横蹴りと回し蹴りを放った。

どちらも払われた。すぐに右足刀《みぎそくとう》と右後ろ蹴りを見舞う。また、払われた。

仲矢が奇妙な逆立ちをしたまま、不敵に笑った。

見城は度肝《どぎも》を抜かれた。どうやら仲矢は、カポエイラを心得ているらしかった。

カポエイラは、ブラジルの黒人たちに古くから伝わる格闘技だ。舞踏めいた武術だが、蹴り技にはパワーがある。

遠い昔、アフリカから買われた奴隷《どれい》たちが編み出した武術だと言われている。

彼らは白人の農園主に重労働を強《し》いられ、夜は脱走防止の足枷《あしかせ》を嵌《は》められていたらしい。その足枷を武器にする目的で、さまざまな足技《あしわざ》が考え出されたという話だ。

仲矢が反動をつけて、宙返りした。着地は鮮やかだった。一歩もよろけなかった。

「カポエイラだな」

見城は言った。

「それだけじゃない。ムエタイ、合気道、サンボ、食鶴拳《しょっかくけん》なんかをミックスした新格闘術さ。おれが編み出したんだ」

「サンボは、旧ソ連の格闘技だったたな」

「ああ。旧ソ連は多民族国家だったからな。サンボは、百数十の民族の格闘術を搗《つ》き混ぜて、柔道やモンゴル相撲《ずもう》の技まで加味したやつさ」

「そいつは知ってる。グルジア（現・ジョージア）の関節技がメインなんだろ？」

「ああ」

「食鶴拳っていうのは？」

「こういうんだよ」

仲矢が平拳《ひらけん》をつくり、いきなり鳥のように高く舞った。平拳とは、五指の第二関節を曲げた拳のことだ。

見城は横に跳んだ。

一瞬、遅かった。打ち技が眉間《みけん》にヒットし、胸に飛び膝蹴りが入った。視界が揺れ、息が詰まった。肋骨《ろっこつ》も痛かった。

見城は尻《しり》から落ちそうになった。

その前に、仲矢に首をホールドされた。すぐに膝蹴りが鳩尾と下腹に埋まった。

見城は腹筋に力を込めていた。

腸《はらわた》の灼《や》け方は、それほどひどくなかった。見城は揚《あ》げ突きで相手の顎を砕き、逆拳突《ぎゃくけんづ》きを水月にめり込ませた。同時に、両脚でキックを封じた。

仲矢が呻いた。一瞬、動きが止まった。

反撃のチャンスだ。見城は仲矢の額に頭突きを喰《く》らわせ、右脚にタックルした。軸足《じくあし》を払う。

仲矢が後ろに倒れた。

見城は前のめりになったが、倒れなかった。七、八回、蹴り上げた。仲矢は毬《まり》のように転がり、大きなトンボを切った。

見城はダッシュした。

飛び蹴りは外されてしまった。着地した瞬間、脳に痛みを覚えた。仲矢のハイキックが、まともに霞《かすみ》に入っていた。こめかみの部分だ。

見城はコンクリートの床にぶっ倒れた。

反対側の側頭部を強打した。脳震盪《のうしんとう》を起こしたように、頭の中がハレーション状態になった。見城は俯《うつぶ》せにさせられ、両手首を腰のあたりで縛られた。中細の針金だった。

「殺すのは惜しい気もするがな」

仲矢が言って、見城を摑み起こした。

いつの間にか、大貫が近くに立っていた。口許に血がこびりついている。輪にした針金の束を持っていた。

「おれをどうやって殺す気なんだっ」

見城は怒鳴った。

二人の男は無言だった。見城は中央の鉄柱に針金で縛りつけられた。首から足首まで針金を巻かれた。

大貫と仲矢が空の段ボール箱を見城の周囲に円《まる》く積み上げた。円陣は三メートルほど離れていた。大貫が庫内の隅から、二つのポリタンクを持ってきた。

中身はガソリンだった。十リッター入りのタンクだろう。

仲矢がポリタンクのキャップを外し、段ボール箱の上にガソリンを振り撒《ま》きはじめた。

大貫は、残りのガソリンを見城の足許に流した。

油溜まりは玉虫色にぎらついている。

「おれを焼き殺す気だな」

見城は全身でもがいた。

しかし、縛《いまし》めは少しも緩まなかった。戦慄《せんりつ》が背中に貼りついた。思わず命乞《ご》いしそうになった。だが、見苦しいことはしたくない。見城は堪《こら》えた。

大貫がガソリンを吸った段ボール箱を一つだけ、外に蹴り出した。

仲矢がラッキーストライクに火を点けた。ふた口ほど喫《す》って、火の点いた煙草を蹴り出した段ボール箱の上に投げ落とした。

発火音が鈍く響き、瞬《また》く間に段ボール箱は炎に包まれた。

「こいつをそっちに蹴り込んだら、たちまち火の海になる」

大貫が残忍そうな笑みを拡げた。

そのとき、遠くでパトカーのサイレンの音がした。百面鬼が、こっそり追尾してきたのだろうか。

見城は、絶望の底に一条の光が射《さ》した気がした。大貫は仲矢と顔を見合わせ、燃え盛りはじめた段ボールを思うさま蹴った。

それは賽《さい》ころのように転がり、円い囲《かこ》いにぶち当たった。

すぐに炎が正面と左右の段ボールに燃え移った。炎は野火《のび》のように走った。

円形に積んだ段ボール箱にあらかた火が点くと、大貫と仲矢は外に走り出た。性別のはっきりしないサングラスの人物は、とうに姿を消していた。

サイレンは鳴り熄《や》まない。

「百《どう》さん、早く来てくれ！　おれは、チキンでも七面鳥《ターキー》でもないんだ」

見城は恐怖に体を強張らせながら、無意識に叫んでいた。

油溜まりに火が走ったら、一巻の終わりだ。里沙の顔が一瞬だけ脳裏で明滅した。後は何も思い浮かばなかった。

ここで、死ぬのか。

女もいない。花もない。別れを告げたい友もいない。ないない尽《づ》くしの最期《さいご》になるのか。忌々《いまいま》しかった。

「くそったれーっ」

見城は破れかぶれになって、声を限りに叫んだ。

ちょうどそのとき、誰かが駆け寄ってきた。

百面鬼ではない。なんと松丸勇介だった。松丸は赤い消火器を抱えていた。

「松ちゃんがどうして⁉」

「目をつぶっててください！」

松丸が消火器のノズルを炎に向けた。

白い噴霧《ふんむ》が勢いよく吐き出され、段ボール箱の火は次々に消えた。

油溜まりにも、白い泡が浮かんでいる。あたり一面、霧がかかったように白く霞んでいた。恐怖で目は閉じられなかった。見城は目を細めて、鎮火していく過程を眺めていた。

「間に合って、よかったっすよ」

松丸が消火器を投げ捨て、走り寄ってきた。

「なぜ、松ちゃんが？」

「おれ、夕方、三好邸の近所で電話盗聴中だったんすよ。そしたら、女社長が見城さんとこに電話した後、赤坂署の家弓と『エコマート』の寺沢宗幸に連絡とったんす」

「それで、おれの後を……」

「そうなんすよね。車に消火器を積んどいて、正解だったっす。時たま、電波探索装置がショートするんすよ。だから、一応、積んどいたんす」

「松ちゃん、あのサイレンは？」

見城は訊いた。

「あれは録音したものっす」

「そうか。松ちゃんは録音マニアだったたっけな」

「ええ。でも、おれ、情事の録音なんかしてないっすからね」

「わかってるって」

「いま、針金を切ります」

松丸は腰から万能ペンチを引き抜き、上から順番に針金を断ち切っていった。

「ここにいた奴らは？」

「二人の男はアルミバンに、サングラスをかけた女はビスタに乗って大慌《おおあわ》てで逃げていったっすよ」

「サングラスをかけてたのは、やっぱり女だったか」

見城は呟いた。

「ええ、女っすよ。走ってるとき、バストがゆさゆさ揺れてましたから」

「あの女が石上彰になりすまして、有森友紀を惨殺したのかもしれないな。髪の毛は、栗《くり》色がかってなかった？」

「そう言われてみると、ちょっと茶髪《ちゃぱつ》がかってましたね。おれ、ビスタのバンパーの陰に磁石式の電波発信器を取りつけておいたんっすよ」

「やるね、松ちゃん」

「いやあ」

松丸が照れた。

「ここはどこなんだい？」

「愛鷹山《あしたかやま》の麓《ふもと》っすよ。静岡県っす」

「それじゃ、アルミバンとビスタは沼津ＩＣ《インターチエンジ》から、ここまで走ってきたんだな」

「そうっす」

「よし、サングラスの女を追おう」

見城は、先に表に走り出た。

サイレンが夜のしじまを劈《つんざ》いている。松丸のワンボックスカーは、雑木林の中の細い道に突っ込んであった。

松丸が運転席に入り、録音テープを停めた。

見城は助手席に坐った。ダッシュボードの真下に、車輛《しやりよう》追跡装置があった。ディスプレイにはワンボックスカーの現在位置が示され、被尾行車の位置が発光ダイオードで明示されている。

「ビスタは、まだ二キロちょっとしか離れてないっすね。すぐ追いつくっすよ」

「こいつは十キロまでカバーできる機種だったよな?」

「そうっす。六百万円出すと、基地レーダーシステムの三十五キロ圏内がカバーできるのがあるんっすけどね。追跡や尾行が商売ってわけじゃないっすから」

松丸がそう言って、車を走らせはじめた。

数分、山道を走った。ところどころ未舗装だった。県道に出ると、松丸は車を富士市《ふじ》の方向に走らせはじめた。

愛鷹山の山裾を走りはじめて間《ま》もなく、見覚えのあるビスタが視界に入ってきた。

「あの車だな」

見城は小声で言った。松丸が黙ってうなずき、慎重に尾《つ》けていった。

ビスタは愛鷹山の南西側に回り込むと、山の中に入っていった。標高八百メートル前後のあたりから、山道はだんだん険《けわ》しくなった。

道の下は深い谷になっている。崖《がけ》っぷちには、低いガードレールがあるきりだ。

ビスタが停まったのは中腹の切り通しだった。

松丸が切り通しの手前で車を停めた。すぐにエンジンを切る。

「何か捨てに来たような感じっすね?」

「松ちゃんは、ここで待っててくれ」

見城は言い、車を降りた。

山の夜気《やき》は針のように棘々《とげとげ》しかった。見城は切り通しの陰に走り入り、ビスタに視線を投げた。女はトランクリッドをオープナーで開け、運転席から降りた。サングラスは外していた。黒い革手袋を嵌《は》めている。

女がトランクの後ろに立ち止まった。

見城は一気に山道を駆け登った。女が振り返った。見城は問いかけた。

「何をしてるんだ？」

「なんでもないわ。ごみを捨てようと思っただけよ」

女が狼狽《ろうばい》し、慌《あわ》ててトランクリッドを閉めようとした。

見城はトランクリッドを手で押さえた。トランクルームの中には、毛布にくるまった人間らしいものが横たわっていた。

見城は手を伸ばした。すると、女が高く言った。

「触《さわ》らないで。他人《ひと》の物に勝手に触らないでよっ」

「見られたくないものを積んでるようだな」

見城は毛布を捲《めく》った。

全身が竦みそうになった。現われたのは、寺沢一成の顔だった。首に白い樹脂製の結束バンドが幾重《いくえ》にも巻きついている。

『エコマート』の会長は両眼を剝《む》き、舌の先を覗かせている。呼吸はしていなかった。

「そっちが殺したんだなっ」

「知らないわ」

女が首を横に振って、山道を下《くだ》りはじめた。

すぐに足音が熄《や》んだ。下から松丸が上がってくる。

見城は大股で女に近づき、その腕を摑んだ。ポケットを探《さぐ》ると、運転免許証があった。

ライターの炎で、運転免許証の文字を読む。

女は荻野《おぎの》瞳《ひとみ》という名だった。二十二歳で、現住所は愛知県名古屋市内になっていた。

瞳は逃げようとしなかった。松丸が、瞳のかたわらにたたずんだ。

「寺沢一成とは、どういう間柄なんだ？」

見城は瞳の運転免許証をブルゾンの右ポケットに入れ、穏やかに訊いた。

「娘よ。認知はしてもらえなかったけど、わたしは寺沢一成の子なのっ。あんな冷血な男の娘になんかなりたくなかったわ」

「冷血？」

「そうよ。寺沢はね、結婚に失敗して東京の料亭で仲居をやってた母さんを妊娠させて、手切れ金も養育費も一銭も出さなかったのよ。母さんは苦労しながら、わたしを育ててくれたわ」

「その話は嘘《うそ》じゃないんだな」

「当ったり前でしょ！」

瞳が怒って、見城の手を振り払った。しかし、逃げようとはしなかった。

「悪かった。話をつづけてくれないか」

「母さんはわたしを普通の家庭の女の子のように育てたくて、昼も夜も働いてくれたのよ。おかげで、わたしは短大まで行かせてもらえた。だけど、母さんは腎不全になっちゃって、いまは人工透析を受けてるの。それに、肺癌《はいがん》にも……」

「それで？」

「悪いことに、わたしの勤めてた会社が不況で倒産しちゃったの。仕方ないから、わたしはスナックのホステスになったわけ。それでも、母さんの入院治療費は払いきれなかった」

「そんなことで不本意ながら、寺沢一成に相談に出かけたんだな？」

見城は問いかけ、ロングピースに火を点けた。

「ええ、そうよ。だけど、寺沢は母さんの男関係が乱れてたとか何とか言って、わたしのこと、誰の子かわかったもんじゃないって。死ぬほど厭《いや》なことだけど、寺沢とわたしはよく似てるはずよ」

「ああ、似てるな。目のあたりなんか、そっくりだ」

「血は繋がってても、寺沢なんか赤の他人と同じよ。ううん、違うわ。殺したいほど憎しみを感じてた敵ね」

「きみが石上彰を誘って、ユーノス・ロードスターで江戸川のモーテルに乗りつけたんだな。そして、石上になりすまして、赤坂ロイヤルホテルで有森友紀を殺した。そうだなっ」

「関係のない人なんか殺したくなかったんだけど、それが寺沢の養子の出した条件だったのよ。寺沢宗幸は有森友紀と寺沢一成を殺したら、現金で三億円くれるって約束してくれたの。それだけあれば、もう永《なが》くは生きられない母さんに思いっきり贅沢《ぜいたく》な暮らしをさせてあげることができるじゃないの。それだから、わたし、二人を殺すことをオーケーしたのよ。寺沢一成は三億円に関係なく殺したいと思ってたから、少しも抵抗はなかったわ」

「で、金は貰ったのか？」

「ううん、まだよ。明日、貰えることになってるの」

瞳が言った。見城は短くなった煙草を足許に落とし、靴の底で踏み潰《つぶ》した。

「きみは寺沢宗幸に利用されたようだな。おそらく『エコマート』の社長は、最初っから金なんか払う気はなかったんだろう」

「でも、ちゃんと誓約書も……」

「そんなものは、たいした意味はないんだ。宗幸は実の父親を寺沢一成に殺されたようなんだよ。詳しいことはわからないが、それは事実だろう」

「そんなことは、ひと言も喋らなかったわ。ただ、寺沢一成の実の子ではないとは言ってたけどね」

「寺沢宗幸は養父の弱みを押さえて、その切札を愛人の有森友紀に預けてあったと考えられる。友紀は宗幸から映画の製作費五億円を引き出せないとわかると、その切札で先に一成から金を強請《ゆす》ることを思いついた」

「えっ、そんな話も全然……」

「宗幸が、それを打ち明けるわけないさ。奴は、養父を実の娘であるきみに殺させることを考えてたわけだからな。友紀が脅迫者になったんで、宗幸はやむなく彼女を抹殺することにした。養父に自分の背信行為がわかってしまったら、逆に彼自身が始末される恐れがあるからな」

「寺沢宗幸の狙いは、本当は親の仇討ちだけだったの？」

「それだけじゃないだろうな。『エコマート』を早く自分のものにしたかったんだろう」

「ひどい奴。赦《ゆる》せないわ。わたし、警察で洗いざらい喋ってやる」

瞳が声が荒《すさ》ませ、車のエンジンを切らせてほしいと言った。見城はうなずいた。

瞳がビスタの運転席に半身を突っ込んだ。

荻野瞳に警察に行かれたら、寺沢宗幸を強請れなくなる。瞳をどこかに二、三日、軟禁しておくか。見城は密かに思った。

突然、松丸が短い声をあげた。

見城は振り向いた。瞳が両手で、トカレフを握っていた。

「大貫か、仲矢に渡されたらしいな。扱い馴《な》れない物をいじると、自分の指が吹っ飛ぶことになるぞ」

「二人とも退《さ》がって。早く！」

「本気なのか？」

見城は笑いかけた。

そのとき、瞳が引き金《トリガー》を絞った。重い銃声が轟《とどろ》いた。放たれた銃弾は、見城と松丸の間を疾駆《しっく》していった。

「松ちゃん、とりあえず後退しよう」

見城は盗聴器ハンターに声をかけ、後ずさりしはじめた。松丸も退《さ》がった。

「もっと退がって！　早くしないと、撃つわよ。どうせ捕まったら、わたしは死刑になるんだから、何人だって殺してやるわ」

瞳が喚《わめ》いた。見城たちは前を向いたまま、さらに山道を下《くだ》った。

二十数メートル離れたときだった。

ビスタが凄まじい爆発音を発し、勢いよく爆《は》ぜた。爆風に噴き飛ばされた瞳は切り通しの斜面に叩きつけられ、炎上するビスタの上に撥《は》ね返された。

その瞬間、二度目の爆発が起こった。

赤い閃光《せんこう》が、あたりを明るませた。地べたに噴き飛ばされた瞳は、肉の塊《かたまり》と化していた。片腕と片脚がなかった。首も千切れかけている。赤い炎が衣服と皮膚を焦《こ》がしはじめた。

手のつけようがなかった。

トランクリッドはひしゃげ、寺沢一成の死体は崖下で黒焦《くろこ》げになっていた。

「なんてことに……」

松丸の声は震えを帯びていた。

「車に時限爆破装置が仕掛けられてたんだよ」

「それじゃ、寺沢宗幸は最初っから、用済みになった瞳って娘《こ》を殺す気だったんすね」

「そうにちがいない」

見城は言った。

「赦《ゆる》しがたい悪党っすね」

「ああ。たっぷりいたぶってやらなきゃな。荻野瞳の告白を録音しときゃよかった」

「一応、こいつを回しといたんすよ。使えるんだったら、使ってください」

松丸が革ジャケットの右ポケットから、小型録音機を摑み出した。手帳ほどの大きさだった。

「やるなあ、松ちゃんも」

見城は瞳の亡骸《なきがら》に短く合掌し、ワンボックスカーに引き返しはじめた。

松丸が追ってきて、見城のブルゾンのポケットにマイクロカセットを滑り込ませた。無言だった。

4

裸身の震えが熄《や》んだ。

見城は杉谷淳子の唇をついばんでから、ゆっくりと体を離した。自宅マンションの寝室だった。昼下がりである。

荻野瞳が爆殺されたのは二週間前だった。静岡県警捜査一課は地元署に捜査本部を設置したが、捜査は難航しているようだ。

「あなたのおかげで、男性恐怖症が治ったみたい」

淳子が言って、見城の肩口に熱い唇を押し当てた。情感のこもったキスだった。

「おれも、少しはいいことをしたのかな」

「少しどころではありません。あなたは大恩人よ。感謝しています」

「もう話題を変えよう」

見城は照れて、煙草をくわえた。

「サスケとは別れることにしました。動物愛護協会に引き取ってもらうつもりなの」

「そのほうがいいな」

「でも、ちょっと心配なの。サスケは自分を人間と思ってるみたいだから」

「悪い癖をつけちゃったな」

「ええ、そうね。あの子には済まないことをしたと思っています。でも、サスケを受け入れたのは、ほんの数回なの。シンボルをいたずらしたことは、たくさんあるけど」

淳子の声には、羞恥心《しゅうちしん》が感じられた。

「やっぱり、人間のオスのほうがよかったろう?」

「ええ、何百倍も」

「それなら、もう安心だ」

見城は淳子の頭を撫で、灰皿にロングピースの灰を落とした。

「でも、男性が怖くなったら、また会ってくれます?」

「こっちは、いつだって大歓迎だよ」

「嬉しいわ。それはそうと、わたしが持ってきた六巻の録音テープ、何かに役立ちそうですか?」

淳子が訊いた。彼女は一時間あまり前、有森友紀がOL時代の友人に預けてあったテープを届けてくれたのである。

六巻のテープには、寺沢一成の脅し文句が吹き込まれていた。脅迫されているのは、一流のアパレルメーカーや製靴会社などの重役だった。

寺沢一成は大貫や仲矢に集めさせた企業の弱みをちらつかせながら、相手方に新製品を安値で大量に回せと迫っていた。養父に同行した寺沢宗幸が密かに録音した音声にちがいなかった。

宗幸は脅迫音声を切札にして、最初は養父の会社を乗っ取る気でいたようだ。そして、脅迫の材料を愛人の友紀に預けておいた。友紀が、それを悪用したということだろう。

「大いに役立ちそうだよ」

「それはよかったわ。見城さん、寺沢宗幸を懲《こ》らしめてやって」

「もちろん、そうするつもりだよ」

見城は煙草の火を消した。

淳子が横向きになって、ナイトテーブルの上から自分の腕時計を抓《つま》み上げた。

「あら、もうじき午後一時ね。二時半から、日東テレビで冬木透のドラマのリハーサルがあるの」

「それじゃ、そろそろシャワーを浴びたほうがいいな」

見城は淳子の尻を軽く叩いた。

淳子がベッドを降り、浴室に向かった。くりくりと動く引き締まったヒップが愛らしかった。見城はトランクスを穿《は》き、スウェットウェアの上下を身につけた。

淳子が慌《あわ》ただしく部屋を出ていったのは数十分後だった。

見城はリビングソファに坐って、荻野瞳の告白テープからダビングしはじめた。

次に、麻美と家弓の秘密音声を複製した。淳子が持ってきてくれた寺沢一成の脅迫テープもダビングした。

マザーテープをひとまとめにして、机の引き出しに保管する。鍵《かぎ》付きの引き出しだった。

スチールデスクから離れかけたとき、固定電話が鳴った。電話をかけてきたのは、有坂佐世だった。

「ああ、やっと摑まったわ。何度も電話をして、二度ほどマンションに行ったのよ」

「それは申し訳なかった。本業の調査の仕事が忙しくってね」

「今夜、お注射してもらえる？」

「あいにく仕事があるんですよ」

「いつなら、応診してもらえるの？」

「一週間か十日先なら、体が空くと思うが……」

見城は返事をぼかした。

「もしかしたら、あなた、わたしを避けてるんじゃない？」

「避ける？」

「ある男に昔、体臭が強いって言われたことがあるの」

佐世が突っかかるように言った。

「そう感じたことはないな。いい香りがしますよ、花のようなね」

「本当に？　どんな花？」

「ラヴェンダーに近い香りかな。とにかく、何度も嗅《か》ぎたくなるような匂いだよ」

見城は、しどろもどろに答えた。口が裂けても、体臭が気になるなどとは言えない。お客さまは神さまだ。大事にしなければならない。

「それなら、リクエストに応えてもらえるのね？」

「もちろんですよ」

「それじゃ、電話ちょうだいね」

佐世が先に電話を切った。見城は受話器を置いた。インターフォンが鳴ったのは数秒後だった。

壁に掛かった受話器を取ると、百面鬼の声が響いてきた。

見城はダビングしたテープを片づけてから、スキンヘッドのやくざ刑事をリビングルームに通した。きのう、寺沢一成の過去を洗ってくれと頼んでおいたのだ。

「なんか女臭《くせ》えな。見城ちゃん、誰か引っ張り込んでたんじゃねえの？」

「練馬の未亡人の匂いが、百《どう》さんの鼻先か指についてんじゃないのか？」

「えっ、そうかな」

百面鬼が太い指を鼻先に持っていきながら、ソファに腰かけた。見城も向かい合う場所に坐った。

「調査のほうは？」

「寺沢一成が二十七年前に宗幸の実父の畑宗市郎《そういちろう》を槍ケ岳《やりがたけ》の崖から突き落としたのは、間違いねえと思うよ。地元署は、単なる転落死として処理してるがな」

「殺しの動機は？」

「その当時、寺沢と畑は群馬の前橋《まえばし》市で食品会社を経営してたんだが、会社は赤字状態だったんだ。そんなこともあったからだろうけど、二人はお互いに相手を受取人にして高額の生命保険金をかけてたんだよ。額は二千万円だ」

百面鬼がそう言い、愛煙しているシガリロをくわえた。

「二十七年前の二千万円なら、いまだと三、四億円だろうか」

「もっと多いかもしれねえぜ。とにかく寺沢は保険金を受け取って、会社の再建に乗り出した。そして一年後に畑の未亡人の千代《ちよ》を女房にし、連れ子の宗幸も自分の籍に入れた」

「畑千代が共犯者《レツ》だった可能性は？」

見城は訊《たず》ねた。

「関係者の話によると、その可能性は低いな。ただ、独身時代の寺沢が畑千代に横恋慕《よこれんぼ》してたような気配はあったらしいよ」

「それなら、宗幸は寺沢一成と千代の間にできた子ということも考えられるんじゃないかな」

「おれも見城ちゃんと同じことを考えたんで、三人の血液型なんかを検《しら》べてみたんだよ。その結果、宗幸は寺沢一成の子ではないことがはっきりした」

「そうだったのか」

「寺沢一成は保険金で事業の建て直しを図ったんだが、二年後に食品会社は潰《つぶ》れちまったんだ。負債を抱えた一成はペーパー商法で詐欺《さぎ》まがいのことをやって、荒稼ぎしたんだよ」

「検挙歴は？」

「一度、地検に送致されてる。でもな、証拠不十分で詐欺罪は成立しなかったんだ。それで寺沢一成は危《ヤバ》いと感じたらしく、ペーパー詐欺商法はすぐにやめた。で、ディスカウントショップの一号店を高崎《たかさき》市内でオープンさせたってわけだ」

百面鬼がシガリロの火を消した。

「そのころから、寺沢一成は何か後ろ暗いことをしてたんじゃないだろうか」

「当《ビン》たり《ゴ》だ！　一成は故買屋《こばいや》や倉庫荒らしのグループから、盗品を安く仕入れて売ってたんだよ。おかげで商売は繁盛して、次々に店舗が増えていった。しかし、そういった闇稼業の奴らといつまでもつき合ってると、いずれ身の破滅を招くことになる」

「で、自分で各種メーカーのスキャンダルを握って、商品を安く卸させるようになったわけか」

見城は低く呟き、煙草に火を点けた。

「まあ、寺沢一成が殺されても仕方ねえよな。実の娘に絞殺されたのは、ちょっと哀れだがね」

「自業自得さ」

「それは、その通りだ。ただ、宗幸が養父を亡《な》き者にしたいって気持ちは、なんかわかるよな」

「ああ、少しは同情の余地がある。しかし、やり方が気に喰わない。てめえはちっとも手を汚さないで、他人《ひと》を利用して復讐を果たしてる。そのやり方がね」

「しかも、荻野瞳には一銭もやらずに殺しちまった。確かに汚ねえ野郎だな」

百面鬼が唸るように言った。

「おれは、寺沢宗幸に荻野瞳の香典を出させるつもりだよ。それから、石上彰の永代供養《えいたいくよう》料《りよう》もね。三億円ずつ出させてやる」

「で、見城ちゃんの取り分は？」

「今回は、口止め料はせしめる気はないんだ」

見城は煙草の火を消して、はっきりと言った。予防線を張る気持ちが強かった。

しかし、ほんの少しだが、そうしてもいいという心持ちになっていた。麻美の淫らなネガフィルムは、まだ手許《てもと》にある。

戯れ相手のパトロンが死んだとはいえ、独身の彼女にはスキャンダル写真であることに変わりはない。一千万円や二千万円は強請れるだろう。

「見城ちゃん、似合わないことを言うなよ。いったい、いつから怪傑ゾロになったんだい？」

百面鬼が茶化した。

「別に義賊を気取ってるわけじゃないんだ。ただ、いつものようにビジネスライクに銭を寄せることに、ちょっと抵抗があってね」

「見城ちゃん、肚《はら》の探《さぐ》り合いとか駆け引きはやめようや。おれは何も獲物の肩肉や胸肉を貪《むさぼ》る気はねえんだ。いつものように脛肉《すねにく》でもお裾分けしてくれりゃ、御の字なんだよ。ハイエナの分《ぶん》は弁《わきま》えてるって」

「わかってるよ、百《どう》さんの気持ちは」

「だったら、二人で手を組んで、しこたま寄せようや」

「とにかく、向こうの出方を探《さぐ》ってみるよ。出方次第じゃ、骨までしゃぶり尽くす気になるかもしれないな」

見城は言った。本気だった。

「そうこなくっちゃ。それでこそ、見城ちゃんだ」

「煽《おだ》てても、いまはげっぷぐらいしか出ない。それより、今回の調査の謝礼を払わなきゃな」

「いいってことよ。たいして実費がかかったわけじゃねえんだ。いずれ分け前にありつけるだろうから、どうってことねえさ。それじゃ、また会おうや」

百面鬼が腰を上げ、玄関に向かった。

見城は一服してから、『エコマート』の本社に電話をかけた。寺沢一成の社葬は、午前中に執《と》り行われたはずだ。

電話は、ほどなく寺沢宗幸に回された。

「そこは会長室かい？　それとも、養父の初七日までは社長室にいる気なのかな？」

「誰なんだね？　もしかしたら、見城豪では……」

「ああ、そうだ。この音声を聴いてくれ」

見城はテープレコーダーの再生ボタンを押した。

荻野瞳の告白音声だ。音量を高め、受話器をスピーカーに近づける。

音声が途絶《とだ》えると、電話の向こうから寺沢宗幸の嘆き声が流れてきた。

「なんてことなんだ」

「この録音音声のほかに、あんたの陰謀を暴《あば》く材料をいろいろ持ってる。二人の死者の代理人として、あんたに会いたいんだよ」

「二人とは？」

「荻野瞳と石上彰だ。瞳に渡すことになっていた三億円の報酬、石上彰の永代供養料三億円、そして迷惑料として一億貰う。預金小切手は三枚にしてくれ」

見城は言った。宗幸の声を耳にしたとたん、腹の底から憤《いきどお》りが湧いてきたのだ。きれいごとで済ませる気は完全に失《う》せていた。

「つまり、さっきの音声などを七億円で買えということか？」

「そうだ。あんたが出し惜しみをするようなら、手錠を打つことになるぜ」

「わかった。預金小切手は用意しよう。それで、受け渡しの場所は？」

宗幸が早口で訊いた。

「預手《よて》は、桜田門の真ん前で受け取る」

「警視庁の本部庁舎の前で⁉」

「そうだ。あそこなら、大貫や仲矢、それから家弓も下手なことはできないだろうからな」

「悪賢い男だ」

「それは、あんただろうが。三枚の小切手は三好麻美に持ってきてもらう。いいな！」

「わかった。それで、時間は？」

「午後三時にしよう」

見城は電話を切った。

ダビングテープを書類袋に入れ、すぐに着替えをした。見城はいったん地下駐車場に降りたが、ローバーには乗らなかった。警視庁に着く前に、敵に奇襲される恐れもあったからだ。

見城はスロープを駆け上がり、通り合わせた空車に片手を挙げた。

二時十三分過ぎだった。桜田門までは三十分もかからない。早目に部屋を出たのは、受け渡し場所の周辺をチェックしておきたかったのだ。

タクシーが本部庁舎の脇に達したのは、二時三十七分過ぎだった。

見城は本部庁舎を三周してもらった。不審な人影はなかった。本部庁舎の外れでタクシーを降り、三時ぎりぎりまで動かなかった。

本部庁舎の玄関前に立ったのは三時二分過ぎだった。麻美の姿はなかった。

不吉な予感が胸を掠《かす》めた。

十分が過ぎた。依然として、麻美は現われない。

見城は地下鉄の桜田門駅まで走り、公衆電話を目で探した。改札口のそばにあった。

テレフォンカードを使って、寺沢宗幸に電話をする。スリーコールで、通話可能状態になった。

「どういうつもりなんだっ」

「帆足里沙さんの部屋に、うちの渉外部の者がお邪魔させてもらったよ」

「やっぱり、そうだったか」

「大貫と仲矢に紳士的に振る舞えと釘《くぎ》をさしておいたから、きみの大事な女性に妙なことはしないと思うがね」

「里沙におかしなことをしたら、てめえら全員を地獄に送ってやる！」

見城は息巻いた。

「友紀に買ってやった下田のリゾートマンションから、よく海が見えるんだ。一緒に夜の海でも眺めながら、人生について語り合いましょうよ」

「録音音声はくれてやる。人質をすぐに解放してやってくれ」

「帆足さんは、もう大貫たちと下田に向かってるんですよ。お疑いなら、大貫の運転しているベンツのカーフォンのナンバーをお教えするが……」

寺沢宗幸が勝ち誇ったような笑いを響かせた。

「おれは、どうすりゃいい？」

「科学技術庁の前で、少しお待ちください。三時半には、迎えの車をやりますから。それじゃ、下田でお目にかかりましょう」

「どこまでも汚ねえ野郎だ」

見城は毒づいて、受話器をフックに叩きつけた。

警察庁合同庁舎の前を抜け、外務省を大きく回り込んで、科学技術庁の前に出た。

五分ほど待つと、シルバーグレイのメルセデス・ベンツが音もなく近づいてきた。ステアリングを握っているのは、家弓だった。マイカーだろう。

見城は車体を蹴りつけた。助手席のドアがへこんだ。

家弓が怒った顔つきになった。だが、黙って助手席のドアを開けた。

「贅沢な覆面《メン》パトに乗ってるな」

見城は厭味《いやみ》を言って、助手席に坐った。

家弓が結束バンドで、見城の両手首を縛った。見城は逆《さか》らわなかった。家弓を人質に取っても、敵は里沙を自由にはしないだろう。テープの入った書類袋は腿《もも》の間に挟んで、頑固に渡さなかった。

家弓が鼻先で笑って、車を発進させた。

首都高速から東名高速道路の大井松田《おおいまつだ》IC《インターチエンジ》まで走り、小田原《おだわら》に出た。国道一三五号線を東伊豆《ひがしいず》に沿って、ひたすら南下した。

それでも下田に到着したのは、およそ二時間半後だった。

寺沢宗幸が友紀に買い与えた南欧風のリゾートマンションは、須崎《すざき》半島の先端近くにあった。下田湾の東側だ。そう遠くない場所に、須崎《すざき》御用邸がある。

ルーフバルコニーのある十一階建てだった。外壁は白い漆喰《しっくい》で、各戸の小屋根には青いスペイン瓦《がわら》が載っていた。地中海か、スペイン沿岸にいるような気分にさせられる。

家弓は来客用の駐車場にベンツを入れた。

連れ込まれたのは十階の角部屋だった。間取りは2LDKだが、各室が広い。優に百平方メートル以上はあるだろう。

寺沢宗幸は居間にいた。

総革張りのオットマンに両脚を投げ出して腰かけ、ブランデーを傾けていた。里沙はソファに坐らされていた。裸ではなかった。きちんと服を着ていた。

里沙のそばに、大貫と仲矢が立っている。大貫は先日と同じように、消音器を嚙《か》ませたワルサーP5を握っていた。

「この野郎、早く渡せ！」

家弓が見城の手から書類袋を奪い、強く背を押した。

見城は両手首を縛られたままだった。よろけて、里沙の近くのソファに倒れた。すぐに里沙が寄ってきた。

「大丈夫？」

「ああ。里沙まで巻き添えにしてしまったな。ごめん！」

見城は詫び、すぐに小声で訊いた。

「何か不愉快なことをされなかったか？」

「ううん、特に何も」

「それは不幸中の幸いだった」

「ここにいる連中は？」

「冷酷な殺人鬼とその手下さ」

「それじゃ、有森友紀の事件の……」

「犯人どもさ。有森友紀、石上彰、寺沢一成、荻野瞳の四人を葬らせたのは、そこでブランデーを啜《すす》ってる野郎だ。『エコマート』の社長だよ。近く会長になるようだがな」

「あんなに真面目そうな顔をした男が⁉」

里沙が意外そうな表情で、改めて寺沢宗幸を見た。

寺沢はイヤフォンを耳に当て、録音音声を聴きはじめていた。家弓は、そのそばにたたずんでいる。下僕《げぼく》のように卑屈な笑みを浮かべていた。

「あんた、運の強い男だな」

仲矢が言いながら、近寄ってきた。

無防備に見えるが、一分《いちぶ》の隙もない。大貫が保持しているワルサーP5のスライドは、すでに引かれていた。迂闊《うかつ》には反撃できない。見城は黙って仲矢を睨《ね》めつけた。

「そんなにおっかない面《つら》するなよ」

「あれだけの格闘術を身につけながら、売れ残り品屋《アウトレット》のいじけた番犬にしかなれなかったのかっ。どんなに強くても、プライドを大事にしない野郎は漢《おとこ》じゃない」

「言ってくれるじゃねえか」

仲矢が薄い唇を歪《ゆが》め、不意に右腕を泳がせた。空気が唸った。

見城は強烈なフックを頬に喰らって、ソファの上に横倒しに転がった。

「やめて」

里沙が見城を両手で庇った。

「女は黙ってろ」

「殴るなら、わたしを殴りなさいよ」

「カッコつけるなっ」

仲矢がいきり立ち、里沙の髪を引っ摑んだ。そのまま床に引き転がす。

見城は立ち上がりざまに、仲矢の腹に頭突きを浴びせた。すかさず縛られた両拳で仲矢の顎を掬《すく》い、前蹴りを放つ。蹴りは金的《きんてき》を直撃した。仲矢がうずくまる。

見城は跳《と》んだ。

大貫に横蹴りを見舞う。大貫が体をふらつかせた。かすかな発射音がした。暴発だった。銃弾はシャンデリアのスモールライトを撃ち抜いた。

見城は回し蹴りを放った。ハイキックだった。

蹴りは大貫の首を捉《とら》えた。重い音がした。大貫が棒のように倒れた。拳銃が床に落ちる。

「里沙、拳銃を拾ってくれ」

見城は頼んだ。

　里沙が床を這《は》った。拳銃に片手を伸ばしたとき、見城の後ろで撃鉄《ハンマー》を搔き起こす音がした。

「二人とも動くな」

　家弓が大声を発した。

　里沙が泣き出しそうな顔を向けてくる。見城は、目で謝った。自分の力のなさが情けない。

「見城も女も腹這いになれ！」

　家弓が命じた。

　見城と里沙は抗《あらが》えなかった。仲矢に背を押さえられ、見城は先に首の後ろに注射針を突き立てられた。

「毒物じゃないから、安心しな」

　仲矢が言って、里沙の背を膝頭で押さえつけた。同じ箇所に注射針を刺した。おそらく麻酔注射だろう。

　見城は、そう直感した。

　数十秒経《た》つと、全身が痺《しび》れはじめた。目も霞んできた。そうこうしているうちに、急激に意識が混濁した。

それから、どれほどの時間が経過したのか。

見城は風の音で、ふと我に返った。疾走する高速モーターボートの操縦席に坐らされていた。夜の海だった。

シートに縛られていた。縛《いまし》めは針金だ。両手は、後ろ手に結束バンドで縛られている。両方の足首には、ボウリングボールほどの大きさの鉄球を括《くく》りつけられていた。重かった。

助手席には、里沙が坐っている。

まだ意識を取り戻していなかった。見城と同じ方法で、体の自由を奪われている。

二人は波飛沫《なみしぶき》を浴びて、全身ずぶ濡れだった。寒かった。唇は震え通しだ。

高速ボートは、海蝕洞《かいしょくどう》に向かって走っていた。

崖の型に見覚えがあった。石廊崎《いろうざき》の磯《いそ》だった。どの岩も尖《とが》っている。

伊豆半島の最南端で、相模《さがみ》湾と駿河《するが》湾を東西に分ける岬だ。

突端に、白い灯台が見える。複雑に入り組んだ断崖を太平洋の荒波が洗っていた。砕け散る飛沫が夜目《よめ》にも白い。

風防シートの内側に、導火線の付いたダイナマイトが固定されている。

導火線は、もう七、八センチの長さだ。煙を吐いていた。

「里沙、目を覚《さ》ませ！　里沙、起きるんだっ」

見城は大声を張り上げながら、上半身を必死に揺った。

だが、針金はほとんど緩《ゆる》まない。焦躁感《しょうそうかん》が胸を嚙む。頭が混乱しそうだった。

見城は深く息を吸って、ゆっくりと吐き出した。いくらか動揺が鎮《しず》まった。

里沙が長く唸って、意識を取り戻した。火の点いた導火線に気づき、彼女はパニックに陥りそうになった。その顔は引き攣《つ》っていた。

「里沙、落ち着くんだ。全身でもがいて、少しでも針金を緩めてくれ」

見城は言って、自分も渾身《こんしん》の力を込めた。

何度か同じことを繰り返すと、肩口と胸がステアリングホイールに届きそうになった。できるだけ前屈《かが》みになる。辛《かろ》うじて肩の先がホイールに触《ふ》れた。

だが、ホイールを動かすことはできない。

「導火線が、導火線が！」

里沙が切迫した声をあげた。

見城は弾みをつけながら、幾度も腰を浮かせようと試みた。十数度目に、わずかに尻がシートから離れた。

導火線は三センチほどに縮まっていた。

見城は口の中に唾液を溜めはじめた。いくらも溜まらない。もどかしかった。それでも、諦《あきら》めなかった。わずかずつだが、量が増えた。

ようやく少し舌の上に唾が溜まった。

見城は気合とともに、立ち上がった。何本かの針金が切れた。尻が十センチほど浮いた。絶望感が消えた。

見城は体を左に傾け、首をいっぱいに伸ばした。届きそうだ。数秒後、やっと届いた。

導火線をくわえる。

熱かった。それこそ口の中が火事になったようだ。見城は懸命に堪《こら》えた。脂汗《あぶらあせ》が噴き出す。舌が焼けている。上顎の肉も焦げているにちがいない。

見城は唸りながら、舌と上顎の肉で導火線を圧迫しつづけた。

一分ほど過ぎたころ、ようやく火が消えた。ひとまず安堵《あんど》する。

「見城さん、危ない！」

里沙が切迫した声で告《つ》げた。

断崖と荒磯が眼前に迫っていた。

あと四、五十メートルだ。スピードは落ちない。何か細工してあるにちがいなかった。

見城は胸と肩を使って、ステアリングを右に切った。

動いた。重かったが、なんとか回った。

高速モーターボートは岩の十数メートル手前で、大きく旋回した。飛沫の塊《かたまり》が、顔面にぶち当たる。氷水のように冷たかった。

モーターボートはUターンし、着実に沖に向かっていた。

磯の岩陰から、赤い物体が飛んできた。銃弾だった。銃声は聞こえなかった。たてつづけに、三発放たれた。

「できるだけ頭を下げててくれ」

見城はステアリングを操《あやつ》りながら、必死に縛《いまし》めを緩めた。また、何本かの針金が千切れた。

銃声が熄《や》んだ。

はるか前方に、漁火《いさりび》が見える。怪しい船影は近づいてこない。

もがいているうちに、見城はシートから体を離せるようになった。後ろ向きになってセレクターを後進《アスターン》に入れた。

スクリューが反転し、急速にスピードが落ちた。見城は素早くエンジンを切った。

モーターボートが惰性《だせい》で海面を滑っている。

見城は、ダイナマイトを固定している粘着テープを剝《は》がした。ダイナマイトを摑み、海中に投げ捨てた。

「もう大丈夫だ。口で、おれの手首の結束バンドを外してくれ」

「待ってて。いま、すぐに外してあげるから」

里沙が顔を近寄せてきた。手首に降りかかる息が温かい。気分が和む。

「里沙、怖い思いをさせちゃったな」

見城は言った。

里沙が、くぐもり声で何か言った。聞き取れなかった。

暗い海面に光るものが浮いている。夜光虫だろう。

「二人の手足が自由になったら、最初にキスをしよう」

「呑気《のんき》なんだから」

里沙が呆れたように言った。

それから間もなく、結束バンドがほどけた。見城は向き直って、里沙の唇を吸いつけた。

里沙は拒まなかった。吸い返してくる。

すぐに二人の舌は絡み合った。

エピローグ

読経《どきよう》の声が高まった。

僧侶《そうりよ》は三人だった。弔《とむら》いの客たちは次々に焼香している。

由緒ある寺の本堂だ。寺は文京区内にあった。

寺沢一成の納骨式が営まれていた。

祭壇には、故人の大きな遺影が飾られている。僧侶たちの真後ろには、寺沢宗幸と母親の千代が正坐していた。

その後ろに、親戚《しんせき》縁者が五列に並んでいる。『エコマート』の役員たちの顔もあった。

だが、大貫や仲矢の姿は見当たらなかった。三好麻美もいなかった。

見城は庫裏《くり》の陰から、本堂の様子をうかがっていた。

火傷《やけど》をした舌と上顎《うわあご》は、すっかり治っていた。砂色のスーツ姿だった。

「見城ちゃん、そろそろ踏み込むか？」

境内《けいだい》の植え込みの近くにいる百面鬼が、小声で話しかけてきた。

「いや、もう少し待ったほうがいいだろう」

「威《おど》しに寺沢宗幸に手錠《ワッパ》打ってやってもいいぜ」

「令状《オフダ》なしで、そこまでやるのは少しやり過ぎだよ」

「それもそうだな」

「百《どう》さん、もうちょっと辛抱してくれないか」

見城は、ふたたび視線を本堂に注いだ。読経の声は聞こえない。

いつの間にか、三人の僧侶はいなくなっていた。焼香は終わったのだろう。

寺沢宗幸が立ち上がって、列席者に深々とお辞儀《じぎ》をした。

列席者たちも軽く頭を下げた。

「本日はご多忙のところを養父《ちち》寺沢一成の納骨にお立ち会いくださいまして、誠にありがとうございました」

寺沢宗幸が少し間《ま》を取って、挨拶をつづけた。

「みなさまご承知のように、わたしは一成の実子ではありません。しかし、故人はわたしを実の子供のように常に愛情をもって接してくれました。わたしも養父を敬愛していました。そんな父親を失って、わたしは途方に暮れています」

寺沢宗幸は急に下を向き、目頭を押さえた。

列席者の中には、貰い泣きする女もいた。

「しかし、いつまでも悲しみに沈んでいるわけにはいきません。『エコマート』には、千数百名の社員がいます。若輩者《じゃくはいもの》のわたしが養父の代役を果たせるかどうかわかりませんが、納骨が済み次第、会長の席に坐らせていただくつもりです。そして、母を社長の席につかせていただきたいと考えております。どうか今後ともよろしくお願いいたします」

寺沢宗幸は、また深く腰を折った。黙ってうなずく参列者が多かった。

「なお、ささやかではありますが、奥の間に精進落としの料理をご用意いたしましたので、あちらの席にお移りください」

寺沢宗幸が奥の方を手で示した。

見城は寺の広い広間に入り、玄関口に立った。同時に上着のポケットから小型録音機を取り出し、再生ボタンを押した。

音量は最大にしてあった。荻野瞳の声が流れはじめた。寺沢宗幸の陰謀を暴《あば》く行《くだり》だった。予《あらかじ》めテープを操作しておいたのだ。

数十人の列席者が棒立ちになり、見城と寺沢宗幸を交互に見た。寺沢宗幸は見城が生きていることに心底、驚いた様子だった。

「みなさん、テープの話はわたしじゃありません。わたしじゃないんです」

寺沢宗幸が言い訳をしながら、玄関の上がり框《かまち》まで走ってきた。

見城はテープを停め、寺沢宗幸に背を向けた。

「おい、待て！　そのテープは……」

寺沢が靴を履《は》く音がした。

見城は振り返らなかった。玄関を出て、大きな門に向かう。

植え込みの陰から、百面鬼が飛び出してきた。

「警察の者です。有森友紀、石上彰の両事件について、話をうかがいたいんですよ。同行願えますね、寺沢さん！」

「こ、これは任意なんだね？　だったら、同行を拒む」

寺沢宗幸が憤然と言った。

見城は足を止め、ゆっくりと振り返った。

「その刑事さんは、おれの飲み友達なんだよ。清濁併《あわ》せ呑めるタイプなんだ」

「つまり、買収できると……」

「そんなことは言っちゃいない。ただ、話のわかる大人だってことさ」

「意味は、よくわかった」

「先日、渡したのは複製の音声だったんだよ」

「やっぱり、そうだったのか」

寺沢宗幸が舌打ちした。

「きょうはマザーテープを持ってきた。ただし、おれの迷惑料は倍の二億円にしてもらう。荻野瞳と石上彰の分が三億ずつだから、都合《つごう》八億円ってことだな」

「そんな大金……」

「『エコマート』はボロ儲《もう》けしてるんだ。そのくらいの銭《ぜに》は、どうってことないだろうが」

「しかし、急に言われてもね」

「渋るんだったら、死刑になるんだな」

「わかった。預金小切手を渡そう」

「これから、会社に貰いに行くよ。あんたは覆面パトカーに乗ってくれ」

見城は言って、ローバーを駐《と》めてある場所まで走った。

寺沢宗幸は百面鬼に腕を取られて、ギャランの助手席に坐った。覆面パトカーの先導で、池袋の本社ビルに向かう。数十分で、目的地に着いた。

最上階の会長室で、見城は三枚の預金小切手を受け取った。

渡したテープは、どれもダビングしたものだ。マザーテープは大事な保険である。しばらく処分する気はなかった。

百面鬼は、五千万円の預金小切手をせしめた。寺沢宗幸は百面鬼の身分証明書を見たがったが、悪党刑事は最後まで警察手帳の表紙しか見せなかった。

二人はハミングしながら、それぞれの車に乗り込んだ。

次に向かったのは成城の三好邸だった。

見城は前の晩に麻美に電話をし、淫らなネガフィルムがまだ半分残っていることや家弓との密談音声も持っていることを伝えてあった。麻美は現金三千万円を用意して、寝室で待っているはずだ。

二台の車は四十五分後に三好邸に着いた。

車を降りたのは、見城だけだった。家の玄関ドアはロックされていなかった。

麻美は奥の寝室にいた。黒いベビードール風のネグリジェを素肌にまとっているだけだった。透けて見える裸身がなまめかしい。

ナイトテーブルの上には、三千万円の札束が積んであった。窓のカーテンは閉ざされ、ナイトスタンドの灯《ひ》が妖しい光を放っている。シェードは真紅だった。

「約束のネガとテープ、持ってきてくれた？」

麻美が開口一番に訊いた。

見城は上着の内ポケットからネガフィルムとテープを取り出した。ネガフィルムは全部ではなかった。テープも複製したものだった。

麻美がネガフィルムとテープをナイトテーブルの引き出しに入れ、見城の胸に顔を埋めた。

「きょうは安眠マスクをしてセックスを愉《たの》しもう」

見城は言った。

「お互いに目隠しして、愛し合うのね？」

「ああ。視覚を失うと、皮膚感覚と聴覚が鋭敏になって、とても刺激的になるんだ」

「そうでしょうね。なんだかワクワクしてきたわ」

麻美がはしゃぎ声で言い、唇を重ねてきた。

見城は短く応《こた》え、ポケットから安眠マスクを抓《つま》み出した。

「先に目隠ししてやろう」

「ええ、お願い」

麻美が後ろ向きになった。見城は、安眠マスクで目隠しをした。

黒いベビードール風のネグリジェを脱がせ、全裸の麻美をベッドに横たわらせる。仰向けだった。

「どうだい？」

「なんかスリリングな感じね。いつもより大胆になれそう」

「そいつは楽しみだ。おっと、札束が目障《めざわ》りだな。ちょっと車に積んでくるよ」

「ベッドの下に入れとけば？」

麻美が言った。

「それでも、気が散りそうだな」

「なら、大急ぎで戻ってきて。わたし、このまま待ってるから」

「わかった。すぐに戻ってくるよ」

見城は上着を脱ぎ、三十個の札束を手早くくるんだ。寝室を出て、玄関まで走る。

百面鬼は、すでにポーチで待機していた。

喪服を小脇に抱え、情事のネガフィルムを掌《てのひら》で弾ませていた。見城が今朝、譲った五枚のネガフィルムだった。いくらか口止め料をせしめられるはずだ。

「選手交替だ。後はよろしく！」

見城は百面鬼と掌《てのひら》を打ち合わせ、急いで三好邸を出た。

ローバーに乗り込み、三千万円を予《あらかじ》め用意してあった紙袋に落とし込む。見城は上着を羽織ってから、カーフォンで『エコマート』本社渉外部の大貫政臣に電話をかけた。

「お待たせしました。大貫です」

「わたし、重富是清の代理の者です」

見城は作り声で、大物総会屋の名を出した。

「重富先生には、いつもお世話になっています。何か新しい情報でも？」

「大貫さん、寺沢宗幸には気をつけたほうがいいですよ。うちのボスがある筋から入手した情報によると、宗幸はあなたと仲矢さんを赤坂署の家弓って刑事に恐喝罪で逮捕《パク》らせる気だそうです」

「本当ですか⁉」

「ええ。寺沢宗幸は、あなた方二人をお払い箱にする気なんでしょうね。さんざんダーティーな仕事をさせといて、ひどい仕打ちだな。うちのボスも寺沢には腹を立ててるんですよ」

「社長は、おれたち二人をさんざん利用しといて。くそっ、ぶっ殺してやる！」

「うちのボスが言ってましたよ。あなた方二人が寺沢宗幸の命《タマ》を取ってくれたら、役員として迎えてやるんだがなんてね。あなたたちが検挙《アゲ》られたら、うちだって危《ヤバ》いことになるからな。いっそ、二人でうちに移ってきませんか？」

「仲矢とよく相談してみます。多分、重富先生のところでお世話になることになると思います」

大貫が興奮した口調で言い、静かに電話を切った。

見城はいったん停止ボタンを押し、里沙のマンションに電話をした。

「見城さんね？」

「そうだ。里沙、ロシアン・セーブルのコート、欲しがってたよな？」

「欲しいけど、とても高くて買えないわ」

「買ってやるよ、一番高いコートを。ちょっと臨時収入があったんだ」

「何か悪いことをしたんじゃないでしょうね？」

里沙が不安そうに問いかけてきた。

「何を言ってるんだ。おれは、かつて刑事だったんだぜ。犯罪が割に合わないってことは百も承知だよ」

「そうだろうけど……」

「里沙は心配性だな」

「だって、見城さんは不良少年がそのまま大人になったみたいで、なんとなくアナーキーなんだもの」

「そうかな。とにかく、これから迎えに行くよ」

見城はカーフォンをコンソールボックスに戻し、エンジンを始動させた。

寺沢宗幸が帰宅途中に射殺されたのは、翌日の深夜である。

あくる朝には、家弓知明が自宅前の路上で何者かに頭を撃たれた。家弓は一命を取り留《と》めたものの、植物状態になってしまった。

大貫政臣と仲矢直道が銀行強盗容疑で逮捕されたのは半月後のことだった。

寺沢と家弓の事件については、二人とも完全黙秘中だ。三好麻美は新しいパトロンと数日前にヨーロッパ旅行に出かけた。

そんなある日の夕方、外山弁護士から見城のオフィスに電話がかかってきた。

「地酒はどうなったのかな？」

「すみません、近いうちに必ず……」

「冗談だよ。それより、遊びに来ないか。古い知り合いの女性がきみから三億円の預金小切手を貰ったとか言って、名古屋から電話をかけてきたんだ」

「その方は何か勘違いされてるんでしょう。こっちには、まったく身に覚えがありませんので」

見城は冷や汗を拭いながら、言い繕《つくろ》った。

「そうかな。まあ、それはいい。それよりね、桐生検事がきみに会いたがってるんだ」

「わたしに？」

「ああ。有森友紀が殺された晩、赤坂ロイヤルホテルで目撃されたカローラの運転者の正体がわかったらしいんだ」

「そうなんですか」

「荻野瞳という名らしいんだが、もう死んでる。静岡の愛鷹山で、誰かに仕掛けられた時限爆弾で爆死したんだ。桐生君は、その娘《こ》が友紀殺しの犯人と考えてるようだよ」

老弁護士が言った。

「それじゃ、石上彰はやっぱりシロなんですね。わたしのほうは、なかなか裏付《ウラ》けが取れなくて……」

「そう。いい機会だから、三人で一杯飲《や》らないか」

「いいですね」

「これは単なる偶然だと思うんだが、電話で相談してきた女性も荻野という姓なんだよ」

「先生、事務所を新しいビルにお移しになりませんか？　費用は、わたしがご用立てしますよ」

見城は言った。

「きみ何か勘違いしてるんじゃないかな？　わたしは、きみを強請る気なんかないよ」

「はあ、しかし……」

「きみには、きみの正義がある。わたしには、わたしの正義がある。むろん、桐生君には桐生君の正義があるだろう。立場はそれぞれ違っても、われわれ三人なら、きっと楽しく酒を酌《く》み交わせるにちがいない」

「でしょうね。すぐに先生の事務所にうかがいます」

　見城は受話器をフックに戻した。すると、待っていたように着信音が響いた。発信者は松丸だった。

「松ちゃん、どうした？」

「石上先輩のおふくろさんに渡した小切手のことっすけど、息子が三年連続して宝くじの一等に当たったなんて話は、どうしても信じられないって言ってきたんすよ。おれ、困っちゃって」

「それじゃ、いったん松ちゃんが引き取ってくれないか。後で、善後策を練ろう。いまは、それどころじゃないんだ」

「見城さん、何があったんすか？」

「いや、心配ないよ。個人的なことで、ちょっとな。明日、連絡するよ」

見城は電話を切り、慌《あわ》ただしく部屋を出た。

エレベーターに乗り込むと、桐生検事の雁擬《がんもど》きのような顔が瞼《まぶた》にちらつきはじめた。今夜は、スローペースで飲んだほうがよさそうだ。

エレベーターが地下駐車場に着いた。見城はローバーに向かった。少々、足が重い。

車に乗り込んだとき、毎朝日報の社旗をはためかせた黒塗りのセルシオがスロープを下《くだ》ってきた。

後部座席には、唐津の姿があった。スクープの種《たね》を取りにきたにちがいない。

どこかに手抜かりがあったのか。おそらく、そうなのだろう。そうでなければ、老弁護士や遊軍記者が自分にたどり着けるわけがない。次からは、もっとうまくやろう。

見城は助手席側に体を傾けた。

セルシオが走路の向こう側に停まった。

斜め前だった。だが、唐津は見城に気づかなかった。車を降りると、エレベーターホールに急いだ。

「ご苦労さん！」

見城は上体を起こし、イグニッションキーを回した。

著者あとがき

振り返れば、成り行き任せで生きてきた。

ぼくが物書きになったのは、二十四歳のときだった。別に志望したわけではない。特に憧《あこが》れもなかった。

それ以前は料理雑誌の編集に携《たずさ》わっていた。それなりに仕事は楽しかった。だが、入社八カ月目に会社が倒産してしまった。職を失ったぼくは、無謀にもフリーライターになった。知り合いのノンフィクション・ライターの後押しがあって、決断したのだ。

元新聞記者の知人は、面倒見のいい好人物だった。ぼくに数社の出版社と通信社を紹介してくれた上に、取材のコツまで教えてくれた。実にありがたかった。

短い間だったが、ぼくは各種のルポ、話題の人物インタビュー、事件ドキュメント、名作ダイジェストなどを執筆して細々と生計を立てていた。雑文書きで終わっても悔いはないと考えていたが、やはり先行きは不安だった。

そんなころ、思いがけなく高校生向けの学年誌から連載小説の原稿依頼があった。

当時、ぼくは形容詞と副詞を極力《きょくりょく》削ぎ落とした短いセンテンスを多用していた。時には主語さえ省《はぶ》いた。文体に個性を出したかったからだ。

そうした癖のある文章を書く若いライターに副編集長が興味を示し、リスクを取って起用してくれたと聞く。レアなケースだろう。

小説の書き方も知らなかったが、ぼくは屈折した男子高校生を主人公に据えた青春ハードボイルドを綴《つづ》った。やや反道徳的な物語が読者には新鮮に映ったのだろうか。

連載終了後、すぐに他誌から小説の執筆依頼が舞い込んだ。ぼくは求められるまま、十代の男女の焦《あせ》りや苛立《いらだ》ちを物語に仕立てた。短い文体で畳みかけ、スピード感を保《たも》つよう心掛けた。

無器用だが、まっすぐに生きようとしている中・高校生を描けば、だいたい読者受けはよかった。拙作『さよならイエスタディ』は、ニッポン放送で連続ラジオドラマ化された。薬師丸《やくしまる》ひろ子主演の『野蛮人のように』という映画の原作小説も手がけた。映画のための原作本を書き下ろしたのだ。

ぼくは〝いい話〟を書きつづけているうちに、自分が偽善者に成り下がった気がしてきた。偽善は悪質である。罪深い。

反動で、ぼくは露悪趣味のある人間を無性《むしょう》に書きたくなった。ジュニア小説誌や学年誌では発表の場さえ与えてもらえないだろう。

思いあぐねているとき、幸運にも『西日本スポーツ』で百八十回の連載小説を執筆することになった。渡りに舟だった。学芸通信社の配信で、ぼくは痛快ハードサスペンスを書いた。三十八歳のときだった。

少しばかり反響があった。ぼくは思い切って、大人向けエンターテインメントの書き手に転じた。それから、いつの間にか三十五年が過ぎた。いまも職業作家でいられるのは、多くの編集者が根気よく支えてくれたおかげだろう。感謝したい。

つい前置きが長くなってしまったが、当シリーズの誕生には祥伝社から平成三年六月に刊行された長編アクション推理『一匹熊《いっぴきぐま》』（ノン・ノベル刊）が寄与している。

この『一匹熊』で、ピカレスク・ハードボイルドの潜在的な読者が少なくないという感触を得ることができた。それで、当シリーズの筆を起こすことになったわけだ。ちなみに『一匹熊』は文庫化の際《さい》に『毒蜜』と改題し、全九巻のシリーズになった。

悪漢小説《ピカレスクロマン》は書いていて、実に愉《たの》しい。憂《う》さが晴れ、執筆も捗《はかど》る。

当シリーズの主人公・見城 豪《けんじょうすぐる》は元刑事の悪漢探偵だ。非情な強請屋《ゆすりや》でもある。無法者だが、正義感は棄《す》てていない。

見城は決して卑劣漢ではなかった。弱者を追い込むような真似はしない。法の網を巧《たく》みに潜《くぐ》り抜けている仮面紳士どもを徹底的に懲《こ》らしめ、汚れた金を横奪《ど》りしているだけだ。

といっても、義賊を気取ってはいない。行動の引き金はあくまでも欲得と極悪人狩りだ。見城は、下剋上《げこくじょう》の歓《よろこ》びに浸りたいのである。

その点が正統派ハードボイルドの禁欲的《ストイック》なヒーローたちとは明確に違う。主人公は俗物そのものだが、どこか魅力がある。俠気《おとこぎ》があって、憎めない悪党《ワル》だ。

この『異常犯』は発売早々に重版になり、その後も四、五度増刷された。当シリーズは娯楽に徹した犯罪《クライム》サスペンスだ。

息抜きに頁《ページ》を繰《く》っていただけたら、作者冥利《みょうり》である。

著者注・この作品はフィクションであり、登場する人物および団体名は、実在するものといっさい関係ありません。

本書は、二〇一二年九月に徳間文庫から刊行された作品に、著者が大幅に加筆修正したものです。

異常犯

一〇〇字書評

切り取り線

購買動機（新聞、雑誌名を記入するか、あるいは○をつけてください）	
□（　　　　　　　　　　　　　）	の広告を見て
□（　　　　　　　　　　　　　）	の書評を見て
□ 知人のすすめで	□ タイトルに惹かれて
□ カバーが良かったから	□ 内容が面白そうだから
□ 好きな作家だから	□ 好きな分野の本だから

・最近、最も感銘を受けた作品名をお書き下さい

・あなたのお好きな作家名をお書き下さい

・その他、ご要望がありましたらお書き下さい

住所	〒				
氏名		職業		年齢	
Eメール	※携帯には配信できません	新刊情報等のメール配信を 希望する・しない			

この本の感想を、編集部までお寄せいただけたらありがたく存じます。今後の企画の参考にさせていただきます。Eメールでも結構です。

いただいた「一〇〇字書評」は、新聞・雑誌等に紹介させていただくことがあります。その場合はお礼として特製図書カードを差し上げます。

前ページの原稿用紙に書評をお書きの上、切り取り、左記までお送り下さい。宛先の住所は不要です。

なお、ご記入いただいたお名前、ご住所等は、書評紹介の事前了解、謝礼のお届けのためだけに利用し、そのほかの目的のために利用することはありません。

〒一〇一－八七〇一
祥伝社文庫編集長　坂口芳和
電話　〇三（三二六五）二〇八〇

祥伝社ホームページの「ブックレビュー」からも、書き込めます。
www.shodensha.co.jp/bookreview

祥伝社文庫

異常犯《いじようはん》　強請屋《ゆすりや》稼業《かぎよう》

令和元年8月20日　初版第1刷発行

著者　南《みなみ》　英男《ひでお》
発行者　辻　浩明
発行所　祥伝社《しようでんしや》
東京都千代田区神田神保町3-3
〒101-8701
電話　03（3265）2081（販売部）
電話　03（3265）2080（編集部）
電話　03（3265）3622（業務部）
www.shodensha.co.jp
印刷所　堀内印刷
製本所　ナショナル製本
カバーフォーマットデザイン　芥　陽子

Printed in Japan ©2019, Hideo Minami ISBN978-4-396-34553-2 C0193

〈祥伝社文庫　今月の新刊〉

藤田宜永
亡者《もうじゃ》たちの切り札
拉致、殺人、不正融資、政界の闇――友の手はなぜ汚された？　走り続けろ、マスタング！

沢村　鐵
極夜1　シャドウファイア
警視庁機動分析捜査官・天埜唯
上の意志は「ホシを挙げるな」。捜一の隼野は女捜査官・天埜と凄絶な放火事件に挑む！

南　英男
異常犯　強請屋《ゆすりや》稼業
一匹狼の探偵が怒りとともに立ち上がった！悪党め！　全員、地獄送りだ！

江波戸哲夫
退職勧告〈新装版〉
大ヒット！　テレビドラマ原作『集団左遷』の著者が、企業と社員の苛烈な戦いを描く。

辻堂　魁
天満橋《てんまばし》まで　風の市兵衛　弐
米騒動に震撼する大坂・堂島蔵屋敷で変死体発見。さらに市兵衛を狙う凄腕の刺客が！

岡本さとる
忘れ形見《がたみ》　取次屋栄三
涙も、笑いも、剣戟も。面白さの全てがここにある。秋月栄三郎シリーズ、ついに完結！

神楽坂　淳
金四郎の妻ですが
大身旗本の一人娘が嫁ぐよう命じられた相手は博打好きの遊び人――その名は遠山金四郎。